EL LADRÓN DE CUADERNOS

colección andanzas

GIANNI SOLLA
EL LADRÓN DE CUADERNOS

Traducción de Maria Borri

TUSQUETS
EDITORES

Título original: *Il ladro di quaderni*

1.ª edición: noviembre de 2024

Diseño de la colección: Guillemot-Navares

Tusquets Editores, S.A. – Av. Diagonal, 662-664 – 08034 Barcelona
www.tusquetseditores.com
ISBN: 978-84-1107-537-4
Depósito legal: B. 15.811-2024
Fotocomposición: Realización Tusquets Editores
Impresión y encuadernación: CPI Black Print
Impreso en España

Índice

Primera parte
El porquero 11

Segunda parte
El hondo seno del océano 165

Tercera parte
La bailarina en la caja de hojalata 247

Para Titti y Dario

Primera parte
El porquero

Tora e Piccilli (Caserta), 1942

En Tora todo el mundo me conocía como «el porquero», único hijo varón de Tommaso Raffaele Fortunato Buonasorte, llamado Fortunà, analfabeto, flojo de pulmones, buscador de setas, propietario de quince cerdos e inscrito en el partido fascista de la circunscripción de Caserta.

Éramos gente acostumbrada al campo, lo sabíamos todo de la tierra y las bestias, pero nada de los humanos. Mi padre decía que ir al colegio no era de ningún provecho: si juntas un cerdo con otro, la suma son dos cerdos, y a partir de ahí lo demás es pan comido.

—Si sabes cómo funcionan las cosas pequeñas, comprendes las grandes —decía mientras amasaba harina y salvado en unos baldes de hierro para darles de comer a los animales que esperaban impacientes.

—Sí —contestaba yo, aunque no fuera verdad, porque en el pueblo nadie tenía más de cuarenta cerdos o cuarenta cabras, y uno no podía imaginarse el mundo entero sólo sabiendo que si juntas un cerdo con otro vas a tener dos cerdos.

Nuestro apellido es Buonasorte, que es tanto como decir que la fortuna nos acompaña. Los viejos que se pasaban el día entero sentados en la plaza del pueblo decían que las palabras contienen la verdad y también todo lo contrario. Si repasamos la historia de mi familia, empezando por mis abuelos paternos, que trabajaban en la cantera de Maddaloni y murieron a consecuencia de la explosión de diciembre, y acabando por mí, que nací con la pierna derecha perjudicada, no es difícil interpretar por dónde anda el significado de nuestro apellido.

Los cerdos los vendíamos en el mercado o morían a manos de mi padre en el patio frente al establo. Yo sabía quiénes eran los padres y los hermanos de cada uno de ellos. Podía retroceder hasta cinco años y recomponer las dos familias principales de las que procedían. Cada bestia legaba algo a sus hijos, a excepción del *Negro,* que parecía haber nacido de los robles del bosque. Una vez llegué a soñar que la madera se abría y el viejo roble soltaba gemidos igual que las vacas. El *Negro* era salvaje, violento, imposible de domesticar. Era el animal más peligroso del pueblo y mi padre se moría de ganas de venderlo o sacrificarlo. Era el único que me daba miedo y el único al que me hubiera gustado parecerme.

Ese día, mi padre llegó al establo sobre las once de la mañana. Venía del pueblo, adonde había ido a comprar los medicamentos para mi hermana Rosetta, que se había pasado la noche tosiendo. Yo la oía desde el otro lado de la pared, y la pobre parecía tener una caverna en el pecho. Mi madre no paraba de decirle: «Se te va a pasar, ya se te pasa», pero seguía igual.

Era el segundo año consecutivo que Rosetta pillaba una bronquitis y decían que en Nápoles ya habían muerto veinte niños por culpa de la tosferina. Mi madre había colocado la estampa de la Virgen de Pompeya en el pecho de Rosetta y nos pidió que nos persignáramos. Mi padre se quedó esperando unos diez minutos para saber si gracias a la intercesión de la Virgen podríamos ahorrarnos la minuta del doctor Scognamiglio, pero finalmente, a las tres de la madrugada, se fue al pueblo.

—Ya se te pasa, ya, Rosetta. No te agobies, hija, que ahora va a venir el médico y nos dirá qué tienes que tomar, y si él no sabe, la Virgen nos va a echar una mano.

El doctor Scognamiglio echó a un lado la estampa de la Virgen de Pompeya, que mi madre había colocado mientras tanto debajo de la camisola de Rosetta, y le pidió que abriera la boca. Luego fue palpando los huesos de los brazos. Yo me había fijado en la mirada del médico al entrar en casa, y la misma expresión se le dibujó en la cara después de examinar la garganta de mi hermana.

Acabada la visita, entregó una receta a mi padre con el nombre del medicamento que había que comprar. Mi padre había intentado leer la nota, tropezando con las letras y soltando balbuceos. Luego se la pasó a mi madre.

En un momento de tregua entre los ataques de tos, sólo Rosetta había conseguido leer en voz alta qué ponía en el papel.

—¡Eso es! —exclamó el médico, aunque para sus adentros debía de estar pensando que la única de la familia capaz de repetir el nombre de un medicamento podría morir esa misma noche—. No hace falta que lo lean ustedes. Vayan a ver al farmacéutico y le entregan la receta —les comentó el médico a mis padres mientras volvía a guardar en su maletín de piel el tubo que sirve para escuchar el corazón.

En cuanto Scognamiglio estuvo algo más allá del árbol de dos copas que había crecido justo frente a la puerta de nuestra casa, mi padre y mi madre abrieron el cajón para contar el dinero. Me fui a la cama con la imagen de los billetes grabada en la cabeza y sin saber si volvería a ver a mi hermana viva al día siguiente.

—¿El agua para las bestias? —me preguntó mi padre en cuanto volvió del pueblo.

—La he cambiado.

Dirigió la mirada a los abrevaderos.

—¿A eso le llamas tú cambiar?

Se refería a un charco rodeado de moscas.

Bajé la mirada.

—Esto es lo primero que tienes que hacer. No puedes olvidarte. Si se mueren las bestias, nos morimos nosotros.

Al principio parecía calmado, pero luego le dio una patada al balde, que volcó y se derramó el agua que había en el fondo. La mancha se expandió por el suelo y el minúsculo riachuelo que se formó vino directo a mis pies.

Hubiera preferido que por una vez en la vida me pegara, como lo hacía con los cerdos, para darme a entender que valía lo mismo que ellos.

—Mueve el culo. Ponles agua a las bestias.

Los animales habían detectado algo y el *Negro* empezó a alterarse. Mi padre me agarró por el cuello de la camisa y me obligó a levantar la cabeza porque quería que lo mirara de frente.

—Estos cerdos valen más que tú y yo juntos. Si vuelves a hacerlo, me la vas a pagar.

Tenía razón.

En ese preciso momento, el *Negro* cogió carrerilla y dio un golpe a los tablones del cercado con su musculosa cabeza de animal salvaje. Mi padre me soltó y dio un paso atrás. El golpe fue violento: la madera se dobló y algunas esquirlas se le quedaron metidas en el morro. Si los cerdos llegasen a tener una dentadura más potente, tendríamos que temerlos más que a los lobos.

—Ese hijo de la gran puta se ha vuelto loco —dijo mi padre.

El *Negro* me había defendido.

Mi padre cogió el rastrillo y se fue hacia el cercado.

—Infame, bastardo —gritaba dándole golpes en el lomo. Pensé que lo mataría a bastonazos.

—Para ya —grité yo.

El *Negro* se refugió en el rincón más resguardado. Mi padre no se atrevía a entrar en su cercado porque el animal podía ponerte patas arriba con un simple cabezazo.

—Voy a rajarte, a la próxima te toca a ti —seguía gritando mi padre en un dialecto que aunaba a los vivos y los muertos en nuestro pueblo, una peculiar manera de hablar que desde los siglos de los siglos compartían hombres y animales.

—Enseguida me ocupo del agua —dije—. No volveré a hacerlo, ha sido culpa mía.

Los bastonazos iban destinados a mí, pero él había encontrado la manera de que me dolieran aún más.

Mi padre tenía ciertas aspiraciones. Yo era su único hijo varón y creía que, conmigo a su lado, podría llevar adelante los modestos planes de negocio que había imaginado. Sin embargo, mis condiciones físicas y el escaso interés que mostraba por las actividades económicas no se correspondían con sus expectativas, y el chico que andaba por el pueblo arrastrando una pierna se había convertido en un motivo de vergüenza para él. La pierna perjudicada le había condenado más a él que a mí. Cabe que por esa razón mirara una y otra vez sin hacer comentarios las fotos de los chavales recién alistados que aparecían en el periódico.

Fortunà tenía una manera muy suya de quedarse callado, aguantándose la barbilla con una mano y dándoles vueltas a las cosas, como si le tuviera pánico al vacío. En el pueblo lo consideraban un hombre de bien, pero en casa temíamos sus cabreos. Cuando no era yo, la que cobraba era mi madre. Nunca llegué a saber qué le había llevado a creer con tanta firmeza en el fascismo.

Para llenar los abrevaderos hacían falta nueve baldes de agua en total, dieciocho si ponías la mitad y treinta y seis si llenabas el balde con un cuarto de agua. Había puesto las marcas en el metal con un cuchillo. Si el agua llegaba siempre al nivel de la marca más alta, sabía exactamente cuántas veces tendría que ir a la fuente. Cuando los abrevaderos estuvieron medio llenos, los animales se asomaron para beber. Cuanto más bebían ellos, más razón tenía mi padre. Sólo el *Negro* no quiso darle ese gusto. Era el cabecilla: bebería el último y sólo cuando mi padre se hubiera ido.

—Oye, escúchame bien —me dijo—. Llegarán dentro de unos días y tenemos que estar ojo avizor.

—¿Quién va a llegar?

—¿No te lo ha dicho nadie?

Negué con un gesto de la cabeza.

Recogió del suelo una ramita y la movió en el aire como si estuviera dibujando algo.

—No es una buena idea que los hagan venir aquí.

—¿De quién hablas? —insistí.

Me hacía el tonto, pero había oído a los viejos comentarlo en la plaza, cuchicheando como de costumbre a propósito de todo lo que en teoría había que callar. Estaban convencidos de que aquello no traería nada bueno y seguían preguntándose por qué nos había tocado justo a nosotros. De alguna manera debían de barruntar que el hecho malbarataría la vida de todos. Se decía que había llegado de Roma una lista con los nombres, escrita por Mussolini en persona, pero en el pueblo casi nadie sabía leer y no quedaba claro qué había escrito Mussolini en la dichosa lista. Los mejor informados decían que el papel lo guardaba el alcalde en un cajón de su despacho, doblado en cuatro y sellado con lacre, como todos los documentos secretos.

—No pueden enviarlos a la guerra y no quieren verlos circular por ahí —dijo mi padre—, y por eso nos los envían aquí, como si lo nuestro no fuera también parte de Italia. Lo comentaré en la próxima reunión. Si meten a uno en mi casa, lo pongo a dormir y a comer con los cerdos.

Los baldes llenos hasta la marca más alta pesaban mucho. Intenté no desperdiciar ni una gota de agua durante el trayecto, aunque la presencia de mi padre me ponía nervioso. Seguía sintiendo en mi propia piel los bastonazos destinados al *Negro*.

—Al primer fallo, los despiezo y los vendo en el mercado —dijo, y yo no acabé de entender si se refería a los cerdos o a los judíos que dentro de pocos días llegarían a Tora e Piccilli.

Con ocasión de las fiestas del pueblo vinieron los actores. Eran unos cantamañanas que actuaban en lugares dejados de la mano de Dios como Tora, pero nosotros no lo sabíamos: los escuchábamos y nos reíamos a carcajada limpia. Éramos un público fácil de contentar, no hacía falta mucho para entretenernos, bastaba con que nos contaran el chiste del hombre con muchos tics que suelta un silbido cada dos palabras para que los actores dieran por bueno su espectáculo. Entre el público había gente que venía de Civitella, de Tuoro, e incluso los parientes de mi madre que venían de Sessa Aurunca. Aquella noche hacía frío y la tía Tina llevaba un jersey ligero de algodón porque era la prenda que mejor conservaba y quería lucirse. Mi padre Fortunà soltó:

—Ésta, capaz que le dé un mal aire y nos fastidie la velada.

Ninguno de los presentes llevaba la alianza puesta, porque años atrás la habían entregado durante la campaña «Oro para la Patria». Sigo pensando que el verdadero objetivo de aquella petición no era tanto el de recuperar un metal precioso, sino el de convencer a cada italiano de que estaba casado con el fascismo.

El viento movía las banderolas. El alcalde subió al escenario, hizo el saludo romano y todo el mundo lo imitó.

Yo nunca había oído hablar a Mussolini. Intenté reproducir su voz guiándome por la foto que colgaba de la pared en la cocina. Fortunà la había recortado de un periódico y colocado al lado de la estampa del Sagrado Corazón de Jesús de manera que, cuando se persignaba por la mañana, no quedaba claro a quién iba destinada su devoción. A Mussolini se le veía en un campo, a pecho descubierto, con la barriga floja y un sombrero blanco en la cabeza, apilando trigo; en cambio, el rostro sagrado de Jesús nos miraba haciendo gala de sus ojos azules y pelo rubio, parecidos a los de los militares alemanes que de vez en cuando se acercaban al pueblo.

El alcalde hablaba pausadamente, espaciando las frases. Soltaba una y luego se quedaba callado. Decían que se expresaba igual que Mussolini. Entre la gente, los había que hacían el saludo romano, otros que gritaban «Viva el Duce». Se comentaba que entre el público había jerarcas venidos expresamente para señalar a los que no aplaudían.

A mí lo que me importaba eran los actores. Ya los había visto el año anterior y aún me sabía de memoria algunos chistes. Con sólo mirarlos y ver cómo iban vestidos, te morías de la risa. Había un hombre con ropa de mujer, una falda, las tetas de mentira, carmín en los labios y un sombrerito diminuto con una flor en la punta. Mientras hablaba, de vez en cuando se levantaba la falda, y aunque no enseñara nada, nosotros soltábamos unas buenas carcajadas. No nos podíamos aguantar: notabas cómo la risa se abría camino desde un rincón de la barriga y ya no eras dueño de tu cuerpo. Las mujeres se sonrojaban riendo. Incluso el cura disfrutaba del espectáculo desde la primera fila, tapándose la cara con una mano por prudencia, pero dejando el espacio suficiente entre los dedos para no perderse detalle.

Comprendí que los actores resultaban divertidos porque decían la verdad. Contaban cosas que todos sabían y nadie se atrevía a decir en voz alta. Para eso estaban ellos, para soltarlas delante de todo el mundo. Yo me reía al ver que los demás hombres lo hacían.

Al rato se subió al escenario uno que llevaba un uniforme militar. Parecía andar perdido y preguntaba a diestro y siniestro qué camino seguir para ir a la guerra.

—¿Alguien ha visto pasar un batallón? Yo no tengo prisa ninguna e igual me quedo aquí. Así me recogen a la vuelta y me cuentan qué tal ha ido.

Al uniforme que llevaba le sobraban dos tallas, y cuando levantaba los brazos, las manos le quedaban completamente tapadas. Era su rostro triste lo que movía a risa. Su peculiar desgracia resultaba divertida. Me gustaba más que el resto de los actores.

Al día siguiente repetí en el chiquero algunos *sketches* que recordaba. Había ido recitando las frases en voz alta mientras regresaba a casa y las guardé en mi cabeza toda la noche, pero, aunque las palabras fueran las mismas, no daban resultado. Intenté improvisar un chiste sobre una mujer que llevaba puesto un jersey ligero a pesar del frío.

—¡Miradme! —solté en voz alta.

Acto seguido, los cerdos se dieron media vuelta y me miraron. Al ver sus ojos fijos en mí, no pude seguir hablando.

Estaba actuando frente a mi primer público.

Había sido Teresa quien me explicó el significado de la palabra «geografía» durante una de nuestras tardes juntos, pero cuando un día le dije: «Ésta es la geografía de mi familia», ella me contestó que no podía usarse de esa manera.

Me imaginaba a mi padre como la zanja llena de cal que había en los lindes del bosque, a mi hermana como la pequeña iglesia abandonada donde se decía que deambulaba el alma del viejo cura muerto, al *Negro* como el roble enorme que daba tanto miedo que ni los pájaros se atrevían a anidar ahí.

Rosetta iba a primaria y le daba clase el maestro Anastasi, el único profesor en Tora e Piccilli. Yo le pedía que me enseñara cómo se escribía una palabra. A veces ella me decía que no lo sabía, y cuando le daba la gana me la mostraba escribiéndola en el aire con el dedo. Yo seguía el movimiento, me la imaginaba puesta en un papel.

Fortunà asistía a la conversación sin intervenir, o diciéndome que tenía que dejar de preguntar siempre las mismas cosas. Cogía un pedazo de pan con las manos y lo masticaba haciendo mucho ruido. En la cocina se oían sólo sus dientes y el ir y venir de mi madre que preparaba la comida, cortando en pedazos muy menudos las cebollas y las zanahorias.

Al principio, los nombres de los cerdos se limitaban a las letras que conocía. *Gaba, Eba,* y otros parecidos. A los que llegaron más tarde, les había puesto nombres que no sabía cómo se escribían: el *Grande,* la *Mancha,* el *Malo,* el *Negro.* Eran apodos que la mismísima naturaleza había elegido para ellos.

Mi padre decía que era un error darle un nombre a un animal que luego vas a vender o sacrificar, pero yo no estaba de acuerdo.

No podía usar los cuadernos de Rosetta para aprender a escribir y no tenía más remedio que robarlos cuando iba al mercado. Aunque no me sentía realmente en falta, nunca llegué a contárselo a nadie, ni siquiera a Teresa.

Don Aniello Panzer venía de Nápoles y colocaba la furgoneta al final de la explanada, cerca del muro blanco lleno de grietas donde se escondían las lagartijas. Llegaba el primero por la mañana, abría las puertas abatibles delantera y lateral y, en cuanto empezaba a asomar gente, soltaba su cantilena como si entonara una oración, promocionando su mercancía. Una serie de palabras que se repetían siempre en el mismo orden. Seguramente se sabía la canción de memoria y es posible que en la furgoneta no hubiera todo lo que él ofrecía. Lo que sí podía encontrarse era: detergente, palos de escoba, paraguas, camisolas, calcetines de algodón y de lana, calzoncillos para los hombres, pinzas con el mango de goma y otras que tenían forma de pico de loro, alicates, arpillera para las tuberías, muelles, clavos, velas, cerillas y otros cacharros que llevaban ahí años y nadie había querido. Según él, toda la mercancía venía de Alemania, y de ahí que le llamaran Panzer.

—Aniello, ¿quieres darle un tiento a este queso de Agerola que he traído? Éste también viene de Alemania —le decía en ton de chanza don Michele, que venía de Nocera con la furgoneta cargada de quesos y embutidos. Muy amable él, ofrecía olivas a todos los que iban pasando.

—Qué vais a saber vosotros, que vivís en estos pueblos dejados de la mano de Dios. Yo me tomo la molestia de venir hasta aquí, y hay que ver cómo me lo agradecéis —replicaba Panzer—. Los alemanes pertenecen a otra civilización: lo que fabrican funciona, nada que ver con los italianos y los napolitanos.

Lo único que me interesaba de lo que traía don Aniello Panzer en su furgoneta era la mercancía expuesta en el mostrador lateral, el lugar que le resultaba más difícil de vigilar. Ahí estaban las cajas con los lápices negros y los de colores, los cartabones para el dibujo técnico, los compases de metal y de madera, unos pequeños devocionarios con un ángel custodio grabado en la cubierta. Yo buscaba los cuadernos. Dispuestos en tres pilas, los había de hojas rayadas, blancas y cuadriculadas. Cuando don Aniello Panzer se entretenía hablando con una señora a propósito del ajuar para la hija casadera, yo birlaba un cuaderno. Metía la barriga y lo deslizaba por la cintura. La tapa de cartón se pegaba a la piel y una vez en casa había que despegarla con cuidado, como la gasa empapada en alcohol que se adhiere a la costra y al final no sabes si es peor el remedio que la enfermedad. Quedaba la huella de un rectángulo con el contorno rojo de la misma dimensión que el cuaderno.

Lo primero que hacía era olerlos. El aroma del papel sin estrenar me recordaba un lugar del bosque donde el viento llevaba los aromas de la hierba y de las setas. Teresa me había dicho que el papel se producía gracias a los árboles, y a mí me parecía reconocer en ese olor cada uno de los troncos con los que me había topado. Encerrado en el chiquero, hacía como que escribía. Dibujaba palotes, redondeles, líneas quebradas, también las letras que ya conocía, y finalmente lo mezclaba todo creando lo que podía considerarse una forma de escritura. No sabía escribir, pero me había inventado una lengua. Cuando todas las páginas del cuaderno ya estaban atiborradas de garabatos, lo quemaba en un cubo con unas ramas que recogía en el bosque. Luego me iba a buscar otro cuaderno que tenía escondido en el relleno del colchón y volvía a empezar.

Por la tarde dejé el establo para ir a visitar a Teresa. El cielo se había llenado de nubes y desde algún lugar cercano me llegaba el olor de la lluvia. Crucé el bosque encaminándome por uno de los senderos creados por la naturaleza misma.

—Teresa —pronuncié en voz baja como si quisiera tener siempre presente el motivo por el que los arbustos me arañaban los brazos en los tramos donde el sendero se achicaba. Cuando el bosque siente que lo atraviesas, quisiera envolverte y tragarte como una gigantesca planta carnívora—. Teresa —repetí.

La encontré en el despacho de su padre en la primera planta, adonde iban los clientes a por los recibos.

—Si has venido a recoger los trozos de cuerda, tendrás que volver mañana. Mi padre ronda por aquí.

Mientras iba hablando, no levantaba la vista de un registro que tenía delante. Hacía correr los dedos a lo largo de la página, luego se interrumpía y marcaba con la pluma el final de la línea.

—No he venido a por las cuerdas —dije.

—Entonces, ¿qué quieres?

Levantó la vista y se dio media vuelta para mirarme. Me sabía de memoria los movimientos de su cabeza. En mi mapa geográfico personal, Teresa y el mar se parecían, porque sólo tenía de los dos informaciones aproximadas. Todo lo que sabía me lo había contado ella. Me había descrito los Alpes, Pompeya y Herculano, el Coliseo, las pirámides, el océano. De todos esos lugares, yo extraía un pedazo de ella, pues las cosas que le gustaban parecían contenerla, y cabe que, como los senderos del bosque, pidiera ser desvelada juntando piezas lejanas entre sí.

Me había hablado del mar, porque ella cada año iba a la casa de Amalfi con su familia. La casa tenía una escalera de hierro que los llevaba directamente a una playa hecha de piedrecitas lisas de colores y resbaladizas, así que había que andarse con cuidado. Guardaba algunas en las estanterías de su habitación y parecían de cristal. En aquella pequeña playa, Teresa pasaba el tiempo leyendo y tomando el sol. Su padre volvía al pueblo para cuidar de la cordelería, pero su madre, su tía y ella se quedaban allá hasta finales de agosto junto con otras señoras que habían alquilado la casa de al lado. Teresa volvía con la piel del rostro bronceada y las marcas blancas de los tirantes del traje de baño. Yo enseguida iba a verla para mirar la tira de piel blanca que arrancaba en un punto indefinido de su pecho y daba la vuelta hasta llegar a la espalda. Tenía los ojos pegados a esa línea recta, abierta entre las pecas que asomaban cada año con el bronceado.

Antes de llegar a su casa, me lavaba la cara en el arroyo e intentaba arreglarme el pelo. El agua fría me estiraba la piel, la notaba lisa y limpia. Así era como yo imaginaba la suya. En el último trecho del camino, las gotitas desaparecían de mi cara y aquella sensación se evaporaba.

Ella había empezado a enseñarme a escribir las primeras letras del alfabeto. Me explicaba cómo aguantar la pluma y no salirme de la raya. Escribir tenía algo que ver con el cuerpo; era como transportar baldes de agua o empujar la carretilla camino del mercado. Había memorizado su letra, que nos servía de guía. Empezamos bien, pero luego ella me dijo que su padre no quería, así que no volvimos a hablar del asunto. Cada vez que el hombre me veía me preguntaba por los cerdos, en concreto por uno grande que tenía que llevarle. Lo hacía para recordarme cuál era mi lugar y que había leyes que nadie podía cambiar. Debía tener bien claro que estaba ahí gracias a la benevolencia de su hija: si toleraba mi presencia era por ser rengo. En el pueblo había otros pretendientes, aunque ella no me hablaba nunca de esas cosas. Su padre a veces me tocaba el pelo en la frente, aún mojado por el agua del arroyo.

—Sécate —me decía—, y ándate con cuidado de no caer enfermo, que tu padre sólo te tiene a ti.

Yo siempre esperaba no encontrármelo.

Nunca me había preguntado si Teresa era hermosa. Desde luego lo era, pero quizás menos que otras chicas que yo imaginaba deseadas por los demás. Tenía el pelo oscuro y sus facciones desprendían un aire antiguo, como las de su madre y de sus primas. A todas las mujeres de Tora e Piccilli las había parido una única mujer, por eso se parecían tanto. Sin embargo, la suya no era una hermosura alegre; en su rostro se percibía cierta inclinación al drama y su belleza era melancólica e inquieta.

—Lee esto —le dije, entregándole un pasquín. Estaba lleno de dibujos con rostros de hombres al límite de la deformidad. La nariz grande, ganchuda, la parte de arriba del cráneo más ancha respecto del resto. Las orejas gigantes—. Lee —insistí.

Aquellos dibujos me atraían y me turbaban a la vez.

—Es como una rima infantil —me explicó ella—. La frase describe lo que hay en el dibujo. Dice: «Los judíos, ahí donde los veis, tienen la nariz en forma de seis».

—¿Qué quiere decir eso?

—¿Sabes cómo se escribe el número seis?

Me acerqué al escritorio donde estaba sentada y escribí el número seis en un pedazo de papel. El redondel era demasiado grande y el rabo no seguía bien la curva, pero servía para lo que Teresa quería explicarme.

Cogió el papel y se lo pegó en la cara, así que el seis se convirtió en una nariz grande y ganchuda.

—¿Son así los que van a venir? —pregunté.

—A ver, déjate de bromas.

—Es lo que pone aquí.

—¿Y para ti es suficiente que algo esté impreso en un papel para que sea verdad?

—¿Tú has visto alguna vez a uno de ellos?

—¿Te acuerdas del señor Horowitz? Venía de Caserta a comprar los rollos de treinta metros para sus fábricas. Yo era la que preparaba su pedido, siempre. Sabía inglés porque de pequeño había vivido con su madre en Londres y cada vez que venía me enseñaba una palabra nueva. *Dog, water, sky, yellow.* Aún las recuerdo. Era judío y todo el mundo lo sabía.

—¿Y cómo era el señor Onovis?

—Horowitz.

—Horowitz.

—Gordo como mi padre, calvo como el hermano de mi madre que vive en Salerno, con una nariz grande y llena de pelos como la de don Franco; no olía tan mal como los que trabajan aquí en la cordelería y, en resumidas cuentas, era tan feo como todos los varones que conozco. ¿De dónde has sacado este pasquín?

—Lo ha traído a casa mi padre.

—¿Tu padre sabe leer?

—Apenas. Dice que no sirve de nada.

—Esa porquería no quiero ni verla.

—Según tú, ¿por qué los envían aquí?

—Mi padre ha dicho que para hacer trabajos forzados. El Gobierno los obliga a venir aquí a trabajar en el campo.

—Pero ¿por qué justo aquí?

Teresa tenía un año más que yo. Cuando movía el cuello, se le marcaba el movimiento de los músculos, como si los mecanismos de su cuerpo fueran transparentes. El maestro de primaria Anastasi y ella eran las personas más cultas de Tora e Piccilli. Cuando llegaba una carta al pueblo, los campesinos pedían su ayuda por dos motivos: para que se la leyera y porque sabían que ella no hablaría de sus asuntos con nadie. Teresa custodiaba los secretos de las familias más pobres de Tora y encontraba las palabras adecuadas para comunicar muertes y nacimientos, bodas y enfermedades repentinas. Los campesinos mostraban su gratitud regalándole unos huevos o un trozo de queso, tanto si las noticias eran buenas como malas. Una vez volvió a casa con una cabra después de haber anunciado la llegada de una herencia.

Por la tarde trabajaba en la cordelería de su padre. Revisaba los registros y llevaba la cuenta de la mercancía que entraba y que salía. Si descubría que los operarios habían robado un pedazo de cuerda para volver a venderlo, ella no le contaba nada a su padre; le bastaba con modificar los registros, de manera que aquellos libros modificaban la realidad.

—Roba más mi padre que sus operarios, y a fin de cuentas lo que se llevan es poca cosa.

No sabía casi nada de lo que hacía en el colegio, y las

noticias a propósito de sus compañeras de clase eran fragmentarias: por lo visto, y por razones distintas, ni ella ni yo teníamos amigos.

Yo sólo conocía una parte ínfima de Teresa. El resto estaba sumergido, como la ciudad de Atlántida o como esos bloques de hielo que asoman en el océano helado, de los que sólo puedes ver una parte diminuta. Ella misma me lo había contado.

Teresa me protegía de los demás chiquillos que me tomaban el pelo, lo mismo que había hecho el *Negro* al defenderme de mi padre. Ellos gruñían como los cerdos, se colocaban a cuatro patas, se ponían perdidos de barro e imitaban a un puerco rengo. Yo sentía un dolor insoportable que se convertía en rabia. Me iba de cabeza contra ellos, pero, aunque tuviera la sensación de estar corriendo a una velocidad increíble, mi pierna me permitía dar sólo pequeños pasos. No encontraba la manera de desahogarme y acababa hablando solo o con los cerdos. Nunca llegué a entender por qué Teresa se había puesto de mi parte.

Pensé que no lo hacía por mí, sino porque en el fondo ella también odiaba aquel pueblo. Detestaba a las familias como la suya, que los domingos se entretenían charlando en la plaza de la iglesia al lado del alcalde para dar a entender a todo el mundo cuáles eran sus principios: la Iglesia y el fascismo, un Dios en el cielo y otro en la tierra.

Teresa era la única que decía que un buen día se marcharía, y conociéndola sabía que hablaba en serio.

—¿Adónde piensas irte? —le preguntaba.

Roma, Nápoles, Milán y a veces incluso París y Londres.

—Son nuestros enemigos —le contestaba yo.

—Yo no tengo enemigos —replicaba ella.

Viendo cómo rellenaba los libros de cuentas, yo estaba convencido de que tanto ella como yo acabaríamos ocupándonos de los negocios de nuestras familias y nos convertiríamos en una copia de nuestros padres.

—En mis asuntos mando yo —decía ella.

Su pelo olía igual que el cáñamo de las cuerdas, y al entrar en la cordelería me parecía verla en todas partes, pero incluso estando en el bosque sentía su olor al cruzar un sendero lleno de hayas y geranios silvestres.

Teresa vivía en la planta de arriba de la fábrica y la ventana de su habitación daba al patio que servía también de punto de carga. Sobre el portalón de hierro, en la entrada del edificio, había una placa en la que ponía CORDELERÍA GLICINE. Las letras blancas del letrero estaban colocadas en un soporte de metal verde igual que el de la tienda de ultramarinos que había en la plaza. La primera y la última letra eran más grandes que las demás, y justo debajo de la inscripción había dibujada una cuerda que unía la G y la E. Glicine era el apellido de Teresa. Un día me explicó que Glicine era igual que glicinia, un color y también una planta.

—¿Y cómo es el color glicinia?

—No se pueden explicar los colores. Tengo que enseñártelo.

—Pues dime a qué se parece.

Ella se lo pensó un instante.

—Se parece al violeta cuando lo dejas dos días en remojo.

En los alrededores de Tora e Piccilli, la de Teresa era la única cordelería. Ella me contaba que las cuerdas sirven para atarse y no caer, también para arrastrar pesos, pero un hombre en Caserta había usado una de sus cuerdas para ahorcarse: las cosas por sí mismas nunca son buenas o malas.

En el almacén, las cuerdas estaban dispuestas según su

longitud. Diez metros, veinte metros, treinta metros. Luego venía la ordenación de acuerdo con el espesor, y de ahí se deducía cuánto peso podían aguantar. Las cuerdas iban enrolladas en unos enormes carretes de madera que tenían la misma forma que los que guardaba mi madre en una caja de latón y usaba para zurcir los calcetines de algodón de Rosetta.

No sabría decir si Teresa y yo éramos amigos. Éramos un varón y una hembra, y en Tora e Piccilli, o en cualquier otro lugar que yo pudiera imaginarme, los varones y las hembras se casan y tienen hijos. Eso de que una hembra proteja a un macho no está de Dios, y la mañana en que lo hizo, Teresa marcó las pautas de nuestra relación.

Ese domingo estábamos en el patio de la iglesia. Lo único que se me permitía a mí en un campo de fútbol era jugar de portero, y me esforzaba por hacerlo bien. Todo dependía de quién era el delantero del equipo contrario, es decir, si quería meter un gol o sólo tomarme el pelo e hincharme a pelotazos. Renato, el hijo del farmacéutico, echaba la pelota hacia delante para luego hundir una pierna en el campo, como si fuera una muleta, y avanzar con la otra. Todo el mundo soltaba carcajadas y miraba hacia la portería. Yo también me reía, porque no sabía cómo reaccionar y porque hubiera dado media vida por ser como ellos.

Teresa se había fijado en lo que estaba pasando. Hasta entonces, ella y yo nunca nos habíamos dirigido la palabra. Cuando vives en un pueblo como Tora e Piccilli, conoces a todo el mundo. Todos saben de quién eres hijo y nieto, de quién era la tierra que ahora cultiva tu padre y quién vivía en tu casa antes de que tú nacieras. Nunca habíamos hablado y nunca lo habríamos hecho si no fuera porque la crueldad ajena tocó un punto sensible de su corazón. La vi mientras entraba en el campo de fútbol. Había arrancado una rama del cerezo del oratorio y avanzaba hacia el centro. Nadie le hizo caso. Su cuerpo seco no era ni la mitad de corpulento que el de los chicos a los que iba a enfrentarse. Llevaba en las manos aquella vara larga y nudosa que se le parecía; se acercó a Renato y, cuando lo tuvo cerca, descargó en sus piernas desnudas un violento latigazo con la rama de cerezo. Un solo golpe. Vi cómo su brazo se cargaba de energía y luego la soltaba con fuerza.

Ése fue el momento exacto en que empecé a pensar en Teresa, una maraña de confusas sensaciones que tenían que ver con su pelo y con esos brazos delgados que hubiera querido estrechar entre los míos. Sólo al cabo de un tiempo, cuando empecé a ir a verla a su casa, reconocí el gesto: era el mismo que hacían los operarios de la cordelería cuando alineaban las cuerdas en el suelo del almacén. Alargaban el brazo y manejaban la cuerda hasta conseguir un movimiento de ola. Un latigazo. Ella había imitado el gesto más ancestral que conocía, en el que se reconocía a toda su familia. Teresa debía de estar segura de que Renato tardaría un rato en reponerse del golpe, que no la molería a puñetazos. La sangre manchó el centro del campo del oratorio. Era roja, deslumbrante, parecida a la que habían pintado en las manos de Jesús en la estatua de su crucifixión.

Acto seguido, Teresa se puso a correr hacia mí gritando:

—Tú con éstos no puedes ir ni hasta la esquina. ¡Anda, vete, vuelve a casa de tu padre!

Pero yo no quería que me salvaran. Lo que de verdad anhelaba era ser como los demás niños del pueblo, y si no fuera por su afán de salvar a todo bicho viviente, quizás lo habría conseguido.

—¡Vete de aquí! —me gritó.

Me puso las manos en el pecho y empujó; tras dar unos primeros pasos, empecé a correr lo más rápido que pude.

Por la noche soñé con aquel contacto. Su peso exiguo, los brazos nerviosos echados hacia delante. Jadeaba, y yo veía su pecho inflarse y desinflarse. Había empezado a correr con la huella de sus manos en la piel, y otro tanto había hecho ella; por unos metros nos mantuvimos uno al lado de la otra, pero Teresa tomó enseguida la delantera y se fue hacia el pueblo mientras yo me iba en dirección a los campos.

Llevaron a Renato al hospital. Ahora también su pierna tenía una marca que lo acompañaría para siempre.

Nunca se habían registrado episodios de tanta violencia en el oratorio. La familia de Teresa hizo un donativo y el cura celebró una misa, llevando al santo en procesión por todo el campo de fútbol. Ella encabezaba el modesto desfile detrás de la estatua. Llevaba puesto un velo que le tapaba los ojos. En la mano izquierda portaba una vela y la derecha la tenía apoyada en el corazón. Al preguntarle por qué lo había hecho, ella no mencionó mi nombre. La gente en la procesión le imploró al santo que purificara el campo. El cura pronunció una oración y luego se puso de rodillas en el punto donde se había derramado la sangre y se quedó unos instantes en silencio. Había incomodado a un santo por un asunto que tenía que ver con un miserable porquero. Seguí el cortejo junto a los demás paisanos. Le pedí perdón a la estatua, a la Virgen, al alcalde, a Mussolini, al cura, me persigné tres veces, recé un «Ángel de la guarda» mezclando las palabras que recordaba con otras inventadas en ese mismo momento.

A la semana siguiente fui a la cordelería para darle las gracias. Esperé a que mi padre se hubiera ido del pueblo, cerré la puerta del establo con una tranca y me aventuré en el bosque. Inauguré aquel sendero la primera vez que fui a su casa, y tuve la sensación de estar confesándoles un secreto a los árboles.

—¿A qué has venido? —dijo.

—He venido para darte las gracias.

Le hablé en italiano, renunciando a la lengua que usábamos en el pueblo, un habla que parecía contaminada por las bestias y la tierra.

—Hueles mal —me dijo.

Agarré el borde de la camisa y me lo llevé a la nariz.

—Podría ser.

—Antes de darme las gracias, tienes que asearte.

Me llevó al patio y tuve que lavarme la cara, los brazos y las manos con la manguera que utilizaban para limpiar los carretes donde se enrollaban las cuerdas. El agua estaba fría.

—Ponte al sol, que así te secarás enseguida —me dijo ella riendo—. ¿No tienes ropa limpia?

—Es la ropa que uso en el establo.

—¿Ni siquiera tienes algo para los domingos o los días de guardar?

—Hoy no es domingo. ¿Es aquí donde se fabrican las cuerdas? —pregunté.

—Lo pone en al cartel ahí fuera —dijo ella.

—No sé leer.

—Ya le he dicho un montón de veces a mi padre que este cartel podríamos quitarlo porque aquí en el pueblo nadie sabe leer. Bastaría con poner el dibujo de las cuerdas. —Al cabo de un rato, añadió—: Disculpa, no quería ofenderte.

—No te preocupes; es la pura verdad.

—¿Qué hacen los cerdos todo el rato?

—Están dentro de los cercados. De vez en cuando los saco. Esperan.

—¿A qué esperan?

—A que los llevemos al matadero o al mercado.

—¿Lo saben?

—Lloran, saben que el tiempo va pasando.

Teresa me enseñó el lugar donde extendían los rollos de cuerda, el almacén y el despacho de su padre. El escritorio estaba colocado en una tarima de madera y desde ahí podías ver cómo los operarios trenzaban hilos finos en un molinete de madera y cómo a cada vuelta la cuerda iba alargándose y haciéndose más gruesa. Teresa llevaba la cuenta de la cantidad de cuerda vendida, de los materiales comprados y de las horas de trabajo de los operarios. Algunas veces me llamaba Davide y otras Buonasorte, como si hablara con dos personas distintas.

Cuando no estaba su padre, Teresa pedía que le dejaran ocupar el sitio de uno de los operarios. Yo mismo la había visto.

—Si tu padre se entera, nos echa, y nosotros tenemos una familia a la que mantener —le decían los hombres.

—Dale que te pego con eso de la familia. Todo el mundo tiene familia en el pueblo; es lo único que tenemos.

—Hablas así porque a ti no te va a pasar nada y te importa un pimiento lo que nos pase a nosotros.

—Sólo quiero echar una mano y enterarme de cómo se hace.

—Tu padre se va a cabrear. Ya sabes tú qué mala leche se trae.

—Ése siempre anda cabreado, y habría que ver quién de los dos tiene peor carácter.

Había aprendido a trenzar las cuerdas y consiguió colocar en el carrete las que tenían el diámetro más fino. Las de treinta metros eran muy gruesas y requerían demasiada fuerza. No tenía peor carácter que su padre y los operarios lo sabían, pero le gustaba dar un pasito adelante en cada cosa que hacía, y gracias a ella en Navidad todos los obreros habían recibido una cesta con vino, queso y huevos.

Durante las tardes que pasé en la cordelería aprendí a multiplicar y dividir; también que Italia tenía forma de bota, algo que aún hoy me divierte; que Tora e Piccilli eran dos pueblos diminutos; que Caserta no era la ciudad más grande del país, como solían decir aquellos que estaban de cháchara en la plaza o acababan de volver de la consulta de un médico excelente que vivía justo al lado del Palacio Real; que otras ciudades en Italia eran el doble o el triple de grandes que Caserta. Incluso diez veces más grandes.

Teresa no le tenía miedo a nada. Ni siquiera le dio miedo tocar al *Negro*. Dijo que nunca había visto un animal tan grande, y cuando el *Negro* vio que se aproximaba al cercado, bajó la cabeza.

—No lo toques. Podría embestirte —le dije.

—Tengo miedo; por eso debo tocarlo.

Teresa avanzó. El *Negro* reculó un metro, pero ya no tenía más espacio disponible. Bloqueado en un rincón, estaba nervioso y asustado.

—Tranquilo, no quiero hacerte daño. Si sigo viniendo aquí, más vale que seamos amigos.

Apoyó una mano en su cabeza.

El *Negro* se calmó.

—Mi padre dice que a su debido tiempo voy a poder alistarme en la asociación de las jóvenes fascistas, pero no es eso lo que quiero hacer —dijo, acariciando la cabeza del *Negro*—. A su debido tiempo, como dice él, me iré a vivir a Roma a casa de mi tía.

—Hay que coger dos autocares para llegar a Roma.
Se encogió de hombros.
—Eso está chupado.
—¿Y qué vas a hacer?
—Encontrar un trabajo y seguir estudiando.
—¿Y no quieres casarte? —le pregunté.
—¿Como mi madre o la tuya?

El día previsto llegaron los judíos.

Contaba la leyenda que el diablo se había paseado por un lugar del pueblo que llamamos Selva y que había dejado su rastro en la lava ardiente. A ese sitio lo llamábamos las Huellas del Diablo. Ahora se decía que la llegada de los judíos era la verdadera razón por la cual muchos años antes el diablo se había tomado la molestia de caminar por nuestro pueblo. Había venido a darse una vuelta y decidió que éste era el lugar adecuado.

No sabíamos nada de los judíos, de su forma de vida y de la forma de su nariz, pero habíamos recibido la consigna de odiarlos. Era como acoger en tu casa a un enemigo difícil de desenmascarar, tan astuto como el mismísimo diablo.

Desde la colina donde me había resguardado era fácil ver qué pasaba en la carretera. Mujeres y hombres, jóvenes y ancianos se habían reunido en la plaza adonde poco después llegaría el autocar de los militares. Algunos habían llevado sillas, como si fuera el día en que sacaban al santo en procesión y luego actuaban unos cantantes de tres al cuarto venidos de Nápoles que en el pueblo eran recibidos como celebridades.

Yo había sacado al *Negro* del cercado. Mi padre no quería e insistía en que no era un animal del que fiarse, pero conmigo siempre había sido leal. Si el *Negro* conseguía escaparse, no habría manera de pillarlo, pues se metería en lo más hondo del bosque, y ahí encontraría la manera de esconderse y dominar a los demás animales.

Le había atado una cuerda al cuello y de vez en cuando daba un tirón para hacerle saber quién mandaba ahí. Si se lo hubiera propuesto, me habría arrastrado a donde le hubiera dado la gana, pero el *Negro* me había concedido su amistad y ése era el motivo por el cual los demás animales del establo me respetaban.

Cuando vi el autocar trepar carretera arriba, llevé al *Negro* de vuelta al chiquero y me fui corriendo a la plaza, el único lugar con anchura suficiente para que el vehículo pudiera dar la vuelta luego y volver a bajar. La imagen del judío con la nariz en forma de seis me había impedido dormir aquella noche, excepto en algunos momentos de sueño agitado.

Busqué atajos aprovechando unos caminos que conocía muy bien y entrando en fincas ajenas. En el pueblo no había pasado nada igual desde que una maestra procedente de Viterbo vino para sustituir a Anastasi después del accidente. Ese día también nos habíamos reunido en la plaza para asistir a la llegada de la primera persona de carne y hueso que venía del norte.

Cuando llegué, todo el mundo estaba esperando el autocar y una pregunta, una sola, machacona, muy clara, seguía repitiéndose de boca en boca, alimentando conjeturas imaginarias: ¿por qué los han enviado precisamente aquí?, ¿por qué, si nosotros somos de los que van a misa cada domingo? ¿De verdad haría falta llevar la estatua del santo hasta las Huellas del Diablo, como recomendaban los viejos del lugar, o que el cura bendijera el pueblo entero como pasó cuando Teresa había herido al hijo del farmacéutico, intentando buscar la benevolencia del santo?

Me senté en un muro bajo. El autocar superó la última curva e hizo su aparición. Se parecía a uno de esos peces gigantes de los que me había hablado Teresa. Una ballena. Un pez que podía llegar a ser tan grande como la iglesia o multiplicar por tres el tamaño del establo. Una ballena que medía diez veces más que los coches de los militares que de vez en cuando daban vueltas por el pueblo. La parte delantera era abombada para vencer sin esfuerzo la presión del viento; en cambio, la hilera de las ventanillas era recta y el sol se reflejaba en la carrocería de metal.

—La ballena —dije.

Lo tenía tan claro que la palabra se me escapó de la boca. No sabíamos nada de peces ni de cualquier cosa que tuviera que ver con el mar, pero todo el mundo sabía qué era una ballena. Marcello y Renato soltaron una carcajada y me sentí como el tonto del pueblo que nadie quería como amigo.

Fue en ese estado de frustración como me pilló el primer encuentro con Nicolas, justo así, mientras me moría de vergüenza por haber pronunciado en voz alta «ballena», sin saber que ésa era la única palabra posible para describir la enormidad de lo que estaba a punto de pasar en mi vida.

En ese preciso momento se estableció el antes y el después, el dentro y el fuera.

Nicolas fue el primero en asomarse al sol de mediados de septiembre, que aquel día era blanco y potente. Llevaba una camisa marrón y un pantalón oscuro, y cuando la luz solar dio de pleno en su rostro, se protegió los ojos con las manos. Recuerdo la parsimonia del movimiento del brazo, las falanges primero cerradas y luego entreabiertas para recibir una luz más contenida, la camisa que se apoyaba en el esternón amplio y liso. Nunca había visto yo a un chico tan hermoso. Pensar en eso me pareció inadmisible por una serie de razones, todas muy apremiantes: él era un varón y yo lo estaba mirando de una manera que no correspondía, y además era un judío confinado por los fascistas, y los fascistas siempre sabían muy bien lo que nos convenía.

Aquélla fue la primera vez que sentí envidia, un pecado al que inevitablemente seguiría otro porque ciertos pecados son caminos que por su propia naturaleza te obligan a atreverte a pisar senderos aún más prohibidos. Eso era lo que nos contaba el cura en la clase de catequesis, pero hasta ese día nunca hubiera imaginado que fuera tan placentero. Pocas horas después, por la noche, acabé pensando que esa misma sensación anidaba en el corazón de todos los chicos ahí presentes. Un sentimiento dulce y devastador. Para alguien que se pasaba todo el día rodeado de cerdos, en un establo aislado del resto del pueblo, aquello era lo nunca visto.

Aún no imaginaba que no ser él me haría tanto daño.

El chico se colocó al lado del autocar. Al cabo de un rato se bajó un hombre y pensé que era su padre. Luego aparecieron alrededor de treinta personas más, pero yo no hacía otra cosa que buscar con la mirada al chaval que había bajado en primer lugar. Se había apoyado en el chasis, que estaría hirviendo, y se quedó mirando a los viejos, a los niños sucios, a las mujeres gordas, a los perros con las costillas marcadas, todos juntos y apiñados en la plaza.

Sólo habían pasado unos pocos minutos desde su llegada y la escena ya había dado un vuelco total. Ahora éramos nosotros los deformes, los zopencos, los que habíamos nacido del lado equivocado.

Los militares les pidieron formar en una fila de dos. El chico y el hombre que se le parecía se colocaron uno al lado del otro. Los guardias ordenaron al grupo que se moviera. Ellos cogieron las maletas y empezaron a caminar. La procesión se dirigió con paso marcial hacia los alojamientos de la señora Ottavia.

Dado el nuevo rumbo de los acontecimientos, cabía preguntarse si ese chico quizás hubiera preferido cambiar su condición por la nuestra. Éramos italianos, fascistas, íbamos a misa, los hombres más capaces del pueblo habían ido a la guerra y habían muerto, y eso de alguna manera nos protegía porque habíamos cumplido con nuestro deber, pero la imagen del chico que se resguardaba del sol, intentando captar cuantos más retazos mejor del lugar del que no sabía cuándo saldría, iba más allá de cualquier cosa que yo hubiera experimentado.

De sopetón, sentí el impacto, me percaté de cómo mi cuerpo volaba por los aires hasta acabar tirado en el suelo. Todos se dieron media vuelta para mirar hacia mí y se enteraron antes que yo: mi padre había venido a buscarme.

—¿Qué diablos haces aquí? El cercado del *Negro* estaba abierto. ¿Y si llega a escaparse?

Nunca me había pegado hasta entonces, y decidió hacerlo delante de todo el mundo, de los militares y de los judíos recién llegados.

Me levanté sin decir esta boca es mía. Miré al otro lado de la plaza. Hacía rato que el desfile había pasado y seguro que aquel chico no me había visto caer y levantarme con el rostro encendido y un hilo de sangre que se me escurría nariz abajo.

Desde el mismísimo momento en que me fijé en su manera de andar, empecé a medirme con él. Todo se había vuelto viejo, trasnochado, cualquier lugar resultaba ahora inhóspito e irreconocible. Nicolas era la prueba fehaciente de que todo aquello de lo que me había hablado Teresa —las ciudades sepultadas por la lava del volcán o aquel mar enorme con un nombre que sabía a pan y tierra, el Mediterráneo— existía. Era la prueba de un mundo complejo e imposible de imaginar, un mundo que sólo era posible contemplar en toda su belleza. Me entraron ganas de salir de Tora.

Más tarde descubriría que la esencia de Nicolas era oscura, que ni siquiera él la conocía, y que mis intentos de conocerla eran sólo maneras de reconducirlo a lo que yo era. Nicolas no gobernaba el poder que poseía, sino que estaba dominado por él.

Me entretuve imaginando qué estilo de vida llevaría en Nápoles y pensé en una casa luminosa, en unas vacaciones en la costa, digamos que en un hotel con terraza que daba a la playa, en clases de violín o en largas cabalgadas. Había tomado prestada esta imagen de los veranos de Teresa, de lo que me contaba que hacían sus compañeras de colegio. No tenía material suficiente para imaginar una vida que de verdad le perteneciera. Al principio creé para él una familia numerosa sentada alrededor de una mesa y celebrando una fiesta, y luego fui retocando la idea hasta verle sólo con su madre, su padre y una chica tan hermosa como él que debía de ser su hermana. Sentía el olor de sus prendas limpias y el brillo de los zapatos nuevos. La madera noble de las sillas, el tejido refinado de las cortinas, pero todo eso eran fabulaciones mías. No sabía nada de él ni de nadie que no se ocupara de cabras o conejos.

Nicolas acabó drásticamente con todo lo que había visto en los pasquines. Al final pensé que los fascistas habían distribuido aquellos dibujos porque les asustaba todo lo que era distinto de lo suyo, un mundo nuevo, imparable, que tarde o temprano los arrasaría. Pensé que también nosotros, gente de pueblo, éramos una especie en extinción como los dinosaurios de los que me había hablado Teresa, unos animales que sólo eran capaces de devorarlo todo y que al final habían desaparecido, al contrario que otros animales más pequeños y aparentemente más frágiles.

En casa me estuve observando en el único espejo que teníamos, el del dormitorio de mis padres. Era redondo, con un marco de madera. Estaba ahí desde siempre y no sabía de dónde había salido. ¿Sería un regalo de bodas?, ¿qué parientes lo habían traído a casa? La única que se miraba en ese espejo era mi madre, y lo hacía los domingos antes de ir a misa. Se ahuecaba el pelo levantando los mechones que se le habían pegado al cuello. En un rinconcito de su persona resistía la imagen de cuando era joven.

Me acerqué al espejo. Miré con atención mi rostro y me dije que no había manera de que yo me convirtiera en él. Lo primero que hizo Nicolas fue animarme a que me observara.

Cuando de pequeño di los primeros pasos, mis padres se dieron cuenta de que algo fallaba en mi manera de andar. Ya aprenderá, concluyeron. Si esa malformación la llega a tener un cerdo, mi padre hubiera sabido muy bien qué hacer. El hijo del fascista no podía ir a la guerra, Mussolini se moriría de vergüenza teniendo a un individuo como yo en su propio ejército. Nuestros enemigos no me matarían, sino que harían algo mucho peor: mofarse de mí.

Alargué una mano y toqué la imagen reflejada en el espejo. ¿De verdad ése era yo?

Me vi más alto y más delgado que la última vez. El tabique nasal se había vuelto más robusto y de alguna manera el rostro de mi padre empezaba a sobreponerse al mío. Con los dedos de la mano derecha me toqué las costillas y las sentí fuertes. Al golpearlas con las yemas de los dedos, oí un ruido sordo, como cuando le das a un pedazo de madera para comprobar su densidad y deducir cuánto peso puede aguantar.

El chico que había visto bajar del autocar era más alto y más delgado que yo. El pecho ancho, bien proporcionado, era más esmirriado que el mío. Si nos hubiéramos liado a puñetazos, yo le habría ganado, pero ésa era la única ventaja que tenía.

Pasé los primeros días en un aislamiento total, concentrado en las bestias. Sustituí los cercados de madera que servían para separar algunos animales que molestaban a los demás por unos nuevos, más robustos. Me pareció el momento adecuado para ese trabajo que llevaba meses posponiendo.

Junté la madera talando unos troncos secos del otro lado del arroyo, los llevé con la carretilla hasta la entrada del chiquero y ahí los corté. Al final no había dos tablones iguales, pero la función de las piezas no requería precisión en el trabajo. Lo que importaba era que cada cercado pudiera resistir las embestidas de los animales más grandes. Concentrarme en el esfuerzo, no pensar, hablar lo menos posible, levantar, transportar, clavar, buscar el cansancio. Todo eso, de repente, me pareció fundamental.

Cuando el trabajo estuvo listo, mi padre entró en el chiquero. Puso las manos encima del tablón del primer cercado y lo forzó, tirando hacia sí la pieza cada vez con más energía. Observé cómo los músculos de sus brazos se tensaban y todo su cuerpo se ponía rígido. La madera se tambaleó, pero la estructura general superó la prueba. Sabía que la fuerza que había empleado era superior a la de cualquier animal. Examinó los puntos débiles, ésos donde se unían las piezas, dio unos cuantos empujones más y luego salió del chiquero sin soltar prenda. Ésa era su manera de decir que había sido un buen trabajo

Construir cercados para animales inquietos fue la segunda cosa que Nicolas me llevó a hacer.

Marcello, Renato y yo nunca habíamos sido una pandilla, y de existir una en Tora e Piccilli, seguro que el hijo del farmacéutico no hubiera querido que yo formara parte de la suya. Sin embargo, los judíos nos habían unido. La presencia de aquel extraño grupúsculo había establecido un nosotros y un ellos, y, quieras que no, unas familias de nuestra comunidad que se odiaban desde tiempos inmemoriales por la desaparición de unas gallinas o por un lío de lindes entre parcelas ahora tenían un enemigo común.

—En los demás pueblos no los quieren ni ver, y por eso los han mandado aquí —dijo Renato—, y nosotros tenemos que hacer tres cuartos de lo mismo: si nadie los quiere, nosotros tampoco.

—A nadie le gusta que nos los hayan enviado —confirmó Marcello—. La gente no hace otra cosa que hablar del asunto. Tenemos el deber de intervenir.

—¿No tendrían que ocuparse nuestros padres de estas cosas? —pregunté.

—No quieren que los señalen —contestó Renato—. Lo que nos están pidiendo es que nosotros, los jóvenes, demos un paso adelante. Por el pueblo y también por el partido.

—Si no hacemos algo ahora, van a enviar más. Bastante tenemos ya con preocuparnos de nuestros propios asuntos.

Que se los queden en sus ciudades de origen, nosotros no los queremos. La gente ya está comprando quinina en la farmacia porque por lo visto traen enfermedades. ¿Verdad, Renato? —apostilló Marcello.

Renato asintió.

El pueblo había percibido la presencia de los judíos de una manera totalmente opuesta a la mía. La luz que me deslumbrara a mí había cegado a todos los demás.

—Por la noche se sientan a la fresca y se ponen a mirar las estrellas. Puede que sea algo que practican en su religión. Los he visto.

Renato cogió una piedra y la lanzó hacia la hierba alta. Oímos cómo los tallos atenuaban el impacto.

—¿Qué deberíamos hacer? —pregunté.

—No está bien que aquí se comporten como si estuvieran de vacaciones. Por la noche tendrían que recogerse en casa como lo hacen nuestras familias.

—No está bien, no —repitió Marcello.

—¿Y nosotros qué deberíamos hacer? —volví a preguntarles.

El padre de Renato era el dueño de la farmacia en el centro del pueblo. Le decían doctor, pero sólo era farmacéutico. La gente venía de los pueblos de los alrededores a pedir los medicamentos y él hacía que se los trajeran de Capua, de Caserta e incluso de Nápoles si la enfermedad era grave. El día posterior a la entrega de un remedio importante, él mismo se encargaba de comentarlo en la plaza. Se explayaba sobre el trayecto que había tenido que recorrer con su coche después de recibir el telegrama de la farmacia de Nápoles, y todo eso para salvarle la vida a alguien del pueblo. Los aldeanos le llamaban santo y le besaban las manos, deseándole que la Virgen le concediera cien años más de vida. La farmacia era pequeña y en el pueblo las enfermedades no eran nada del otro mundo: a base de quinina y bendiciones casi siempre conseguíamos salvarnos.

—Tengo tres barras de hierro que mi padre usa para pegar a los perros —dijo Renato—. La cuestión es que entiendan que no los queremos aquí y que tienen que portarse como es debido. Cuanto antes se lo dejemos claro, mejor.

La expresión «barras de hierro» me impresionó.

—¿Y yo qué tendría que hacer? —pregunté.

—Si no quieres venir con nosotros, nos lo dices y punto —contestó Renato.

Se quedaron esperando a que dijera algo. Los chicos me estaban ofreciendo la posibilidad de ser uno de los suyos, pero quedaba por resolver el asunto del chaval de la ballena. Tenía dos oportunidades. Una me la sabía desde siempre, la otra era desconocida.

—Me apunto —dije.

—Tú trabajas con animales; sabes muy bien qué hay que hacer.

—Nunca he pegado a los cerdos.

—A los animales hay que pegarlos, que de otra manera no saben quién manda. Tu padre te pega, lo hemos visto todos. Es mejor que se lo pidamos a él.

—No, voy yo.

Los hijos tienen la misma sangre que sus padres. Nuestro destino está escrito en el de nuestros padres, y el de nuestros hijos en el nuestro. Continuaremos perpetuando una vida miserable en cuerpos distintos. Si hubiera tenido la fuerza de Teresa, les hubiera dicho que la vida de mi padre no me pertenecía y que iba a convertirme en alguien diferente, aunque siguiera siendo su hijo. Si le hubiera dicho que yo también quería subirme a un autocar e irme, quizás ella me habría mirado de otra forma.

—Tienes que hacer lo mismo que hacemos nosotros.

Cuando nos veas pegándolos, tú también les das con todas tus fuerzas. Es así de simple.

—No tengo miedo —dije.

—Y yo que me alegro. Pasaremos a recogerte a las diez. A esa hora estarán en el campo.

—¿Cuántos son? —pregunté.

—No importa cuántos son —dijo Renato—. Nosotros somos más fuertes.

Pasé la tarde en el chiquero, ocupándome del cercado de contención. Le daba al martillo, golpeando con fuerza los tablones. La madera se ablandaba en el punto donde recibía el golpetazo y alrededor de la cabeza del clavo se creaba una leve depresión. Entonces volvía a darle con más ahínco. La estructura que estaba construyendo resultó ser más compleja de lo previsto, pero me sobraba tiempo, aunque la cantidad de pensamientos que pretendía ocultarme a mí mismo necesitaba más madera de la que disponía. Al transportar el material, algunas astillas se me quedaron clavadas en la capa dura de la piel de las manos. Me las arranqué sin que me doliera. Me estaba convirtiendo en mi padre a pasos agigantados. Sólo me paré cuando era de noche y ya no me quedaba energía en los brazos.

En la mesa nadie abría la boca. Hablar era una falta de respeto hacia mi padre, que se había pasado el día trabajando, y nuestra cháchara era una forma de ingratitud. Si de verdad le queríamos, teníamos que dejarle comer en paz. Cuando estaba de buen humor, era él quien le pedía a Rosetta que se sentara en sus rodillas. En esos momentos todos éramos felices porque podíamos soltar cualquier cosa sin que nuestra madre nos mandara callar. Era ella quien gobernaba el silencio. Nos reprendía con miradas, golpes de tos, suspiros, movimientos más o menos enérgicos de las sillas contra la mesa. Gracias a esas señales, Rosetta y yo sabíamos si convenía hablar.

Pero, a decir verdad, no teníamos nada que decirnos. A veces mi madre nos ponía al día hablando de bodas y entierros, los dos únicos eventos que modificaban la configuración del pueblo, dos momentos que en mi cabeza acababan significando lo mismo. Incorporábamos la noticia y mentalmente poníamos al día el censo de población del lugar. Si alguien había muerto, mi madre se persignaba, nosotros también, y con aquel gesto acompañábamos el alma hacia el paraíso. Si se trataba de una boda, mi padre soltaba: «A partir de ahora, que se las compongan», y no es que quisiera hacerse el gracioso; sólo expresaba la opinión de un fascista que creía a pies juntillas en la patria, pero no lo suficiente en la familia, que era su reproducción a escala doméstica.

Los demás acontecimientos señalados de los que se podía hablar tenían que ver con los animales de alguna granja cercana que habían parido o habían sido sacrificados por culpa de una enfermedad. Era indispensable saber estas cosas, por si descubríamos algunas manchas en la piel de nuestros animales.

—¿Qué te pasa, Davide? —me preguntó mi madre.

—Nada —contesté.

Mi hermana y yo comíamos amortiguando los ruidos de la boca para que no nos cayera una bronca. Había que esperar que la saliva ablandara el pan antes de masticar.

Mi padre agarró el vaso lleno de agua y se lo bebió de un trago. Fortunà no tomaba vino. Por la mañana se despertaba antes del amanecer y tenía que confiar en lo que daba de sí su cuerpo: la tierra y los animales eran su credo. Su amor por el trabajo era sincero. No soltaba tacos, no blasfemaba, no fumaba. Yo admiraba el cuidado que ponía en lo suyo. Con ocasión de las fiestas del pueblo se tomaba una copa de vino para no ofender a sus compadres, porque respetaba su trabajo. Iba a misa y se comportaba como un buen cristiano, como toda la gente del pueblo.

Se dio media vuelta, mirando a mi hermana.

—Hay que estar ojo avizor. Mientras este asunto no se arregle, mejor no alejarse de casa.

Mi hermana siguió masticando. Tenía nueve años y los brazos morenos por el sol. Se pasaba el día yendo al colegio y luego al arroyo a lavar la ropa con mi madre y la señora Isabella, una vecina. Doña Isabella era como de la familia, y Rosetta se entretenía hablando de ella con mi madre.

—Alguien se ocupará de resolverlo.

Fortunà apartó el plato que tenía delante alargando un brazo, como si de repente ya no tuviera hambre. Habló despacio, midiendo las palabras. Estaba progresando en lo que era el gobierno de la ira.

—Ni siquiera sabes de qué estás hablando. Lo tuyo son los cerdos, que con ellos te entiendes.

Lo que yo quería de verdad era acercarme al máximo al chico que había visto bajar del autocar. Si no podía ser amigo suyo, entonces me las arreglaría para ser su peor enemigo.

Mantuve la vista pegada a la mesa y solté:

—Tú también tratas sólo con bestias.

No sé de dónde saqué aquellas palabras.

Ésa era otra de las cosas que el chico me empujaba a hacer sin él saberlo: echa por la borda lo que tienes, vuelve a empezar desde un nuevo yo, camina por un sendero que nunca has transitado.

Esperé a que estallara la tormenta. Sabía cómo se comportaba cuando estaba rabioso y que en unos instantes su ira explotaría. Conté hasta tres: si no pasaba nada, esa noche me libraría.

—Lo vamos a resolver nosotros. Esto no tiene nada que ver contigo. Yo me ocupo de los animales, pero no soy como tú, que te avergüenzas de lo que haces. Los demás no se avergüenzan del oficio que tienen. Quien fabrica cuerdas no es mejor que nosotros sólo por tener las manos más limpias y mejor ropa. Cuando llega la noche, todo el mundo tiene hambre, da igual que tengas dinero o no lo tengas. La gente como tú, que se queja de todo, no se merece el país que tiene *in mente* el Duce.

Luego dio un largo suspiro. Sus pulmones no le permitían hablar largo y tendido en apnea. A causa de sus dificultades para respirar se había librado de ir a la guerra, y su dedicación a los asuntos del partido era una manera de recompensar a los que se habían ido al frente.

Me levanté.

—Me voy a la cama —dije.

No era cierto lo que les había contado a los chicos: tenía miedo. Las cosas se ven mucho más grandes de noche. No estaba convencido de lo que íbamos a hacer, sobre todo después del discurso de mi padre en la mesa, pero no iba a echarme atrás después de haberme comprometido. Confiaba en que la iniciativa fracasara y en que nadie viniera a buscarme; mejor dicho, llegué a estar seguro de que no vendrían.

Sin embargo, me equivocaba. Llegaron y oí que me llamaban susurrando:

—Davide...

Me levanté y salí de casa.

—Toma —me dijo Renato, entregándome la barra de hierro.

Era pesada y maciza, lisa y fría. Había empezado a imaginármela desde el momento en que la habían mentado por la tarde.

Cualquier cosa que hubiéramos golpeado con una barra como ésa se habría caído a cachos.

—¿Te atreves? —volvió a preguntarme Renato.

—Sí —dije.

—¿Estás al tanto de lo que tenemos que hacer?

—Sí —insistí.

—Si no lo tienes claro, mejor te quedas aquí.

—Estoy seguro.

—Pues es cuestión de demostrarlo.

Pensé que todas aquellas preguntas se las estaba haciendo a sí mismo más que a mí, o quizás confiaba en que todo se fuera a pique por culpa de alguien que no fuera él.

—Andando —dije.

Sólo había una cosa que tenía muy clara: quería acercarme a aquel chico. Si lo que deseas no lo conviertes en acción, entonces es que no lo deseas de verdad.

Fuimos caminando por el sendero de bajada sin intercambiar una sola palabra. Renato iba delante en su nuevo rol de cabecilla. Pasaba lo mismo que en el chiquero: los demás animales se cuidaban mucho de acercarse al *Negro* porque era el más grande y porque ya había dejado claro que era el más peligroso. Había desafiado a mi padre frente a todos los demás, y eso lo convertía, de hecho, en el cabecilla.

El padre de Marcello trabajaba en la cordelería de Teresa. Lo llamaban el Chacal, pero no se sabía bien de dónde le venía el mote, tal vez de un delito de poca monta cometido hacía muchos años. La mayoría de los apodos en el pueblo procedía del mundo animal. Uno podía ser tan miedoso como un conejo, tan cobarde como una gallina o tan listo como un gato. La gente te ponía el mote de pequeño y te ibas con él a la tumba, y no tenía tanto que ver con un parecido físico sino con una afinidad de carácter. Al cabo de unos años descubrí que eso podía asimilarse a un ritual primitivo.

—Tengo ganas de mear —dijo Renato.

Se paró detrás de un árbol. Oímos el chorro potente. Pensé que ése era un buen momento para que alguien dijera que lo mejor sería volvernos a casa.

Nos quedamos esperando un minuto. Nadie habló. Habíamos tenido una última ocasión y la habíamos desperdiciado.

—Ponéoslos —dijo Renato entregándonos los pasamontañas—, y movamos el culo.

No me gustaba recibir órdenes de nadie, pero aquella noche sentí alivio.

La señora Ottavia tenía unos alojamientos que solían ocupar los jornaleros. Venían de Apulia, de Calabria, del Molise y se turnaban siguiendo los ritmos de la cosecha. Hombres y mujeres que se pasaban buena parte del día trabajando en el campo y el resto durmiendo. Siempre estaban cansados y no tenían dinero. Nunca iban al pueblo y nadie sabía nada de ellos. A los judíos los habían alojado allí.

Oímos voces. Nos agachamos detrás de un arbusto. Luego nos acercamos despacio al jardín y fue ahí donde lo vi por segunda vez. Nosotros éramos tres, ellos dos; estaban sentados y manejaban un instrumento que luego supe que era un telescopio y servía para mirar las estrellas, pero que aquella noche sólo me pareció un cilindro de metal orientado hacia el cielo. Más tarde llegaría a saber que la idea de llevar ahí aquel pequeño telescopio había sido de su padre. Se turnaban para mirar. Parecían gente tranquila y aburrida, tal como los había descrito Renato: dos personas de vacaciones.

Cuando los atacamos, no reaccionaron. Renato se ocupó del viejo, Marcello y yo fuimos a por el chico. Lo había visto y sabía que era más alto que nosotros, delgado; habría podido pelear, reaccionar, o como mínimo defenderse. Pero no. También el viejo se quedó inmóvil. Nosotros íbamos a por todas, pero no nos esperábamos eso. De haber peleado, hubiera sido más fácil. Sólo las manos, que el miedo no les permitía controlar, se movieron rápidas para tapar el rostro en un gesto instintivo de protección. Mis movimientos eran los mismos que los de mi padre el día que se lio a bastonazos con el *Negro,* pero me faltaban la fuerza y la determinación. Veía cómo los golpes de mi compañero se ensañaban en puntos del cuerpo que no eran vitales, mientras que los míos eran sólo unas patéticas imitaciones del odio.

Cuando nos dimos cuenta de que el chico estaba echado en el suelo sin moverse, Marcello y yo paramos. Ninguno de los dos había tenido el valor de pegar con saña. Nos habíamos limitado a soltar improperios en nuestro dialecto, que ni el viejo ni el chico iban a entender. También sus palabras eran incomprensibles para nosotros. ¿Estarían rezando en su idioma? El viejo estaba boca abajo, con la cabeza de lado. Renato tampoco le había dado fuerte. El hombre miraba en dirección al chico, como si quisiera protegerlo con el pensamiento. A nuestro alrededor yacían esparcidos los pedazos del telescopio, astillas de metal y vidrio clavadas en la tierra.

Habría dado media vida para mirar a través de aquel cilindro, pero Renato lo había hecho pedazos.

Antes de que nos fuéramos, con un hilo de voz, el chaval soltó: «Cerdos».

—Llévalas a las Huellas del Diablo —me había dicho Sabatino.

Estaba sentado delante de su tienda, tenía a los pies un perro ciego que se orientaba sólo por el olfato y se pasaba el día ladrando, como si en la negrura pudiera distinguir al mismísimo diablo. Sin embargo, aquel día el perro, acurrucado en el suelo, callaba.

—¿Te sabes el camino? —me preguntó.

A su lado había dos señoras elegantes, las dos con sombrero y una mochila de cuero en los hombros. Nunca había visto yo a gente con la piel tan clara. Por lo visto, se morían de calor, porque levantaban la cabeza como buscando aire. Por aquel entonces yo tenía nueve años, aún faltaba mucho tiempo para que conociera a Nicolas, y los domingos me daban permiso para ir a jugar a la plaza.

—¿A las Huellas del Diablo?

—Quieren verlas.

Miré a las dos mujeres. Llevaban en las manos libros y cosas raras, entre ellas un cachivache que luego descubriría yo que era una máquina de hacer fotos.

Una de las dos se me acercó y se puso de cuclillas. Me miró a los ojos. Olí por primera vez el perfume de una mujer, algo que desprendían sus vestimentas y su pelo.

—¿Te vienes con nosotras? Luego te daremos una propina.

—¿Qué? —pregunté.

—Está sordo —dijo Sabatino.

La mujer se dio media vuelta para mirar al hombre y especificó:

—Dinero.

—¿A qué vais allí? —pregunté.

—Queremos hacer fotos y ver qué forma tienen las rocas.

—¿Las piedras?

—Sí. Son muy antiguas y quisiéramos estudiarlas.

—¿Se estudian las piedras?

—¿Quieres o no quieres ir? —soltó Sabatino.

—Todo puede estudiarse —dijo la mujer.

—Vamos —contesté.

No tardamos mucho. Ellas no conocían el lugar, pero para mí era pan comido. En cuanto nos pusimos en marcha, la mujer con la que había conversado, y que luego descubrí que era la única de las dos que hablaba italiano, dijo: «Pobre criatura», y acto seguido, mirando a la otra: «*Pauvre enfant*».

En cuanto llegamos a las Huellas, yo fui a sentarme en las rocas, que a esa hora estaban al rojo vivo. Las lagartijas se habían juntado en los lugares más calientes. En cuanto oían nuestros pasos, huían corriendo nerviosas.

Además de la máquina fotográfica, las mujeres llevaban unos prismáticos. Yo no sabía qué era aquello. La que no hablaba italiano se los había colgado del cuello, y de vez en cuando los levantaba para mirar a lo lejos. La otra, en cambio, se acercaba a las rocas, las miraba con atención un rato y finalmente pulsaba con el dedo un botón de la máquina de hacer fotos hasta que se oía un ruido parecido al de un resorte metálico.

Dibujaron y tomaron apuntes a lápiz en un cuaderno de tapas negras.

Luego la mujer volvió a acercarse a mí y sacó unas monedas de la mochila de cuero que todavía llevaba colgada de los hombros.

Me tendió la mano abierta.

—Toma —dijo.

Yo señalé a la otra mujer.

—No entiendo —me contestó.

Indiqué los prismáticos que la otra mujer llevaba apoyados en el pecho.

—Yo también quiero mirar con eso.

—¿Con los prismáticos?

Asentí con la cabeza.

—¿Y no quieres las monedas?

—No las quiero.

—*Valeria, apporte-moi les jumelles.*

—*Les jumelles?*

—*Il veut regarder dans les jumelles.*

La mujer vino hacia donde yo estaba. Sólo entonces me di cuenta de que nunca se me había acercado de verdad, como si estuviera todo el rato a la defensiva. Se sacó los prismáticos y me los pasó. Me los llevé a los ojos y en un santiamén tenía enfocado el paisaje. Vi carreteras que cruzaban los campos que ni siquiera sabía que existían, casas con tejados rojos y parcelas de tierra cultivadas.

Descubrí que había vida más allá de Tora e Piccilli.

Fue después, de madrugada, cuando pensé que Nicolas había soltado aquello porque me había descubierto. Nadie excepto yo, en Tora e Piccilli, dejaba un rastro tan pestilente. Había reconocido el hedor, quizás por haberlo olido algún día durante una excursión en el campo.

«Cerdos.»

Era la primera vez que oía su italiano perfecto. Una lengua hecha y derecha, contundente. Incluso el maestro Anastasi, cuando se enfadaba, abroncaba a los niños en dialecto. Les decía de todo, que eran ovejas, cabras, pero lo soltaba en la lengua que hablábamos todos porque de lo contrario no se entendería como un improperio y los niños se reirían en sus narices.

La *c* se apoya en la *e* y esa rutilante *r* sirve para coger carrerilla y llegar a la última sílaba.

—Cerdos.

Lo fui intentando. Deslicé la lengua para pronunciar la *c* y abrí la boca de par en par para soltar la *e*.

Parecía una palabra nueva. Ya no eran las bestias de siempre. Veía a los animales desde otro punto de vista, apreciaba la diferencia entre nosotros y ellos. La pertenencia al instinto y a la tierra. He ahí otra demostración de la influencia que Nicolas ejercería en mí: las palabras. Incluso las que ya había oído, de su boca salían transformadas, y sonido y significado se amalgamaban.

—Cerdos.

Cogí uno de los cuadernos que le había robado a don Aniello Panzer, lo enrollé, acerqué un ojo y apunté al cielo. El cilindro de papel aislaba la luna del resto de lo que abarcaba la mirada; presté atención al color, en algunos momentos blanco, amarillo en otros, y la luz que se reflejaba en las paredes formadas por la cartulina brillante de la tapa me pareció deslumbrante y muy intensa.

En el pueblo había corrido la voz de que la noche anterior le habían pegado una buena tunda a dos judíos en la finca de la señora Ottavia. Ciertas noticias se esparcen muy rápido, sobre todo las que simulan tener que ver con el derecho, porque los hombres siempre tienen hambre de justicia y no hay bicho viviente que no esté convencido de que alguien lo está perjudicando. Pronto aprendería eso.

Al saber de la paliza, la gente se sintió reconfortada. Alguien nos protege. El Duce no nos ha dejado solos.

Después de darle de comer a los animales, me fui al pueblo a llevarle la leña a don Mariano.

Crucé la plaza empujando la carretilla y pasé por debajo del arco. El antiguo corazón del pueblo empezaba en aquella callejuela que subía y daba vueltas sobre sí misma. La curva hacia dentro tapaba las casas que estaban más arriba, y a medida que aumentaba la inclinación, los edificios iban apareciendo de a poco, como un premio.

El peso de la madera que transportaba se multiplicaba por dos a cada paso. Tenía fuerzas suficientes para hacer ese viaje veinte veces en un solo día, aunque me faltaba soltura en el movimiento de las piernas. La última curva llevaba a la iglesia de San Simeón. Habían dejado abierta la verja que daba acceso al recinto sagrado. A la izquierda estaba la Torre de Tora. El edificio se componía de un montón de piedras más claras que las utilizadas para levantar el pueblo. En la punta había dos campanas, una pequeña y una grande, y justo debajo el reloj.

—A buenas horas, mangas verdes —soltó don Mariano en cuanto me vio—. Muévete ya, que lo tuyo es entretenerte.

Cruzamos la nave central.

—Persígnate.

—Llevo la leña —dije.

—Lo único que siempre llevas es una buena excusa.

Pasamos por la sacristía y de allí a un pequeño patio.

—Ponla a resguardo debajo del cobertizo y no como la otra vez, que si llega a llover se moja.

—¿Aquí? —señalé.

—Más adentro. A ti lo que te faltan son ganas de trabajar, todo lo contrario que al santo varón de tu padre.

Vacié la carretilla y empecé a amontonar la leña en el lugar que me había indicado. Hacía un montoncito y, cuando ya lo veía bastante alto, me ponía con uno nuevo.

—¿Has rezado las oraciones esta mañana? —me preguntó.

—Nunca lo hago.

—Hay que ver lo que le toca aguantar a nuestro santo en este pueblo. ¿Te has enterado de lo que ha pasado?

—No —contesté.

—Qué vas a saber tú, que te pasas todo el día con las bestias en el campo. Dios nuestro Señor va a protegerte, que tú eres de los que viven lejos de las tentaciones. Eres un alma simple y hermosa.

—Yo de hermoso no tengo nada.

—Nuestro Señor ha querido que seas así. Él nos quiere a todos por igual.

—Pues que me hubiera hecho igual que los demás —dije.

—¿Cómo te atreves? Cada cosa tiene su propia forma de ser y todo tiene un sentido, aunque tú no consigas comprenderlo.

—Yo creía que me había dado estas hechuras porque andaba distraído, pero por lo visto lo hizo con intención —repliqué.

—Tú coloca la madera donde corresponde y calla la boca. Estamos en una iglesia y hay que mostrar respeto.

Se decía que don Mariano era una hembra metida en el cuerpo de un varón; la iglesia, que cuidaba como si fuera su casa, era su refugio y de ahí no lo sacabas. Los fascistas se persignaban al entrar y no se habrían atrevido a hacerle ningún daño a unos pocos metros del crucifijo. De vez en cuando en la plaza soltaban algún chiste, mofándose de él. «¿Has ido a confesarte?, ¿y te ha confesado don Mariano?», y la gente se reía, como si en lugar de «confesar» hubieran usado otro verbo más explícito.

El cura cerró los ojos un instante, como si estuviera rezando.

—Todo el mundo sabía que no era una buena idea enviarlos aquí.

—¿De quién está hablando? —pregunté, haciéndome el tonto.

—Aquí en el pueblo somos gente de bien. ¿No hubiera sido mejor que se los quedaran en Nápoles, que es una ciudad grande? Seguro que iban a encontrar algo que pudieran hacer. Yo no he visto mucho mundo, la palabra de Dios me basta, ellos también me parecen gente de bien, como nosotros. No veo la diferencia.

—¿Qué ha pasado?

—En el pueblo hay auténticas bestias, y no tienen nada que ver con las que tú cuidas. Los hay que sienten placer al hacer daño porque la vida los ha envenenado, y siendo muchos se ensañan contra uno o dos.

Esas frases me describían a la perfección.

—Esta noche les han dado una paliza.

—¿Se sabe quién ha sido?

—No se sabe. Podría haber sido el pueblo entero. Sólo los infelices les arrean a otros infelices.

En ese momento estaba hablando de sí mismo. Él era el hombre apalizado por tres chavales en plena noche y sentía aquellos golpes como si las víctimas fueran los infelices del mundo entero.

—¿Por qué nadie quiere hacerse cargo de ellos? —pregunté.

—Nosotros somos gente decente y más vale que no nos metamos en camisas de once varas. Lo único que podemos hacer es rezar por ellos y por quien lo ha hecho. Mejor hubiera sido enviarlos a algún otro sitio. Es gente acostumbrada a vivir en la ciudad, y meterlos aquí ha sido un error. No estoy diciendo que Mussolini se haya equivocado, pero quizás en un pueblo más grande hubieran pasado desapercibidos. Aquí somos cuatro gatos.

—¿Han muerto?

No sé por qué lo pregunté.

—No, no. El doctor Scognamiglio les hizo un reconocimiento y aplicó las curas. Se encuentran bien.

—¿Y quién ha pagado al médico?

—El hombre no ha querido dinero y se ha disculpado en nombre del pueblo.

—¿Le vale la leña apilada así?

—Me vale, me vale. Antes de marcharte, entra en la iglesia y reza un avemaría a los pies del altar.

—¿Y eso? ¿Qué pecado he cometido?

Con un gesto de la cabeza, me indicó la puerta que llevaba del patio a la sacristía.

—Anda, ponte a los pies del altar.

En la iglesia no había nadie. Sentí que las imágenes sagradas me miraban, la de san Simeón por la izquierda y la de Jesús que se señalaba el corazón por la derecha. Sus pupilas de cerámica parecían seguirme. Puede que lo supieran. Me sorprendía que nadie me hubiera mentado. Bastaba con acertar una pregunta: ¿quién había en el pueblo tan envidioso como yo?

Empecé a rezar, pero las palabras, aunque las pronunciara en voz baja para oírlas yo y para que la Virgen las oyera, quedaban trabadas una y otra vez porque no paraba de pensar en la noche anterior. Y había otra cosa que no conseguía quitarme de la cabeza: las piezas del telescopio. Aún me acordaba de cuando, hacía años, había mirado a través de los prismáticos de la investigadora francesa. Eran unos prismáticos pequeños, que apenas servían para ampliar algo a un centenar de metros, pero me habían maravillado. Imaginé qué significaría mirar las estrellas.

Me arrodillé y pedí perdón usando palabras de nuestro dialecto, que me parecían más sinceras que las oraciones aprendidas de memoria.

—He sido yo, no volveré a hacerlo, no dejes que se mueran los cerdos, ni mi hermana tampoco. No volveré a hacerlo, por favor te lo pido: deja que mire a través de un telescopio.

Me persigné, miré la imagen de san Simeón como para sellar un pacto y salí de la iglesia con la cabeza gacha.

—Se llama Nicolas —dijo Teresa.

—En mi vida he oído ese nombre —contesté yo.

—Nicolas —repitió Teresa—, como Nicola, pero con una *s* al final. En el pueblo hay mucha gente con este nombre. Sin ir más lejos, el sobrino de la señora Annunziata.

—Nicolás —ensayé.

—Nicolas —repitió Teresa, poniendo énfasis en la letra *i*. Soltaba la palabra del tirón, mientras yo me entretenía titubeante en una de las letras finales.

—Enséñame cómo se escribe.

Teresa lo escribió en un espacio en blanco de uno de los libros de contabilidad que tenía delante. Observé la forma que adoptaban las líneas que escribía en el papel, como si los trazos contuvieran el secreto de su nombre o de ese modo tan suyo y tan arrogante de caminar. O la razón por la cual no se había defendido durante la agresión.

—¿Es así como se escribe la *n*? —pregunté.

—Sí. Fíjate: si añades otro arco se convierte en una *m*. Seguía viendo parecidos entre el *Negro* y Nicolas: la fuerza impetuosa en uno y controlada en el otro, la elegancia de quien gobierna la manada y la belleza que lo convertía en un ser distinto y superior.

Volví a repetir el nombre en voz alta.

—No es un nombre bonito. Suena raro.

—Te suena raro porque nunca lo has oído. Eso pasa al principio con todas las cosas nuevas. Él está todo el rato con su padre. Hacen trabajos de poca monta en el campo, aunque son gente de ciudad y de eso no tienen ni idea.

—¿Ha venido con su padre? —pregunté como el que no quiere la cosa.

—Los han traído juntos. Su padre era profesor en una escuela de Nápoles. La señora Ottavia le ha contado a mi padre que el hombre trabajaba en un instituto de mucho prestigio.

—¿Eran gente rica en Nápoles?

—No lo sé seguro, pero la señora Ottavia no hubiera hablado de ellos con tanto respeto de ser pobres. El padre ha organizado algo parecido a una escuela en el alojamiento que les han asignado, pero nadie tiene que saberlo. Es una escuela secreta.

—¿Por qué secreta? —pregunté yo.

—Los judíos no pueden ir a clase con nosotros, así que es su padre quien se ocupa de que Nicolas estudie. Lo trata como si fuera uno de sus alumnos.

—¿Por qué no pueden ir a clase?

—A la escuela ahora sólo pueden ir los arios.

—¿Y quiénes son los arios?

—Tiene gracia la pregunta, siendo tú el hijo de un fascista... Somos nosotros.

—¿Yo también?

—Todos los que viven aquí.

Teresa miró por la ventana, como queriendo confirmar que no se refería sólo a Tora, sino también a Caserta, a Nápoles y a todos los demás lugares de Italia de los que habíamos oído hablar.

—¿También Renato y Marcello?

Teresa sonrió.

—A mí me da que ellos lo son incluso más que nosotros. Parecen estar orgullosos de lo que son. No sé, me cuesta explicarlo.

—¿En tu clase hay judíos? —le pregunté.

—Había dos chicas. No eran amigas mías, nunca nos habíamos dirigido la palabra. Las veía en la clase de gimnasia. Tenían un cuerpo suave y grácil. Siempre me pareció que eran más ligeras que nosotras en los movimientos, pero nunca se lo comenté a nadie. Si dices ciertas cosas, los demás acaban pensando que estás loca o eres un bicho raro, ¿a que sí?

—¿Y ahora dónde están?

—Una de las dos consiguió huir a América con su familia, pero de la otra no sabemos nada. No es justo lo que está pasando.

—Además de Nicolas, ¿quién va a las clases de su padre?

—El sobrino de uno de los jornaleros de la señora Ottavia y un pastor.

—¿Qué pastor?

—No lo conozco. Es un viejo.

—¿De qué le sirve aprender si es viejo?, ¿es que va a ponerse ahora a leer y a escribir?

—Ya sabe de letras. Le está enseñando matemáticas.

—¿Los números?

—Hay cosas más complicadas que saber contar del uno al diez. Los matemáticos también intentan comprender cómo funcionan el mundo y el universo. Todo puede ser explicado gracias a los números. La anchura de los aros en los troncos de los robles y los castaños. La fuerza con que baja el agua en el arroyo, la distancia que recorre una piedra cuando la lanzas, el tiempo que aguanta una libélula volando con un único aleteo. Los números le dan un sentido al mundo.

Por un momento estuve tentado de contarle lo que habíamos hecho. Que yo había estado allí de noche y le había pegado una paliza a aquel chico sin saber muy bien qué hacía, y que ese gesto me espantaba y me atraía a la vez. Bien mirado, quizás no me apetecía que siguiéramos hablando de él y de las clases de su padre. Le había rezado a san Simeón pidiendo perdón, pero no estaba realmente arrepentido, porque en ese momento, a la hora de actuar, nadaba yo en un mar de confusión.

Quería que Teresa supiera que yo también podía ser tan peligroso como los animales del bosque o como el *Negro*. Ésa era mi manera de entender el amor en aquel entonces.

En casa escribí los números del uno al diez en un cuaderno. Arrancaba en una punta del papel rayado y llegaba hasta el número diez, cuidando la disposición de los elementos en la hoja, como si eso, de algún modo, contribuyera a la verdad del mundo de la que me había hablado Teresa. Mis sentimientos estaban enmarañados, pero sabía muy bien cuál era el perímetro de nuestra amistad. Quizás su padre tuviera razón y yo no fuera más que un patán que se presentaba en su casa con la cara mojada y me aprovechaba de las buenas intenciones de su hija. Tenía claro que existía una barrera invisible entre nosotros, pero de alguna manera tenía que saltármela.

Mantuve firme el pulso, con la muñeca pegada al papel. Mi mano, acostumbrada a llevar baldes llenos de pienso, se movía a trompicones. Dejé de escribir cuando ya no quedaba ni una raya vacía.

Más tarde, me fui al redil de los cerdos y marqué cada cercado con un número, empezando por el uno, dándole fuerte al lápiz contra la madera. Había que pasarlo muchas veces para que el leño se ablandara hasta incorporar la línea. Llegué hasta el ocho. Ocho cercados. Dos cerdos en cada uno y el *Negro* en solitario tras la valla número cinco.

—Éste es tu número, *Negro*. El cinco. Es un buen número, deberías estar contento.

Tenía la sensación de que los números habían puesto orden en el chiquero.

En los días posteriores me olvidé por completo del chico y de su padre, de la escuela secreta, de las matemáticas que explicaban los aros en los troncos y de lo que habíamos hecho aquella noche. La tierra tenía sus propios tiempos, y nosotros seguíamos respetando las antiguas leyes. Escuché a mi padre mientras trataba la venta de dos cerdos con un hombre que había venido hasta nuestro establo desde Caserta, conduciendo una furgoneta con el techo descubierto. Después de oír a mi padre jurar y perjurar que los animales habían sido alimentados con el mejor pienso y que los manteníamos siempre limpios para evitar parásitos, acordaron el precio. Cargué a los animales en la furgoneta. Luego cavé los surcos donde plantaríamos los guisantes en nuestro huerto, dibujando en la tierra justo diez carriles, diez trayectos que iban derechos hasta el punto exacto donde empezaba el sendero con las piedras. Durante algún tiempo, incluso conseguí dejar de pensar tanto en Teresa.

En aquellos días de octubre aún había mucha luz y la temperatura seguía siendo alta, y mientras tanto, el bosque se iba preparando de cara al nuevo otoño y al nuevo invierno. Todo a mi alrededor cambiaba de color y se volvía más tosco. El invierno era el momento en que el bosque se transformaba para resistir frente a su peor enemigo, el frío.

Un día vi a mi padre hablando con un hombre. Yo estaba lejos y no me enteré de quién era. Mi padre señaló hacia donde yo me encontraba, luego los dos se estrecharon la mano, y mientras el otro se alejaba, él se acercó al chiquero.

—¿Quién era? —le pregunté.

—Mastronardo, de las tierras de la señora Ottavia.

—¿Quiere madera?

—No. Tenemos que ir a la finca para lo del cercado. Se ha venido abajo por culpa de las lluvias del año pasado. Hay que arreglarlo y darle una nueva mano de barniz.

—Con todos los judíos que tienen ahí metidos, no entiendo por qué nos lo piden a nosotros.

—Están trabajando en el campo, y, a fin de cuentas, ¿a ti qué más te da? Nos pagan, es un trabajo.

—¿Tenemos que ir justo ahora?

—Nos están esperando.

Muchos hombres hechos y derechos habían ido a la guerra y en el pueblo sólo quedaban los viejos, las mujeres o los que, como nosotros, no podían pelear en el frente. Por eso, a menudo venía alguien a pedirnos que nos encargáramos de pequeños arreglos. Sabíamos clavar, barnizar y serrar, y la gente del pueblo nos daba a cambio huevos y patatas, incluso una gallina si el trabajo era de más envergadura. La comida era más importante que el dinero.

Salimos con la carretilla llena de madera y utensilios. Cortaríamos con la sierra la pieza perfecta y la clavaríamos donde conviniera. Yo ya había demostrado mi habilidad para construir puertas correderas o que se abrían gracias a las bisagras recuperadas en las casas abandonadas de las afueras del pueblo.

Nos detuvimos justo en el punto donde los chicos y yo habíamos perpetrado el asalto: al ver de nuevo el lugar se me encogió el corazón. Hacía ya unos cuantos días de aquello y a esas alturas nadie comentaba nada, pero yo seguía sintiendo espasmos en el estómago.

—Empecemos por aquí —dijo mi padre.

Trabajamos toda la mañana arreglando la valla; luego, mi padre volvió a nuestro establo y yo me quedé terminando de barnizar. El olor del barniz me escocía los ojos, y cuando respiraba hondo, la quemazón llegaba hasta la garganta.

Al cabo de dos horas vino Mastronardo. Vivía en la finca con su familia y se ocupaba de todo. Examinó de cerca el trabajo, pasando la mano por las piezas para comprobar que fueran sólidas.

—Creo que todo está bien. ¿Cuánto tiempo te falta para acabar?

No lo tenía claro. Consideré lo que quedaba por hacer.

—Si le corre prisa, pídaselo a los judíos —le dije.

Mastronardo soltó un suspiro.

—No te metas donde no te llaman. Dime cuánto tiempo te hace falta.

—Otra media jornada de trabajo —contesté acto seguido.

—Ahora ya es tarde. Vuelve mañana por la mañana a las siete.

Volví al día siguiente, solo. Hacía calor. Llevé conmigo unos clavos y unos cuantos listones más de madera, por si Mastronardo me pedía que arreglara otras piezas. Al llegar a la valla, me encontré a Nicolas. Me lo pensé dos veces antes de acercarme. Echado en la hierba, con las piernas cruzadas, sin camisa, tenía la mirada puesta en el cielo. Una venda le cruzaba el pecho desnudo. El vendaje era aparatoso y pensé que para dejar que toda aquella tela se enrollara había tenido que quedarse un buen rato con los brazos levantados. En el pómulo derecho tenía un corte, y el rojo deslavazado que lo rodeaba debía de ser de la mercromina que el doctor Scognamiglio había usado para desinfectarlo. Un golpe al descuido que se le había escapado a Marcello. A mi hermana también se la habían puesto el día que se cortó con el cuchillo; al ver la sangre, le habían templado los párpados, luego se le pusieron los ojos en blanco y al final se desmayó. La piel se había vuelto más oscura y abultada a lo largo de la cicatriz. Los cortes le daban a Nicolas un aire de tío curtido.

Cuando me acerqué, aparentó no verme. Con la mano derecha seguía acariciando la hierba.

—¿Tú eres Davide? —me preguntó sin dejar de mirar hacia arriba.

—Sí.

—Mastronardo me ha dicho que tengo que ayudarte a darle barniz a la valla, pero no sé cómo se hace.

Arrancó una brizna de hierba y se la llevó a la boca. Sus palabras sonaban recias, llenas de aire, llenas de luz. Se expresaba igual que la mujer a la que yo había acompañado hacía años a las Huellas del Diablo, como alguien acostumbrado a un idioma extranjero que hablara italiano por primera vez.

—Ya te enseño yo —dije.

—No tengo ningún interés —contestó.

—A ver... Es una orden de Mastronardo, ¿verdad?

—Me llamo Nicolas —se presentó.

Fingí no saber su nombre, como si nunca hubiera intentado pronunciarlo de forma correcta ni supiera cómo se escribía la letra que lo encabezaba.

—Si Mastronardo te ha dicho que tienes que ayudarme, mejor espabilas —dije.

—A sus órdenes, jefe.

Me sentía atraído por él con la misma fuerza con que lo rechazaba. De alguna forma, estaba intentando retrasar al máximo el momento de conocernos.

Busqué en la carretilla. Tenía otro pincel, pero con las

cerdas pegadas. Había que dejarlas en remojo para que se ablandaran.

—Trae un cubo con agua —le dije.

Impartirle órdenes me suponía un gran esfuerzo, pero sólo así me demostraría a mí mismo cierto dominio de la situación.

Apoyó las manos en el suelo y se puso en pie de un empujón. Cuando lo tuve de frente, volví a ver al chico recién bajado del autocar. Ahora las dos imágenes se sobreponían. Me acordé de cómo se protegía del sol con un gesto que demostraba a la vez fragilidad y fuerza. Más tarde intentaría imitar esa postura con muy poco éxito. Su cuerpo y la idea que yo tenía de él casaban a la perfección.

Estaba entrando en un terreno incógnito. Deseaba con fuerzas renovadas besar a Teresa y echarme encima de su cuerpo. La imagen de su piel bronceada me daba vértigo. Tenía ganas de que mis labios la tocaran, de paladear su sabor, pero al mismo tiempo hubiera querido parecerme a Nicolas. Esos dos deseos, para mí tan distintos, en realidad coincidían.

Él se fue a la finca y volvió con el cubo.

—¿Te va bien este?

Hundí el pincel en el agua y con las manos intentaba ablandar las cerdas.

—Déjamelo a mí —dijo Nicolas.

—No —contesté.

Esperé hasta que las cerdas se despegaron, y cuando estuvieron blandas, le pasé el pincel. Hundí el mío en el barniz y lo fui pasando a lo largo del listón que tenía enfrente.

—Esto se hace en un abrir y cerrar de ojos, es fácil. Tú vas hacia un lado y yo hacia el otro —le dije, indicándole las partes de la valla que nos correspondían.

Así, a medida que el número de tablones barnizados aumentaba, crecía también la distancia entre nosotros. Me quedaba más tranquilo sabiendo que no lo tenía tan cerca.

—¿Fumas? —me preguntó.

Le dije que no con un gesto de la cabeza.

Sacó un pitillo y lo prendió. Fumaba mientras continuaba dándole al pincel.

—La ceniza se va a mezclar con el barniz —le dije.

Acto seguido, Nicolas volvió a echarse en la hierba, tal cual lo había encontrado cuando llegué. Echaba el humo hacia arriba. Casi todos los chicos que conocía les robaban los pitillos a sus padres o recogían restos de puro y los fumaban a escondidas. Pensé que Nicolas se había agenciado los cigarrillos de esa manera, pero él me comentó:

—Se lo mangué a Mastronardo cuando vino a buscarme. Deja los pitillos encima de la mesa al lado de las herramientas y no cuesta nada cogerlos. Por lo visto, no está acostumbrado a llevar la cuenta, y de todas maneras estos pitillos son un asco; estaban mejor los que había en Nápoles.

Era lo primero que me contaba a propósito de Nápoles: los cigarrillos de allá eran mejores que los nuestros.

Cuando volvió a levantarse, unas briznas de hierba se le quedaron pegadas a la espalda. Se puso otra vez a barnizar los tablones que le correspondían.

—Esto de pintar la valla me recuerda *Las aventuras de Tom Sawyer*.

—¿Quién es? —pregunté.

—¿Tom Sawyer? El personaje de un libro. Un chico que te convence de que pintar una valla puede resultar divertido.

—No es nada divertido —repliqué.

De lejos vimos acercarse a Mastronardo. Nicolas hizo un pequeño agujero en el suelo con el dedo y ahí metió la colilla.

—Me quedaban unas dos o tres caladas —comentó.

El hombre venía con uno de sus perros, un chucho bastardo de pelo corto y pardo que ladraba como un poseso. A pesar de su poca talla, interpretaba a la perfección el papel de perro guardián.

—¿Qué tal va eso? —preguntó.

Miró hacia mi lado y luego hacia la parte barnizada por Nicolas. Se acercó a unos cuantos tablones y los examinó atentamente.

—Este lado está bien —dijo mirando mi trabajo.

Soltó la alforja que llevaba en bandolera y fue hacia la parte de Nicolas.

—Mal, pero que muy mal. Ya sabía yo que ni siquiera ibas a saber hacer un trabajo tan simple. Pues no acabo de entender por qué os han enviado aquí. Es verdad que no caen bombas, pero ¿sabes por qué? Porque aquí no hay nada que bombardear.

—Anda, Mastronardo, que voy aprendiendo —dijo Nicolas.

—Ya tenías que haberte puesto la semana pasada, cuando te pedí que ordeñaras las vacas.

—Al final lo conseguí.

—Lo que tú digas —abrevió el hombre.

Mientras él hablaba con Nicolas, vi un paquete de tabaco que asomaba por la alforja colgada de uno de los palos de mi parte de la valla. La tenía muy a mano. Estiré el brazo y saqué el paquete. El perro corrió hacia mí ladrando de mala manera, pero Mastronardo, acostumbrado a oírlo, seguía hablando con Nicolas. Escondí dos pitillos donde mis trastos.

—Tienes que rematar tu parte tan bien como lo ha hecho Davide —le dijo Mastronardo, antes de volverse hacia mi lado para recoger la alforja y soltarme—: Tú vigila.

Cuando el hombre ya se había ido, Nicolas me soltó:

—Uno es mío. He sido yo quien lo ha entretenido.

—Sí, pero soy yo quien los ha cogido.

—Vas lento; tienes que poner más atención si no quieres que te pille.

A menudo me había preguntado qué pasaría si don Aniello Panzer llegaba a descubrirme. ¿Sería un delito grave? Siempre podría justificarme alegando que el objeto robado era una fruslería de precio irrisorio.

—Mastronardo no tiene nada en contra de nosotros. Es una buena persona. Todavía no sabe bien si le gustamos o no, lo mismo que le pasa a toda la gente del pueblo —me dijo—. ¿Tú qué has decidido, Davide?

—¿Me preguntas si me gustáis?

—Eso.

No sabía cuánto le importaba de verdad mi opinión. Desde luego era una provocación.

—No tengo nada en contra de vosotros, pero creo que si no sabéis trabajar en el campo, no tiene sentido que estéis aquí.

—Es lo que dice todo el mundo, empezando por nosotros mismos —replicó, y acto seguido añadió—: ¿sabes por qué estamos aquí?

Me quedé callado.

—Entiendo muy bien que no contestes —concluyó—. Nosotros tampoco sabemos el porqué de esta situación, y no me refiero sólo al hecho de estar aquí. Nadie se esperaba todo esto.

Con la mano se rascó una pequeña costra en el pecho.

—Hay toda una lista de cosas que ya no podemos hacer.

—¿Qué lista?

—Ahora verás... —me dijo.

Apoyó las manos en las caderas e hinchando el pecho de aire se puso a imitar la voz de Mussolini. Todo el mundo hablaba de él en el pueblo, pero puede que nadie lo hubiera oído nunca de verdad. Era el mismo tono de voz que usaba el alcalde cuando se subía al estrado para pronunciar su discurso el día del santo patrono.

—Patriotas, desde hoy mismo se prohíbe el matrimonio entre italianos y judíos. ¿A quién se le ocurre casar a una hija con un judío? El Duce en persona se ha ocupado del asunto. Los judíos tampoco podrán tener a su servicio criados de raza aria. Dios sabe cuántos judíos tienen doncella. Se prohíbe también la inscripción de chicos judíos que no se hayan convertido al catolicismo en las escuelas públicas, y así mismo se les prohibirá frecuentar la universidad, enseñar y actuar en público. Los judíos no podrán trabajar en la banca ni en las casas de seguros, no podrán vender objetos sagrados, no se les va a permitir publicar necrológicas en los diarios. ¿A quién le importa saber cuándo muere un judío?

Solté una carcajada viendo cómo lo imitaba. Si hubieran llegado a pillarlo mofándose de Mussolini, habría acabado *ipso facto* en el calabozo, y yo con él.

Nicolas soltó las manos que llevaba en las caderas y su voz volvió a ser la de siempre.

—Nadie debe enterarse de cuándo morimos. Así nunca se sabrá si la hemos diñado o hemos huido. Por culpa de vuestro Duce, mi padre ya no puede trabajar y yo ya no puedo ir al colegio. Y a eso añádele todos los que se han marchado al extranjero.

—¿A América?

—Celebro que algo sepas... Los hay que se esconden en el campo y otros que dicen que se van, pero se encierran en casa. Nosotros no éramos una comunidad aparte, íbamos a por el pan cada mañana como todos los demás. Ahora nos hemos convertido en extranjeros en la mismísima ciudad donde hemos nacido. —Se me acercó; moviendo en el aire la mano abierta como si fuera un avión e imitando con la boca el ruido de un motor, continuó diciendo—: Bristol Blenheim... Me he aprendido el nombre de memoria después de ver la foto en el periódico. Es un avión inglés pequeño, rápido, inalcanzable. Lo han usado para bombardear las zonas cercanas al puerto, pero Nápoles tiene otra ciudad construida en el subsuelo y ahí te puedes esconder. Está hecha con toba, una piedra amarilla que parece una esponja. Aquí, en cambio, no hay nada de eso.

Mientras él hablaba, yo observaba sus dedos largos y articulados, tan distintos de los míos, gruesos y achaparrados.

Me di cuenta de que no quería que se muriese. Ahora que había robado un pitillo para dárselo, deseaba con todas mis fuerzas que continuara viviendo.

—¿Qué pasa con el colegio?, ¿ya no vas a ir?

—Mi padre me da clases. Lo hace porque se engaña pensando que un buen día todo volverá a ser como antes.

—¿Ha sido él quien te ha contado la historia de Tommaso Saverio?

—¿Quién?

—El chico que pinta los tablones de la valla.

—¿Tom Sawyer?

—Ése.

—Sí, pero a mí estas historias me aburren. De momento es mejor que aprendamos a hacer las cosas que nos piden aquí. Algún trabajillo en el campo, o darles de comer a los animales, como hago yo.

—¿Dices que Mastronardo os atiza...?

Cogió su pitillo y lo encendió, protegiendo la llama de la cerilla con la mano. Tras la primera calada, olía a menta.

—¿Tú te dedicas a esto? —me preguntó, sin haber contestado mi pregunta.

Miré la valla sin acabar de entender la pregunta.

—¿Es éste tu trabajo? —insistió.

—Lo mío es cuidar a los cerdos.

—¿Y en qué consiste eso de cuidar a los cerdos?

No contesté. Me pasó el pitillo.

—Tienes que aguantar el humo en la barriga un ratito y luego expulsarlo —dijo.

Me acerqué el pitillo a los labios y di la primera calada de mi vida, pero ahí se acabó lo que se daba: nunca aprendí a fumar. Me quemó la garganta, y acto seguido el olor a menta silvestre me llenó la boca. No era una sensación agradable. Nicolas volvió a hacerse con el pitillo y dio una calada para mostrarme cómo se hacía.

—Me parece que casi hemos acabado con la valla —dijo.

—Mastronardo no va a volver para controlar —le contesté—. Podemos irnos.

—*Auf wiedersehen* —me soltó, levantando una mano, y se alejó llevándose el medio pitillo que quedaba.

Nunca llegué a entender si me consideró enseguida amigo suyo, pero sentí que no me rechazaba. En Tora e Piccilli estaba tan solo como yo.

Al llegar a casa, fue mi madre quien se dio cuenta del olor a cigarrillo que llevaba encima.

—Ponte otra camisa, que si no tu padre te arranca la piel a tiras —me dijo.

Sólo muchos meses después, cuando mi vocabulario sentimental se volvió más articulado, sabría discernir, en el embrollo vertiginoso de aquellos días, entre la envidia, la curiosidad y la soberbia.

El único que pareció darse cuenta de lo que me pasaba fue el *Negro*. Se movía nervioso dentro del cercado. Procedía de una estirpe antigua y sabía interpretar las señales que emitía el cuerpo de un hombre.

¿Tenía yo otro amigo del alma? ¿Era eso lo que sentía?

—De qué vas a quejarte tú, que tienes un cercado para ti solo —le dije.

Llené el depósito de agua para los animales y les di de comer. Esperé a que mi madre y mi hermana salieran de casa, y cuando supe seguro que nadie estaba vigilándome, me dirigí a los alojamientos de la señora Ottavia. Fui caminando por el sendero de robles, señalado por el tronco de un castaño partido por un rayo o por el viento muy fuerte del mes de enero. Había que ir más allá de la colonia de setas que parecían centinelas, donde los robles juntaban sus copas y te acompañaban a lo largo del camino.

Al llegar, me quedé un rato escondido en el descampado, y cuando vi que no había nadie más me acerqué a la puerta y llamé.

—Anda, si eres tú —me espetó Nicolas.

Vi a su padre sentado, leyendo un libro. De cerca, su parecido era más evidente.

—¿Mastronardo se ha quejado de algo? —me preguntó Nicolas, preocupado.

—No ha dicho nada —contesté—. ¿Puedo pasar?

—¿Qué andas buscando? —me preguntó, pero se hizo a un lado y despejó la entrada. El padre observaba la escena desde su asiento, sin intervenir. Di un paso hacia el interior. En la cocina hacía frío. Me fijé en que el hombre llevaba un chaquetón. Fui a sentarme en la silla vacía al lado de la que imaginé que ocupaba Nicolas.

—¿Tiene usted una hoja de papel? —pregunté.

El hombre me señaló un cuaderno.

—Coge éste.

Lo abrí, busqué una página limpia y puse mi nombre. Escribí cada una de las letras de la forma más precisa posible: las líneas rectas y las curvas, el puntito sobre la *i* tal como me había enseñado Teresa. Se lo mostré al hombre deslizando el cuaderno encima de la mesa.

—Sé escribir mi nombre y también otras palabras —dije.

El hombre se puso unas gafas de montura pequeña. Los dos óvalos eran diminutos y tenían el color del latón. Con las gafas puestas, sus ojos parecían más grandes.

—Escribes como un niño, aunque ya poco te falta para ser un hombre. ¿Has ido al colegio?

—No —contesté.

Noté que el hombre soltaba un suspiro por la nariz.

—¿Sabes escribir «yegua»? —me preguntó.

—Sí.

—A ver...

Me devolvió el cuaderno. Nicolas se colocó detrás de mí. Escribí lo que me había pedido y se lo di a leer.

—No se escribe así. —Me amonestó, pero yo estaba contento, porque su reproche venía a decir que me aceptaba como alumno—. ¿Sabes escribir con letra ligada?

—No.

Se le ocurrió entonces preguntármelo de otra manera:

—¿Sabes qué diferencia hay entre letra ligada y letra de imprenta?

—No —volví a contestar—. Sé pocas palabras.

—¿Y qué palabras sabes?

—Sé escribir mi nombre y el nombre de los cerdos.

—¿De qué cerdos me estás hablando?

—Ése es su trabajo —apuntó Nicolas.

—¿Y tus cerdos tienen nombre? —preguntó el padre.

—*Mancha, Negro...*

—¿Por qué les pones nombre?

—Si los llamo, atienden. Y si saben que tienen un nombre, sabrán que existen y son únicos, como usted y su hijo, y como yo mismo.

El hombre se quitó las gafas y las sostuvo un rato en las manos.

—Las montañas también tienen un nombre —dijo.

—No tienen oídos para escucharlo, y por eso no lo saben —contesté.

—Mira tú por dónde, entre tanto desmadre hemos encontrado a un joven filósofo que no sabe cómo se escribe «yegua», pero habla de conciencia. Encantado de conocerte. ¿Eres de aquí?

—Vivo con mi familia más allá del bosque.

—¿Sabías que Davide es un nombre importante para nuestro pueblo? Era un pastor, como tú.

—No soy pastor. Yo me encargo de los cerdos. Y además a mí me llaman de mil maneras distintas porque tengo una pierna más corta. Casi nadie me llama Davide. A veces me llaman Fortunà, como mi padre, y me apellido Buonasorte.

Me toqué la pierna para mostrársela.

—¿Te sabes la historia de David contra Goliat?

—No. Discúlpeme, pero no la conozco.

—No tienes por qué pedir disculpas. Es la historia de un pastor que con valor e ingenio le ganó a un gigante de tres metros de altura.

—Tres metros son muchos —comenté.

—Es una leyenda; nadie sabe si de verdad pasó y tal vez el hombre sólo midiera metro ochenta. Lo importante es su significado. El valor y la astucia pueden llevarte a acometer empresas increíbles.

—Vale. ¿Cómo lo mata?

—Lo aturde con un tirachinas, lanzándole una piedra que había recogido en un arroyo, y luego lo remata sirviéndose de la espada del gigante.

—A mí se me da bien tirar piedras. Consigo darle a un jabalí en el bosque, aunque se esté escapando.

—¿Por qué te metes en el bosque? Visto desde aquí parece peligroso.

—Nuestra casa está al otro lado y hay que cruzarlo. Conozco al dedillo el bosque y me oriento muy bien.

—¿Por qué has venido aquí?

—Para pedirle a usted que me enseñe a escribir y leer. Me han dicho que ésta es una escuela.

—No es una escuela. Estamos en una casa rodeada de campo y de ratas, pero si te apetece puedes venir. Parece mentira: hace muy poco que vivimos aquí y ya va corriendo la voz. A este paso, vais a conseguir que los militares nos peguen un tiro.

—No se lo contaré a nadie —dije.

—Empecemos por las letras. Vas a escribir diez veces la

a en la primera línea, luego la *b* en la segunda y diez veces la *c* en la tercera. Ahora Nicolas te enseñará cómo se escribe en letra ligada.

—Yo quiero aprender a escribir en italiano, no en letra ligada...

Nicolas soltó una carcajada, pero me daba igual que se riera de mí. Yo iba a piñón fijo.

—Hay algo más que le tengo que decir.

—Dime, Davide.

—No le puedo pagar. No tengo dinero.

—No te preocupes. No nos falta de nada.

—Mira —dijo Nicolas. Cogió la pluma y me mostró cómo tendría que realizar la tarea que me había asignado su padre—. ¿Lo pillas?

Copié las letras con mucho cuidado. Era mi primera clase y había que poner toda la carne en el asador para mostrar mi buena disposición.

—Bien —dijo el hombre; luego, mirando a Nicolas, añadió—: nosotros dos volvamos a lo que estábamos haciendo. Tú ve llenando todas las líneas.

Mientras yo disfrutaba de mi primer verdadero día de clase, Nicolas se acercó a su padre con ganas de hablar, pero sin atreverse.

—Anda, suéltalo. No te dará vergüenza porque esté Davide... —lo animó su padre.

Nicolas cerró los ojos. Parecía estar buscando algo dentro de su cabeza; finalmente se llenó los pulmones de aire como si tuviera que correr o pegar un salto y soltó:

—Ahora el invierno de nuestro descontento se vuelve verano glorioso con este sol de York, y todas las nubes que se encapotaban sobre nuestra casa están sepultadas en el hondo seno del océano.

Yo también cerré los ojos e intenté imaginar la inmensidad y el peso insostenible del hondo seno del océano. Tenía la sensación de que aquellas palabras se habían hecho carne, sentía el peso de la gigantesca masa de agua oprimiéndome como cuando había tenido paperas y mi madre apoyaba la cabeza en mi pecho para darme besos con sus labios mustios y lozanos a la vez. El hondo seno del océano era la parte honda hacia donde aquellas palabras me estaban arrastrando.

Las manos me temblaban y no me veía capaz de acabar la tarea.

—Otra vez, Nicolas; haz que sienta cuán graves y definitivas son estas palabras —dijo su padre.

Acto seguido, Nicolas repitió lo que había dicho, y a medida que hablaba, su padre añadía una nueva frase, de manera que lo que tenía que memorizar era cada vez más largo y complicado.

—A ver lo tuyo —dijo luego, mirando mi tarea—. Así no se hace; tienes que aprender a controlar el trazo en el papel. Intenta mantenerte dentro de las rayas. No puedes sobrepasar la línea de arriba, que para eso están las líneas.

Escribí otra *a,* esta vez más pequeña, intentando dominar la pluma. Luego una más, y así sucesivamente.

—¿Vale? —pregunté.

Él cogió la hoja y la examinó atentamente para dar importancia a la tarea que acababa de terminar.

—Esto está muy bien, Davide, pero ahora ya es tarde. Sólo te pido que no le cuentes a nadie que has estado aquí.

—No se lo diré a nadie —contesté.

—¿Tienes papel en casa para ir ejercitándote?

—Descuide, tengo cuadernos. ¿Cuándo puedo volver?

—Nosotros de aquí no podemos irnos —soltó Nicolas.

El tono de su voz había cambiado. Ya no era el que usaba para recitar lo del seno hondo del océano, ni tampoco el que le había oído en la finca de la señora Ottavia, imitando a Mussolini.

—Nicolas pretendía decir que puedes venir cuando quieras —explicó su padre.

Hubiera querido disculparme por lo sucedido unas noches atrás; la verdad es que nunca había experimentado esas sensaciones que se encabalgaban yendo en direcciones tan distintas. Teresa me había explicado que así nacen las montañas, cuando dos enormes bloques de tierra chocan en el subsuelo y, desde ese momento, algo cambia para siempre en la superficie.

Mientras iba recorriendo el camino hacia el establo, no hacía otra cosa que repetir en el aire el movimiento circular de la *a* pequeña que cabía entre las líneas. Me decía: es fácil, basta con mantener la mano firme, y mientras me hundía entre los árboles y la negrura me tragaba, empecé a repetir en voz alta aquello de «el seno hondo del océano», intentando imitar a Nicolas, pero mi voz no daba para ver el abismo ni el peso del mar que te aplastaba el pecho. Era la primera vez que oía palabras que pesaban lo mismo que nueve baldes llenos de agua y te doblaban las rodillas.

Llegué al establo.

Mi padre estaba sentado ahí fuera. Cuando oyó el ruido de pasos, torció la cabeza hacia mí: nunca lo había visto tan cabreado. Su rostro era como la roca aquella de donde arrancaba el huerto: antigua, impenetrable.

Me agarró por la camisa y me metió en el establo.

—Te han visto mientras ibas a casa de los judíos.

Me tiró al suelo dándome un empujón en el pecho, justo en el punto donde yo había sentido el océano.

—Fíjate... —me dijo.

Vi el cercado vacío.

El *Negro* se había escapado, arrancando el listón de madera y alcanzando la puerta del chiquero. Acto seguido, mi padre me arrastró hasta el cercado número cinco. Yo me resistí con todas mis fuerzas. Fortunà estaba acostumbrado a vérselas con animales que pesaban el doble que él; los espantaba chillando y mirándolos fijo a los ojos. El miedo es un idioma que todo el mundo entiende.

Me empujaba, el peso de su cuerpo podía conmigo. Teníamos la misma fuerza y hubiéramos podido luchar, pero no moví un solo dedo porque respetaba un mandamiento muy antiguo que dice que los padres pueden y los hijos no, y hasta que la muerte nos separara el hecho de que él y yo éramos padre e hijo sería algo inmutable.

Planté la pierna buena en el suelo como si fuera un pilar; eso fue todo lo que hice: resistir sin levantarle la mano. Pero ese gesto de nada me sirvió. Él me agarró a la fuerza y me metió en el cercado.

—Voy a ir a buscarlo y lo encontraré, por esas que son cruces. Esta noche dormirás aquí, y como te muevas vas a ver tú lo que pasa.

Me quedé solo con los cerdos. La paja aún estaba caliente, y eso quería decir que no hacía mucho que el *Negro* se había escapado. Según se mirara, su cuerpo seguía ahí, en el establo. El hondo seno del océano aún dominaba mi mente.

Me eché. El calor del *Negro* me arropó. El frío había solidificado sus excrementos; los aparté con las manos. Los cerdos callaron. Me dormí.

A las tantas de la noche mi madre me despertó. Lloraba, no sé si avergonzada por verme dormir con los cerdos o porque estaba al tanto de que mi padre y yo nos habíamos peleado.

Me hice el dormido. No tenía nada que decirle ni me daba la gana escucharla. No sentía dolor ni rabia. Ella no me despertaba ningún sentimiento. Se había pasado la vida entera obedeciendo primero a su madre y luego a mi padre, sin expresar nunca su propia voluntad, y para mí eso era un pecado imperdonable. Si no podemos llevar las riendas de nuestro destino, no somos nadie.

Se encaminó hacia la puerta sin hacer ruido y vi esfumarse en la oscuridad su figura demacrada y pálida.

A la mañana siguiente, muy temprano, oí un quejido. Una voz desgarradora, un cuerpo rebosante de miedo que pedía piedad. Salí del cercado con las piernas que me temblaban, esperando haberme equivocado, pero conocía muy bien el lamento de un cerdo destinado al sacrificio.

Me encontré al *Negro* colgando por las patas de atrás, con la garganta cortada.

La sangre derramada había formado un pequeño charco. La boca abierta, los ojos que ya eran sólo una mancha blanca. La cuerda que aún oscilaba, en memoria de su furia. El gato raquítico salido del bosque para enterarse de qué pasaba. Velé su cuerpo durante todo el día.

Y de nuevo se hizo de noche. Mi padre no apareció por ningún lado. El dolor insoportable hizo que me desmayara, y cuando volví a abrir los ojos, me vi en la cama de mi habitación, con un paño doblado en la frente, lleno de rodajas de patata mojadas para bajar la fiebre. Había dormido dos días seguidos, oyendo una y otra vez las palabras «en el hondo seno del océano», que se sobreponían a la imagen del *Negro* colgando con la garganta cercenada.

Cuando tuve fuerzas para levantarme de la cama, ya no quedaba nada del *Negro*. Cabe que hubieran vendido su cuerpo en el mercado.

La noche en que mi padre mató al *Negro,* tuve claro que ya no seríamos padre e hijo. Tomé la decisión de cortar todo lazo de unión con mi familia. No les pertenecía ni ellos me pertenecían a mí. Sólo así el cerdo más grande que hubo en Tora e Piccilli no habría muerto en vano.

Me quedé encerrado en casa toda la semana. Andaba flojo y las piernas me temblaban, como si aquella muerte se hubiera metido en mi cama y durmiera a mi lado cada noche. Mi cuerpo intentaba retener la fuerza del *Negro* y expulsar la muerte. Aún existía una brizna de vida que yo sentía palpitar por algún lado.

Mi madre siguió llevándome el pan y la leche a la cama y mi padre no preguntó por mí durante siete días. Puede que llegara a la conclusión de que aquel gesto había sido para mí un punto de no retorno.

Un día, desde el púlpito, el cura nos dijo que Dios había creado el mundo en siete días: yo había tardado el mismo tiempo en destruirlo. Aquel dolor me había liberado. Al morir, el *Negro* se había llevado consigo el miedo y la resignación. Yo había heredado su valor viendo la sangre y contemplando su cuerpo que colgaba. Aquel día nací por segunda vez.

A lo largo de la semana fui escribiendo las letras tal como me había enseñado el padre de Nicolas, y las veces en que mi mente perdía el control de los labios, pronunciaba la frase: «Ahora el invierno de nuestro descontento se vuelve verano glorioso con este sol de York, y todas las nubes que se encapotaban sobre nuestra casa están sepultadas en el hondo seno del océano».

En mi vida, jamás había ido más allá de la estación de tren de Tora-Presenzano, pero hablaba del sol de York, y mientras repetía aquellas palabras veía cómo las nubes se amontonaban y yo me hundía en la inmensa masa de agua que me empujaba hacia un lugar tan inaccesible como un vientre materno.

Me costaba pillar el sentido de la frase, pero entendía que el hondo seno del océano era la muerte que te envolvía y te tragaba, sumiéndote en un pozo del que nadie nunca había salido. Sería eso lo que sufrió el *Negro* unos instantes antes de que mi padre hundiera el cuchillo. Él también había sentido cómo el mundo se abría mientras la vida se le iba yendo.

Volví al chiquero al cabo de ocho días. El espíritu del *Negro* me había dejado, su alma había abandonado la tierra y ahora él y yo éramos ya dos seres distintos, llenos de dolor y más fuertes.

—Te he estado esperando —dijo Nicolas.

—He estado enfermo.

—¿Qué te ha pasado?

—Tuve fiebre.

Me toqué la frente con las manos.

—Ha pasado más de una semana —dijo.

—Lo que tarda en irse.

—¿Has tomado medicación?

—Se va sola.

—Ni que fueras un animal... Mi padre ha preguntado por ti.

—¿Y tú qué le has dicho?

—Que no sabía dónde encontrarte.

—Hice los deberes. Ahora me gustaría algo más difícil.

—¿De qué estás hablando?

—De las letras que tenía que escribir.

Nos habíamos encontrado en el sendero que bordeaba el arroyo, no muy lejos de donde vivía él. Desde que se aposentara en aquella casa con su padre, había ido explorando los alrededores. Yo creía que se alejaba un poco más cada día para ampliar el territorio conocido, y sin embargo me equivocaba: eso era lo que habría hecho yo, pero la cabeza de Nicolas funcionaba de otra manera.

—Puedo ir a tu casa ahora; mi padre no está.

—Vamos —dijo.

Cuando entramos, su padre estaba cocinando y olía a estofado.

—Mira tú por dónde, ha aparecido nuestro pequeño filósofo. Pensé que no volverías y hubiera sido una lástima; enseguida reconozco a un buen alumno. Tenía intención de preguntar por ti a Mastronardo, pero hemos preferido no hacerlo.

—Es mejor que no vengáis a mi casa —dije.

—Tal como están las cosas, lo mejor es que no vayamos a casa de nadie, pero estamos convencidos de que dentro de unos días todo irá mejor. Sois personas de bien, lo mismo que nosotros, ¿verdad, Nicolas?

Nicolas no contestó. Aquella pregunta posiblemente formaba parte de una conversación entre ellos que venía de antes.

—Tuve fiebre —dije.

—Ésa es la típica excusa que ponían mis alumnos. Campo o ciudad, nada cambia. ¿Y ahora estás mejor?

—No he contado ninguna mentira. Ya se me pasó.

—¿Has hecho los deberes?

—Lo tengo todo hecho.

Miró la cazuela que tenía en el fuego y le pidió a su hijo que se hiciera cargo. Nicolas empezó a remover el contenido con un cucharón de madera. No parecía que le gustara hacerlo.

—Déjame ver —dijo el padre.

Le pasé la hoja; él examinó atentamente la secuencia de letras y soltó:

—Parecen ropa tendida a secar; mira cómo se escoran todas hacia un lado. Casi me da un mareo, pero no lo has hecho nada mal.

—Nunca sé si habla usted en serio o me está tomando el pelo.

—Siempre hablo en serio, pero mis modos son livianos y eso confunde a la gente.

—Quiero escribir yegua, piedra, tierra, cerdos, río, pan.

Escribió aquellas palabras y me pasó la pluma. Las copié con cuidado y luego las leí en voz alta, una tras otra.

—Bien —comentó.

—Hay algo más —solté, respirando profundamente—: el hondo seno.

—No entiendo —me contestó, negando con un gesto de la cabeza.

—Lo que dijo Nicolas el otro día.

De espaldas a nosotros, sin darse la vuelta y sin dejar de remover el potaje, Nicolas empezó a recitar:

—Ahora el invierno de nuestro descontento se vuelve verano glorioso con este sol de York, y todas las nubes que se encapotaban sobre nuestra casa están sepultadas en el hondo seno del océano.

—Eso —dije.

—¿Por qué? —preguntó Nicolas—. ¿Qué tiene que ver?

—Son palabras nuevas. Dicen cosas que yo no pensaba que pudieran sentirse. Ya sé que el hondo seno del océano no existe, pero es como si notara el peso del agua.

—¿Quieres repetirlas conmigo? —dijo Nicolas.

—Vale —contesté.

—Ahora el invierno de nuestro descontento —empezó.

—Ahora el invierno de nuestro descontento —repetí.

—Se vuelve verano glorioso con este sol de York.

—Se vuelve verano glorioso con este sol de York.

—Y todas las nubes que se encapotaban sobre nuestra casa.

—Y todas las nubes que se encapotaban sobre nuestra casa.

—Acaba tú solo la frase —dijo Nicolas.

Cerré los ojos e intenté recordar lo que él había dicho hacía poco rato, estando de espaldas.

—Están sepultadas en el hondo seno del océano.

Mientras me dejaba llevar por la euforia de aquel primer éxito, pensé en el *Negro,* muerto por haber escuchado yo las nuevas palabras.

Aquella noche volví a casa sabiendo escribir: pan, tierra, clavos, comida y más cosas.

Al cabo de unos días, en el cuaderno aparecieron: océano, muerte, padre, Negro, hondo.

Con el pasar del tiempo llegaron otros judíos a Tora e Piccilli. Vinieron espontáneamente, tras enterarse de lo que contaba la gente que había sido trasladada a la fuerza.

La vida en el pueblo era aburrida. Sólo había tierra y animales, árboles y piedras, y el único caso de agresión se había clasificado como un episodio aislado, probablemente organizado por una chavalería con malasombra.

No es verdad que no sabíamos nada de las bombas. Las noticias llegaban también allí, pero lo que no conocíamos era el miedo a esas bombas y la angustia que provocaba ir corriendo a los refugios antiaéreos sin saber qué te encontrarías cuando las sirenas callaran. Por eso había venido más gente espontáneamente.

—¿Quién va a bombardear nuestras ovejas? —comentaban los viejos—. Difícil será que una bomba valga menos que una oveja... Si de verdad quisieran asustarnos, deberían lanzar lobos.

Habíamos superado los reparos iniciales hacia los judíos. Nada tenían que ver con lo que había proclamado la propaganda fascista: a fin de cuentas, los enemigos del régimen eran personas inocuas que hablaban bien italiano y tenían las palmas de las manos lisas, pues en su vida no habían echado un solo día de trabajo en el campo. Al cabo de un tiempo, la gente de Tora e Piccilli los acogió como si siempre hubieran formado parte de la comunidad, y cuando no estaban trabajando, se movían por el pueblo sintiéndose a resguardo.

Obviamente, a mí las cosas me iban de otra manera.

Seguía frecuentando la casa de Nicolas a escondidas de mi padre. Conocía sus horarios y sabía cuándo podía alejarme del chiquero sin que me viera. En pocas palabras, el único clandestino de todo Tora e Piccilli era yo.

Desde que el *Negro* había muerto, ya no temía los castigos. No podían quitarme nada más: la rabia había llevado a mi padre a jugar mal sus cartas, porque ahora yo me sentía libre, pues ya había pagado el precio más alto. Me quedaba en su casa porque no tenía otro sitio adonde ir, pero empezaba a imaginarme una vida por mi cuenta. Una casa pequeña, con pocas bestias a las que cuidar. Era una idea muy grata en la que me refugiaba durante los pocos instantes que precedían al sueño. También me reconfortaba pensar en un huerto que fuera sólo mío. Basta ya de pensar en los animales tratados como carne o mercancía. En casa de mi padre, esta idea resultaba inconcebible.

Acunaba un proyecto que llamaba «soledad» a falta de otra palabra más adecuada, la que me sugirió Nicolas pasados unos días: independencia. Huir de Tora e Piccilli, y que nadie me encontrara. Aún no sabía cómo lo haría, pero estaba seguro de conseguirlo.

Los demás que frecuentaban la escuela secreta dejaron de ir al cabo de poco tiempo, así que Nicolas y yo éramos los únicos alumnos. Me sentí aliviado, pues creí que aquella atmósfera íntima me abriría un nuevo camino.

Pasaba cada vez más tiempo con Nicolas. De él aprendía gestos y palabras. Movía los brazos como lo hacía él. Íbamos a cazar lagartijas y acto seguido las soltábamos. Le puse al tanto de la repartición de las tierras según las familias y le dibujé un mapa. No convenía que nos vieran juntos por el pueblo, así que él salía solo a dar vueltas. Yo contaba con que siguiera mis indicaciones, pero él no tenía ningún miedo de perderse y de caminar horas enteras, recogiendo briznas de hierba que masticaba por el camino. Admiraba aquellas excursiones sin destino fijo y sus cambios de dirección improvisados, y no porque sus piernas se movieran mejor que las mías, sino porque había visto cómo lo acogía la gente cuando se cruzaba con él. Describir su belleza era algo complejo y más aún para mí, que tan pocas palabras tenía entonces para hablar de ella. No podía hacer otra cosa que andar a su lado esperando que se me pegara algo de su personalidad, sin pensar nunca, ni siquiera una vez, que Nicolas pudiera apropiarse de algo mío.

Los domingos por la mañana íbamos a la iglesia. Eso era lo suyo en todos los pueblos como el nuestro: religión y fascismo. Nos gustara o no, siempre estábamos a las órdenes de algo o de alguien: con el miedo en el cuerpo, era fácil gobernarnos. Las dos instituciones más antiguas que había conocido en mi vida estaban fundadas en el miedo.

Íbamos rodeando el bosque y enfilábamos el camino, un sendero creado por nuestros propios pasos. Ahí, Rosetta empezaba a canturrear una melodía con los labios cerrados. Cuando dejábamos el sendero, se oía el sonido de nuestros pasos en las piedras, y entre todos destacaba el mío.

En el pueblo, cada cual me llamaba según le venía en gana: para unos era el jorobado, para otros el matapuercos, el rengo, el cojeras o el chambón.

—A ver si andas como es debido —me decía mi padre.

Entonces le daba todavía más fuerte con el pie derecho, arrastrándolo por las piedras hasta que yo mismo no aguantaba ya el ruido.

—Lo hago lo mejor que puedo.

Él se moría de vergüenza, mientras que yo, después de la muerte del *Negro,* ya no sentía ninguna.

—Levanta el pie —siseaba él.

Le había visto matar a cerdos recién nacidos que tenían alguna malformación. Resolvía el problema con un cuchillo, sin pensárselo dos veces. A veces la madre no se daba ni cuenta, pero en otras ocasiones se volvía loca y lloraba la noche entera.

Sólo cuando divisábamos el campanario y a la otra gente del pueblo, dejaba de pedirme que caminara en condiciones.

La ropa de los domingos era la heredada de nuestros padres, aunque hubiéramos podido comprarnos algo nuevo en el mercado de Grottola, donde cada martes había puestos que vendían tela. Detestaba meter las piernas en los pantalones que había usado mi padre el día de su boda. Cada domingo me convertía en el hombre de la foto que mi madre tenía en la mesilla de noche.

Mientras el cura hablaba, a mí se me iba el santo al cielo, sin remedio, y cuando la gente se ponía en la cola para recibir el sagrado sacramento, yo también iba, aunque no me hubiera confesado. Don Mariano decía que ése era un pecado mayúsculo, pero se trataba de un juego que nos traíamos Teresa y yo.

En la iglesia, cada familia tenía un banco a su nombre. Nosotros también. Nos podíamos permitir ese lujo porque mi abuela había comprado la placa antes de morir. Ahí estaban grabados su apellido y el de nuestro padre, de manera que aquel peculiar legado abarcaba las dos ramas de la familia.

Me aproximé al banco frente al nuestro, que aún no había sido ocupado.

—¿Qué haces? —preguntó mi padre en voz baja. Acababa de persignarse.

Apoyé el dedo en la placa y, moviéndolo letra tras letra, empecé a leer: «En memoria de la familia Panzilmo».

La familia Panzilmo vivía al lado de la iglesia. Tenían una verja de color verde, y cuando pasaba por ahí siempre me quedaba mirando aquel patio ordenado y cuidado, con un pequeño gallinero al fondo y los tablones de madera bien pintados. Mientras mi padre me urgía a que volviera a nuestro banco, yo pasé al siguiente: «Gracias a la donación de la familia Rocchitto-Tusso».

¿Había que leer el guion intermedio? Se lo preguntaría a Nicolas.

Eran los propietarios de la tienda de ultramarinos. Vendían la pasta en una bolsa de papel con forma de cono invertido que llamábamos cucurucho.

Conocía bien a aquellas dos familias, y ahora que sabía cómo se escribían sus apellidos tenía la sensación de conocerlas mejor.

Volví a nuestro banco.

Mi padre me agarró de un brazo y fue apretando, mi madre se llevó las manos a la boca, un gesto muy suyo cuando estaba asustada. No opuse resistencia. Tenía la sensación de que su fuerza ya no era tanta. Esperé sin inmutarme a que aflojara la mano.

Se oyó la campanilla. El cura dio un paso adelante. Unos dos metros más allá había un monaguillo que movía el pebetero lleno de incienso como si fuera un péndulo. Cuando la cadena estaba en el punto máximo de oscilación, por los huecos de la parte superior salía una pequeña nube de humo. De niño creía que así olía Dios.

El cura recorrió la nave de la iglesia.

Le dediqué un rezo en nuestro dialecto al alma del *Negro*. Se me ocurrió que aquella lengua que se parecía tanto a la tierra, aquellas palabras tan cercanas a los gruñidos de las bestias eran el único modo de hablar con las almas de los animales muertos.

Un poco más allá estaba Teresa con su familia. Cuando me vio, se levantó de su banco y cruzó la nave sin persignarse. Yo fui detrás de ella, ignorando la reacción de mi padre.

—Ya no podía más —me dijo cuando la alcancé en la explanada delante de la iglesia.

Hacía tiempo que no la veía. Ella no sabía nada de lo que le había pasado al *Negro,* ni que yo había decidido dejar de formar parte de mi familia. Tampoco sabía nada de Nicolas, ni de su padre, ni de la escuela secreta que me acogía al final del sendero de los robles.

—¿Por qué has dejado de venir? —me preguntó.

No contesté.

—Te noto cambiado —continuó diciendo—. No sabría decir en qué.

Yo también me notaba distinto.

—Sigo llevando la misma ropa.

Ella miró los pantalones que conocía al dedillo.

—Ya veo, pero no me refería a eso.

Me acerqué. Ella era la única de quien me fiaba en el pueblo, como si fuera mi pequeña iglesia.

—Lo he visto —me dijo de pronto.

—¿A quién? —pregunté. Ya conocía la respuesta.

—Al chico del que hablan en el pueblo.

¿Cómo no se me había ocurrido que los demás también sucumbirían a sus encantos?

—¿Quieres ir? Incluso vas a poder hablar con él.

—¿Lo conoces?

—Ya te lo he dicho: ¿quieres ir donde Nicolas? —repetí, y pronuncié su nombre tal como lo hacía su padre.

—¿Es que lo conoces?

—Dime sólo si quieres ir.

Teresa dio un paso atrás. Tenía que elegir entre volver a la iglesia o conocer a Nicolas. Dos segundos largos como la vida entera.

—¿Ahora? —me preguntó, mirando de lejos a su madre que estaba a punto de salir después de la bendición.

—Ahora.

—Vale —dijo Teresa.

—Vamos.

No teníamos noción de ser como esas polillas que se acercan demasiado al fuego: atraídas por el resplandor de la luz, acaban con las alas quemadas, disfrutando de un último baile donde el regocijo le puede al miedo.

Caminamos sin hablar. A veces, Teresa se me adelantaba y entonces podía verla de espaldas. Conocía a la perfección su figura, que se dibujaba gloriosa contra la luz del sol. Había visto cómo se transformaba la silueta de su cuerpo a lo largo de los años: sus formas, antes poco vistosas y hechas de aristas, ahora albergaban curvas. Siempre había pensado que caminaba más rápido que yo adrede, pues esa manera de competir formaba parte de su naturaleza. Tal vez le pasara lo mismo en el colegio, y eso dividía la clase en dos: las que querían ser amigas suyas y las que eran sus enemigas. Su talante te obligaba a elegir.

A lo largo del sendero había momentos en que se veía

obligada a levantar la falda para evitar que los arbustos le rasgaran el vestido. No era la primera vez que le miraba las piernas. Lo que sentía por ella se había transformado, como todo lo que estaba a mi alrededor.

—¿Quieres que afloje? —me preguntó.

—Ya te alcanzo.

—Perdóname. No debería habértelo preguntado.

—No importa.

Cuando llegamos a los alojamientos de la señora Ottavia, Nicolas estaba agachado, arrancando unos hierbajos del suelo. Se le veían los músculos de la espalda tensos debajo de la piel. Ya no quedaban marcas de la agresión.

Unos cuantos años antes, yo había tenido una bailarina que se movía encima de una plataforma de hojalata. Cuando le dabas cuerda, al principio iba girando sobre sí misma con movimientos fluidos, pero al rato iba a trompicones y acababa bloqueándose justo a medio recorrido; había que reposicionarla a mano en el punto de partida. Se cansaba, puede que ella también tuviera una pierna más corta que la otra.

Una noche quise desmontarla para examinar el mecanismo que le permitía bailar, pero en cuanto levanté la tapa, los resortes y los mecanismos saltaron. Aquella misma noche cavé un hoyo en la parte de atrás del chiquero. Hay motores misteriosos, y cuando te propones desvelar sus secretos se quedan hechos pedazos. Bajo la luz, todo resulta frágil.

—Hola, Davide —dijo Nicolas al vernos.

Me sentí orgulloso de que pronunciara mi nombre en presencia de Teresa y de que hubiera sido él quien hablara primero. Lo alcanzamos.

Nicolas seguía agachado, aparentando que ahí sólo estaba yo.

—Ella es Teresa —dije.

Se levantó, limpiándose las manos en los pantalones raídos y tendiéndole la derecha a Teresa.

—*Fräulein* —le dijo, amagando una reverencia.

—Hola —contestó Teresa.

Se estrecharon la mano.

—¿Adónde vais? —preguntó Nicolas.

—Íbamos a dar una vuelta —dije.

Nuestro destino sólo podía ser él. En el pueblo no había sitios que visitar, exceptuando las fincas de donde los campesinos y sus perros nos hubieran echado.

—¿Te has librado de los cerdos hoy?

—Eso después.

—Voy con vosotros.

—¿Puedes venir?

Él echó un vistazo en dirección a la casa de la señora Ottavia.

—Nadie se va a dar cuenta.

—Entonces, adelante —propuso Teresa, y enseguida echó a correr.

Nicolas y yo nos miramos y acto seguido corrimos detrás de ella. Aunque Teresa avanzaba despacio, yo iba cojeando igualmente. Era la primera vez que veía correr a Nicolas. Hubiera podido alcanzarla dando unas cuantas zancadas, hacer lo mismo que siempre había hecho ella: intentar ganar para confirmar que era la mejor en todo. Sin embargo, él dejó que fuera ella quien guiara la pequeña expedición y siguió manteniéndose detrás. Yo me tropecé con una raíz y me caí, me rasguñé las manos, pero Nicolas y Teresa no me vieron. Volví a levantarme y conseguí alcanzarlos, aunque me escociera la piel.

Ese día de finales de octubre era caluroso y el sol de media mañana campeaba sobre nuestras cabezas. Cruzamos la finca de la señora Ottavia y nos metimos en el bosque.

Nuestras carreras espantaban a los pájaros. Aún no sabíamos hacia dónde nos dirigíamos, ni de qué estábamos huyendo; lo único cierto eran nuestros cuerpos jóvenes.

Los alcancé. Se habían detenido, los dos con las piernas dobladas para coger aliento. La frescura del agua llegaba hasta nuestros rostros.

—¿Cómo se llama? —preguntó Nicolas, aún agachado.

—Es el río —dijo Teresa.

—Esto como mucho es un arroyo; lo llamas así porque nunca has visto un río de verdad, ¿a que no?

—Pero conozco el mar —contestó Teresa.

—Desde mi casa se ve; diría yo que el mar se ve desde todas las casas de Nápoles, y lo bueno es que el mar no pueden bombardearlo. Un buen día lo van a reconstruir todo, excepto el mar, porque a él la guerra se le da una higa.

—Andando —dijo Teresa tras unos instantes de silencio.

Fuimos caminando por la orilla. El terreno cedía en algunos puntos, se veían los cuerpos plateados de los peces que se escurrían y huían para ir a esconderse en zonas menos transparentes.

—Ya hemos llegado.

Ahí estaba la plancha de madera que usaban los pescadores. Yo lo sabía porque mi padre era uno de los que la habían construido, y al oírle hablar parecía que aquello fuera una obra de alta ingeniería, pero cuando la mirabas de cerca, no era más que una hilera de tablones clavados que sólo Dios sabe cómo habían resistido el paso del tiempo. Yo iba allí de vez en cuando. Alguna vez me había encontrado a un hombre viejo con una caña, totalmente quieto y mirando un flotador que nunca se hundía, o a niños con una red, que intentaban atrapar algún pez.

—¿Venís aquí a pescar? —preguntó Nicolas.

—No —contestó Teresa—. De vez en cuando venía mi

abuelo. Te tirabas horas para pillar algo. Los peces que nadan aquí son pequeños y comen tantos insectos que no hacen ni caso del anzuelo.

—Algún día podríamos intentarlo —dijo Nicolas.

—Hoy no es el día —replicó Teresa.

—¿Qué se te ocurre entonces?

Nos asomamos los tres al espejo de agua que corría bajo nuestros pies. Aunque la distancia no fuera mucha, el abismo que se abría frente a mí me daba vértigo. Echar la cabeza más allá del perímetro de la plataforma desequilibraba nuestro cuerpo, y el agua sumada al vacío ejercía sobre nosotros una misteriosa atracción.

—Nos tiramos —dijo Teresa.

—¿Qué? —soltó Nicolas.

Teresa dio un paso atrás y se colocó casi en el centro de la plancha, luego deslizó hacia abajo el vestido rosa de los domingos y se quedó en bragas y corpiño. Avanzó hacia el borde de la plataforma.

—No lo hagas —dije.

Tenía tanto miedo que no conseguía contenerlo garganta abajo. Aún recuerdo muy bien mi voz patética, intentando gobernar lo que más tarde se me revelaría como el sentimiento humano más noble: el valor.

Teresa estaba casi en cueros delante de nosotros. La piel blanca de su espalda. Sus pechos redondos y altos sólo cubiertos por un pedazo de tela muy fina. Volvió a mirar hacia donde estaba el agua. Luego dio dos pasos atrás sin darse la vuelta y cerró los ojos para concentrarse en lo que tenía que hacer. La carrerilla fue muy breve. Cuando los pies de Teresa se despegaron de la plataforma, los vi agitarse en el vacío por unos instantes, y cuando alcanzó el agua oímos el golpe. Miramos hacia abajo, en el punto donde se había zambullido. El agua se había tragado a Teresa en nuestras mismísimas narices. En la superficie sólo se veía un rastro de burbujitas blancas.

Hacía tiempo, para explicarme el color de la glicinia, que además era su apellido, Teresa me había pedido que imaginara el violeta sumergido en agua durante dos días. El agua era un elemento que le pertenecía y al cual volvería. Tardó unos instantes de más en reaparecer, el tiempo justo para que en nuestros rostros se dibujara el miedo. El pelo se le había pegado a la cabeza y con las manos se iba quitando el agua que chorreaba por su cara. Se tapó el pecho, pues debajo de la tela blanca se transparentaba el rosa de los pezones.

—Ánimo —chilló—. ¡Ahora os toca a vosotros!

Sonreía y gritaba como si estuviera comiéndose el mundo a pedazos.

Nicolas se quitó los pantalones y se quedó en calzoncillos.

—Voy... —le soltó.

Hizo lo mismo que Teresa: cogió carrerilla y saltó desde la plataforma. Esta vez el salto fue acompañado de un grito. Un sonido indefinido, a medio camino entre una *a* y una *e;* volví a ver las dos vocales escritas en mi cuaderno. Entró en el agua de forma desgarbada. El modo en que tenía colocados los brazos y las piernas hizo que no se hundiera. Le bastaron un par de brazadas para alcanzar a Teresa.

—Ven, Davide. Te toca a ti.

Me quité la camisa y los pantalones. Me quedé en calzoncillos, como ellos, y me asomé al agua desde la plataforma. El miedo me paralizó. Mis piernas no conseguían ir ni adelante ni atrás.

—Ven, Davide.

Ahora era Teresa quien me lo pedía. Desde que la conocía, nunca la había visto tan risueña como en ese momento, metida en el agua con Nicolas.

—Lánzate —soltaron los dos juntos, como si estuvieran ensayando la sincronización de sus voces.

Si no llego a saltar, mi fantasma se hubiera quedado para siempre en aquella plataforma de madera bosque adentro. Cogí carrerilla y sentí la ebriedad del vacío.

Mi vida empezó con aquel salto.

Fue Teresa quien me enseñó la palabra «baratijas». Una palabra llena de curvas y aristas, de rincones donde esconderse, de subidas y bajadas, igual que el pueblo después de cruzar el arco que llevaba a la torre. La leyó en un libro que le había regalado su tía de Potenza el día de su primera comunión, y, como solía hacer con todas las palabras que subrayaba o que transcribía en el cuaderno de las palabras especiales, la utilizó una tarde en la cordelería con el desparpajo de quien tiene un vocabulario apropiado para cada cosa. Iba al colegio en un autocar normal y corriente, pero al usar palabras como aquellas parecía haber visto mucho mundo. Mientras la repetía una y otra vez, yo oía como un ruido de sables rasgando el aire.

—Así es; tienes que sentir el chasquido del hierro —decía ella.

Sólo había un lugar en Tora e Piccilli donde podías encontrar cantidad de baratijas: la camioneta de don Aniello Panzer. Las guardaba en una palangana verde, cerca de las cazuelas que servirían de ajuar para las chicas casaderas. Ninguna mujer del pueblo en edad de merecer echaría un vistazo siquiera a aquella palangana llena de trastos sucios y rotos, usados, que probablemente él recogía de la basura en Nápoles y llevaba luego a los pueblos, intentando venderlos como rarezas. Eran objetos que ya habían sufrido una mala vida y que ahora descansaban donde Aniello Panzer, como los cerdos que llevábamos al mercado, sabiendo que tras esa última etapa ya no había esperanza para ellos.

Gafas pequeñas y redondas, con las patillas retorcidas y sin lentes, llaves con cabeza de león que abrían puertas de casas desconocidas, una balanza con pesas de latón. Ahí fue, entre tanto metal plagado de herrumbre, donde había encontrado hacía años la bailarina. Estaba escondida entre objetos más sucios. «Baratijas» ahora significaba el mar donde te hundes, la nieve que te cubre, la niebla que ciega. La metí en mi faltriquera y al robarla la salvé.

La vanidad era el talón de Aquiles de don Aniello Panzer. Cuanto más presumía de su mercancía, de la potencia del motor de su furgoneta al subir hacia los pueblos de montaña y de todo lo que había visto en su vida, más se distraía. Me parece a mí que cada vez que iba a un mercado le robaban algo.

Ya en casa, utilicé una pinza en lugar de la llavecita de metal, que probablemente se había quedado en los bolsillos de su antiguo dueño, y fui hurgando en el mecanismo hasta encontrar el punto de puesta en marcha. Cuando saqué la pinza, la bailarina empezó a moverse. Estudié sus movimientos y pillé el momento exacto en que daba un paso ya falto de armonía que la hacía parecer una principiante. Era eso lo que me gustaba de ella: que fuera algo precioso, aunque la hubieran tirado a la palangana de las baratijas. La sostenía una varilla de metal, pero yo estaba convencido de que los movimientos irregulares se debían a que sus piernas no tenían la misma longitud. La miraba durante la noche y me la imaginaba recién estrenada, perfecta en sus piruetas y en la reverencia final, mientras del escenario de hojalata saldría una melodía que parecía tocada por fragmentos de cristal.

Soñé con ella la noche después de enterrarla. Me pidió que la envolviera en tela porque no quería que la tierra le manchara el rostro. Me llamó por mi nombre.

Al día siguiente me hice con un retal de tela y fui a cavar donde recordaba haberla enterrado. Le limpié la cara, quitando tierra y lágrimas, y luego la envolví como si fuera el cuerpo de uno de esos pajaritos muertos que me encontraba en el campo los días en que había heladas.

Nos quedamos en el prado, esperando a que se nos secara el pelo. En el silencio oíamos correr el agua y en el aire se expandía el tabaco del cigarrillo de Nicolas. Cargaba los pulmones de humo y, después de aguantarlo todo lo que podía dentro del pecho, lo echaba lentamente. Estaba sentado con las rodillas dobladas y miraba a lo lejos. Octubre era dulce y el otoño aún parecía lejano.

Yo estaba en el suelo, con todo el cuerpo vuelto hacia Teresa, que se había echado a unos metros de distancia. De tanto en tanto agarraba un mechón de pelo y lo estrujaba, con la cara expuesta al sol. Yo miraba partes de su cuerpo que sólo había imaginado.

Se quedó mucho rato con los ojos cerrados, como si aún quisiera protegerlos del agua. Sumida en aquella especie de laxitud, aparentaba menos años que los dieciséis que entonces tenía.

El recuerdo de ella quitándose el vestido me provocó una erección. Me puse boca abajo.

Confundía mi juventud con el calor de aquel domingo que nos calentaba lentamente. Era una promesa de algo que iba a pasar.

Al cabo de un rato, Teresa volvió a ponerse la ropa. Lo hizo agachada y yo miré para otro lado.

Nicolas se quedó con el pecho descubierto, dejando su camisa tendida en la hierba. Los dos nos habíamos echado al agua, pero por motivos tan distintos que era como si no nos hubiéramos bañado en el mismo río.

Nos mantuvimos en silencio un rato tan largo como el final de un verano.

—¿Cuánto tiempo os vais a quedar? —le preguntó Teresa a Nicolas.

—No lo sé. Creo que nadie lo sabe de cierto. Ni siquiera sabemos la verdadera razón por la que estamos aquí.

—¿No te gusta? —siguió preguntando ella.

—Teníamos nuestra propia vida en Nápoles. Yo iba al colegio, hacía teatro y mi padre daba clases. Hace días que no recibimos noticias de mi madre y de mis hermanas.

—¿Cómo se llaman tus hermanas?

—Miriam y Rachele.

—¿Tienen más o menos años que tú?

—Ambas cosas a la vez. Es decir que tienen menos años que yo, pero se comportan como si fueran las hermanas mayores.

—¿Te tienen adoración?

La pregunta de Teresa me hizo sentir incómodo.

—No —dijo Nicolas—. No me lo parece.

—Yo apostaría a que sí, o puede que sientan celos —dijo Teresa.

—Los celos entre hermanos no existen —contestó Nicolas.

—Ya sabes a qué me refiero.

Una madre, dos hermanas. El universo de Nicolas empezaba a parecerme complejo y ramificado. Desde el momento en que nos conocimos, yo sólo había deseado que me enseñara a ser como él, sin interesarme en absoluto por su vida. Aquella belleza esplendorosa, sus modos amables, su cultura, sus aspiraciones artísticas y, como guinda del pastel, la persecución racial que lo remitía al martirio. Nicolas existía ni más ni menos que como yo lo imaginaba. No era un contrasentido; sólo se trataba de algo difícil de explicar. Sin embargo, ahora era testigo de la soltura con que Teresa se interesaba por su vida en Nápoles y de la actitud tan burguesa y coqueta que mostraba al escucharle. Sus hermanas le inspiraron un sinfín de preguntas, como si ella se resistiera a mirar directamente la luz del sol y pretendiera reconstruirla a partir de las sombras.

—¿Tienes miedo? —le preguntó Teresa a Nicolas, sin dar más detalles.

Nicolas buscó otro pitillo, lo encendió y, tras dar una calada, dijo:

—Tengo miedo como todo el mundo. No me gusta. No quiero que pueda conmigo.

—El miedo te paraliza, no puedes gobernarlo —dijo Teresa.

—Eso es cierto si hablamos de animales o de algunos individuos. Haré lo que esté en mis manos para no parecerme a ellos.

Acto seguido, Nicolas se puso de pie. Parecía molesto por la frase de Teresa. Yo tenía la sensación de estar creciendo a una velocidad vertiginosa; en sus bocas, las palabras simples que conocía eran suplantadas por otras, oscuras, con significados infinitamente más complejos.

—Aquí en Tora nunca pasa nada, y no os va a pasar nada ni a ti ni a tu padre —dijo Teresa—. Todos son gente decente, campesinos los más. Se pasan la vida trabajando y no hacen distingos entre las personas.

—Nuestro barrio también estaba lleno de gente decente, pero mira tú por dónde nos dieron la espalda. Fue pasando de a poco, sin que nos enteráramos.

Nicolas esperó a que Teresa le replicara, pero ella siguió escuchándolo en un silencio lleno de admiración.

—Ahora nadie sabe lo que va a pasar —siguió diciendo Nicolas—. La gente aquí nos ha acogido de buen grado y en la finca estamos bien. —Hizo una pausa, y añadió—: Uno de los primeros días alguien me agredió.

—¿Quién? —preguntó Teresa.

—Era gente que tenía el mismo miedo que yo. Ellos tampoco entienden lo que está pasando.

Había algo revolucionario en él, en la simplicidad con que nos abría las puertas a su miedo y a su vida.

—Antes mencionaste el teatro... —comentó ella.

—En Nápoles formaba parte de una compañía.

—¿Es eso lo que te propones?, ¿ser un actor?

—Aún no lo sé. Ya no me oriento en este mundo, y menos aún en mis deseos.

—En Tora e Piccilli estas cosas no le interesan a nadie. —Teresa gesticulaba acalorada, con mucha rabia—. Aquí sólo saben hablar de ovejas, cerdos y conejos. Cuando nace un ternero más grande de lo usual, la noticia está en boca de todos. Una vez nació una gallina con tres alas y todos estaban convencidos de que era un presagio del fin del mundo. Una mitad del pueblo se fue a ver al cura y la otra mitad a la hechicera.

Nicolas soltó una carcajada.

—En el campo las cosas son así. Es gente recia, que no necesita de pantomimas —comentó él—. Y eso también tiene su lado bueno.

—Es como si viviéramos en la Edad Media —dijo Teresa.

Estaba con ellos, echado y tomando el sol, pero incapaz de participar en su conversación. Desde el día en que me parieron, nunca había escuchado a dos personas hablar sin que una agrediera verbalmente a la otra o intentara tener razón.

—Mi padre dice que tengo que continuar ensayando el

monólogo de *Ricardo III* —susurró Nicolas—. Sostiene que las palabras sirven para luchar contra lo que nos está pasando, pero...

—Continúa la frase —le pidió Teresa.

—Yo no opino lo mismo. No quiero sustituir la verdad por el teatro. Sin lo uno, no puede existir lo otro.

Nos quedamos callados, intentando incorporar aquellas palabras.

—En marcha —dijo Teresa al rato.

—Aún tengo el pelo mojado —protesté yo, que hubiera hecho lo que fuera para no moverme de allí.

—Anda, Davide, que hoy es fiesta.

—¿Adónde vamos? —preguntó Nicolas.

—A la estación. Hay un buen trecho.

—Sé dónde está. Pasamos por delante cuando nos trajeron aquí.

—Si vamos a campo través, no tardaremos mucho.

Nos pusimos a andar.

A lo largo del camino, las parejas fueron alternándose. Teresa y yo, luego Teresa y Nicolas y finalmente Nicolas y yo.

Cuando llegamos, Teresa fue a mirar el tablón de horarios.

—Si queremos ver un tren, tendremos que esperar dos horas.

Nos sentamos en un murete de piedra a mirar las vías. Nicolas y yo habíamos ido hasta allá sólo porque nos lo había pedido ella, la única que ahora parecía disconforme.

Un hombre salió de la estación y nos dijo chillando que teníamos que irnos. Entonces nos levantamos y caminamos bajo el sol, bordeando un muro. Los tres caminábamos muy juntos. Nuestro pelo aún conservaba el olor del agua del arroyo.

Volví a casa de Nicolas dos días después de nuestro baño en el riachuelo. Mi padre había ido a Caserta y yo podía moverme a mis anchas. Cuanto más tiempo pasaba él metido en las reuniones de los círculos fascistas, más tiempo tenía yo para estudiar en casa de Nicolas. Mis progresos eran directamente proporcionales a su devoción por Mussolini. El Duce se cuidaba de mí de esa manera. Empecé a preguntarme si mi padre tendría aspiraciones dentro del partido y se había propuesto aplicar su organización del chiquero a todo el pueblo de Tora e Piccilli.

Crucé el bosque para llegar hasta la finca de la señora Ottavia. A esas alturas la casa ya no tenía secretos para mí; distinguía el sonido de una ventana al cerrarse y el del cucharón de madera que chocaba contra la cazuela donde hervía el potaje, lo único que comían a lo largo del día.

Me abrió el padre de Nicolas.

—Buenos días, señor.

—No me llames señor; me llamo Gioacchino. Hay un poco de pan en la mesa, nos lo ha traído Mastronardo diciendo que le sobraba.

De repente, se perdió por el pasillo en busca de algo. Yo me quedé solo en la cocina, con el pan y los libros encima de la mesa.

—He escrito todas las palabras —le dije cuando volvió.

—Así me gusta. Déjame ver.

Le pasé el cuaderno.

—¿No está Nicolas? —le pregunté mientras él leía.

—Ayer Nicolas tenía fiebre. Aún guarda cama, pero ya está mejor. Se piensa que aquí en el campo el verano dura más y se pasa el día entero sólo con la camisa puesta. Está en su habitación. Ve a saludarlo, que se pondrá contento.

Era una casa de ladrillo, donde antes seguramente se alojaba la servidumbre. El estrecho pasillo que llevaba a los dormitorios era oscuro y en la pared destacaba una mancha de moho.

Nunca había entrado en el cuarto de Nicolas, y me pregunté por qué hasta ese día no había sentido curiosidad por verlo. Di unos golpes en la puerta y la abrí sin esperar respuesta. Lo vi durmiendo envuelto en una manta, visiblemente debilitado. Tenía los labios más claros y el rostro pálido. En el cuarto sólo había una cama que parecía colgar de la pared, una balsa en equilibrio en la superficie del agua. Mi manera de mirar estaba cambiando; ahora prestaba atención a cosas que unas semanas antes me habrían pasado inadvertidas. La cama, la ropa, el desorden de la cocina. Todo se estaba volviendo nuevo e interesante, cada objeto se mostraba bajo una nueva luz.

La ventana no tenía cortinas. Había unos libros apilados en el suelo y en un rincón, encima de una silla, estaba su ropa, que había aprendido a reconocer.

Salí antes de que se despertara. No quería que me pillase en su habitación.

—¿Lo has visto? —quiso saber Gioacchino.

—Está durmiendo.

Me pregunté si la fiebre se debería al chapuzón en las aguas heladas del arroyo o al hecho de haber visto a Teresa en bragas.

—Mientras tanto he ido mirando lo que has escrito. Lo has hecho muy bien, incluso hay muchas palabras nuevas.

—Las vi escritas en un papel.

—¿Lo traes?

—Sí.

—Déjame echar una ojeada.

Había doblado la hoja una y otra vez y la llevaba en el bolsillo delantero del pantalón.

Gioacchino la desdobló y se puso a leer.

—Es propaganda fascista —dijo.

—Lo sé.

—No quiero que entre algo así en nuestra casa.

—Lo siento. La he utilizado para copiar lo que ponía. Yo no soy de su calaña; si lo fuera, no estaría aquí.

En casa no teníamos libros ni periódicos. Aquellos papeles los traía mi padre. Sabía lo que pasaba: en las reuniones siempre había alguien que los distribuía, y nunca faltaba la imagen de Mussolini llevando a cabo trabajos ordinarios.

—Vale —dijo Gioacchino—. Pongamos manos a la obra: las palabras son lo que son, lo importante es cómo las usamos. Vamos a leer qué dice.

Mi primer libro de texto fue un pasquín en el que se ponían por escrito los principios de las leyes raciales, y quien me explicó su significado fue un maestro judío. Nicolas me había hablado de ellas justo al principio de conocernos, pero ahora que veía las palabras escritas comprendía cómo aquellas mentiras iban propagándose. Leyéndolas me daba cuenta de que no existían palabras buenas y palabras malas. Cepo, corazón, pozo, autocar, pecho, espalda, boca. Todo dependía de las acciones.

La convalecencia de Nicolas duró una semana. Aprendí que un cuerpo hermoso podía ser también frágil, e incluso que belleza y fragilidad estaban íntimamente relacionadas. Cuando Nicolas llevaba tres días enfermo, Teresa vino a buscarme al chiquero por la tarde.

—¿Sabes qué tal anda? —me preguntó.

—Su padre me ha dicho que va mejorando.

—Ha sido culpa mía —comentó ella—, no debería haber insistido en darnos aquel chapuzón tan tonto. No sé en qué estaría pensando. No tuve en cuenta que Nicolas no está hecho a nuestras costumbres.

—Tú y yo nunca nos habíamos bañado juntos —repliqué.

—Él es un chico de ciudad.

Así que ella asumía toda la responsabilidad. Era una más de sus demostraciones de fuerza, como lo habían sido los azotes al hijo del farmacéutico y el desnudarse delante de nosotros. Estaba dispuesta a cargar con la culpa de la humanidad entera.

—Gioacchino me ha dicho que Nicolas se quedará en casa unos diez días más —mentí—. No quiere arriesgarse a una recaída.

Aquella misma noche volví a verla en mis sueños, repitiendo una y otra vez el gesto de quitarse la ropa. Estaba atrapada en ese movimiento, el único posible, como la bailarina en la caja de hojalata. Sentía el calor del sol, veía cómo las lagartijas se calentaban y ella que salía del anillo de tela de las prendas amontonadas a sus pies, y cuando alargaba una mano para tocarla abría los ojos, porque de alguna manera tenía miedo de que el deseo se hiciera realidad.

Pasé aquellos días sin Nicolas arrastrando una molestia. No sabía bien qué me dolía: la pierna, la mala o la buena, el brazo, la cabeza o quizás los pulmones, como a mi padre.

Era una sensación que no tenía nada que ver con todo lo que me había pasado hasta el momento, y me debilitaba.

Uno de esos días volví al mercado con mi padre. Era la primera vez que salíamos juntos después de la muerte del *Negro*. Aunque me lo propusiera, sería incapaz de hacer la lista de lo que había cambiado desde la llegada de Nicolas a Tora. Buscaba la confirmación de los cambios en los árboles que veía a lo largo de la carretera, pero no la encontraba porque lo que estaba cambiando eran las raíces.

Llegué al mercado empujando la carretilla donde llevaba uno de los cerdos que teníamos que entregar al nuevo propietario.

Nos quedamos esperando en el sitio de siempre, y yo aproveché para mirar a las personas a nuestro alrededor, gente del pueblo la mayoría, y los pocos que nunca había visto seguramente vendrían de los pueblos cercanos.

—¿Es éste? —le preguntó a mi padre el hombre a quien habíamos estado esperando. Tocó el lomo del animal como para cerciorarse de su salud, luego le examinó los oídos y las patas. Fortunà tenía fama de ser un buen criador, que nunca engañaría a nadie. En el pueblo todo el mundo sabía de su dedicación al trabajo y a los principios que hubieran tenido que respetar todos los italianos de bien. Tras aquel repaso apresurado, el hombre le dio el dinero a mi padre.

—Que tenga usted un buen día, don Biagio —le dijo él mientras se metía el dinero en el bolsillo delantero—. Tenemos que ampliar el chiquero —añadió acto seguido dirigiéndose a mí—. Quiero más animales.

—¿Y para qué?

—Para tener algo más grande. ¿Has visto lo que ha conseguido Veneruso?

—¿Y dónde los vas a meter?

—Construimos otro establo. Tiramos el viejo y hacemos

sitio. Los cercados tienen que ser más estrechos. Podemos conseguir el doble de espacio.

—Es demasiado trabajo.

—No voy a hacerlo yo solo. Ahora también estás tú. Y si las cosas van bien, lo echamos todo abajo y construimos uno de ladrillo. Un pequeño criadero. ¿No te gusta la idea?

—No lo sé —dije.

Había matado al *Negro*. No había ninguna posibilidad de dar marcha atrás, y me parecía que eso de trabajar juntos era una propuesta que se hacía a sí mismo más que a mí.

Se oía la cantinela de don Aniello Panzer:

—Ánimo, damas y caballeros, que aquí vais a encontrar todo lo que hace falta para vuestra casa: tijeras, sacacorchos, pinzas..., todo fabricado en las mejores fábricas alemanas.

Vi a Gioacchino, que estaba comprando unas velas. Después de que el vendedor se las envolviera en una hoja de papel marrón, se encaminó hacia donde estábamos. Me miró fijo, pero en el último momento hizo como que no me conocía y siguió adelante.

—Vete ya, Davide.

No la había oído venir por el pasillo. Mamá llegó hasta la puerta y la abrió de golpe, chillando:

—Huye, que te va a matar.

Si tuviera que mentar un recuerdo de la vida con mi madre, elegir sólo uno, pues no me lo pensaría dos veces. Es ella que intenta salvarme de la furia de Fortunà, su marido, mi padre, aspirante a empresario en el sector de la carne de cerdo.

Lo siguiente que vi fue el brazo de mi padre que la agarraba del cuello y la empujaba de malas maneras hacia el pasillo. Su figura pesada y gruesa se impuso en el lugar que antes habían ocupado el cuerpo demacrado y el pelo encanecido de mi madre. No había venido corriendo como ella; esperó que la rabia creciera a más no poder antes de entrar en mi habitación.

Llevaba en las manos un pasquín, uno de tantos. En el centro había un soldado con el brazo derecho levantado y lo rodeaba un halo blanco que supuestamente simbolizaba la pureza, mientras el margen superior de la hoja estaba manchado por un color violeta oscuro que sumergía el mundo en las tinieblas.

—Lee lo que pone —me dijo.

—No sé leer.

—Todo el mundo ha visto cómo volvías a casa de estos tipejos. Que no se te olvide que éstos no tienen nada que enseñar a nadie. Somos nosotros quienes les estamos dando un pedazo de tierra para que la cultiven, son ellos los que tienen que dar las gracias. Y ahora lee. Quiero saber qué te han enseñado.

Cogí el pasquín.

—Batallón voluntario de granaderos Mussolini. Jóvenes italianos, alistaos. Se os enviará inmediatamente a la zona de operaciones.

Me arrancó el papel de las manos.

—Escucha bien lo que te voy a decir: si vuelves allá, acabarás como el cerdo, ese que a ti te gustaba tanto.

Al recibir la primera bofetada, me quedé inmóvil, como Nicolas cuando había sido yo quien le pegaba. La inmovilidad implicaba una ofensa aún mayor, pues parecía provocar con un: adelante, pégame, conmigo no puedes. Mientras los brazos de mi padre se me echaban encima, continué manteniendo el rostro expuesto a la tormenta de insultos, puñetazos y patadas. Seguro que era inmensa la vergüenza que sentía por tener un hijo que iba a casa de los judíos a aprender a escribir. Inaguantable. Yo en su lugar hubiera hecho lo mismo. Y él en mi lugar otro tanto. Ni él ni yo teníamos otra escapatoria. En cuanto a desesperación, a sensación de ahogo, mi padre y yo éramos iguales. La *ñ* de puñetazo lleva una virgulilla ondulada encima que se llama tilde. La palabra vergüenza lleva dos puntos encima de la *u,* lo mismo que ungüento y pingüino. No se dice «jorobado», sino «giboso» y «callado» se escribe con dos *l.*

Estábamos inaugurando una nueva fase, esa en que los soldados empuñan su fusil y se dirigen a la zona de operaciones. Los gritos de mi madre y de mi hermana se oían detrás de la puerta. Volvían a mí las palabras de Nicolas cuando decía que no sabía de qué huían, de qué tenían que defenderse.

Cuando mi padre acabó, yo tenía la cara hecha un cromo. «Como debe ser», parecía querer decirme. Todos los golpes habían dado en la diana. Digo yo que con eso bastaría para demostrar a sus amigos que se había portado como lo haría cualquier padre en condiciones.

Sin embargo, era yo el que se sentía más fuerte. Mis pensamientos se convertían en voluntad. Cuando uno está convencido de lo que hace, la exposición del cuerpo al verdugo transforma la energía recibida. La retiene. Me llevó su tiempo llegar a esta conclusión, al menos los dos días en que anduve por el pueblo con la cara tumefacta.

—No salgas así —dijo mi madre.

Miré mi imagen reflejada en el cristal de la sastrería de la señora Capogrossi. Iré recomponiéndome, pensé. Eché un vistazo al cartel.

SE LLEVAN A CABO ARREGLOS DE COSTURA.

Volví a leerlo, luego pronuncié las palabras en voz alta. Arreglos. Llevan. Sabía leer.

—¿Qué te han hecho? —preguntó Gioacchino al abrirme la puerta. Reconocí el olor de su cocina, que ahora se imponía al olor de mi casa. La mesa, el fregadero, las cucharas de hierro mate, los pequeños trapos que él colocaba encima de los platos secos para protegerlos de las moscas.

—Antes Nicolas y ahora tú. Este pueblo es menos pacífico de lo que aparenta. Espero que no haya sido por culpa nuestra.

Me hizo sentar en la silla en el centro de la cocina, lo mismo que cuando venía a casa el barbero del pueblo y le cortaba el pelo a mi padre, a mi madre, a mi hermana y a mí, y al final se amontonaba en el suelo el pelo de todo un invierno.

Me examinó el pómulo, los labios, los ojos y el gran moratón que tenía en la frente.

—Ya sé leer —dije.

—Muy bien. Ahora deja que te haga la cura. Hay cosas más importantes que ésa.

Fue a buscar una pomada. Yo no sabía dónde estaba Nicolas y él no lo había llamado al entrar yo. Normalmente era lo primero que hacía. Yo me moría de ganas de mostrar las heridas que había sufrido por culpa de su amistad. Quería decirle a Nicolas que íbamos empatados después de lo que yo le había hecho aquella noche.

Gioacchino volvió al poco rato con un pequeño frasco y unas vendas.

—No quiero vendas —dije.

—Hay que desinfectar los cortes porque pueden empeorar. Y quizás no sepas que cuando tocas una herida se convierte en algo tuyo. El dolor se convierte en una pequeña fortaleza. Las cosas, cualquier cosa, se transforman, Davide.

Nunca lograba entenderle cuando hablaba del cuerpo o de lo que fuera. En lo que decía Gioacchino siempre había un aquí y al mismo tiempo un más allá al que se refería.

Desenroscó el frasco y me llegó un olor penetrante.

—No me puedo creer que nunca hayas usado un desinfectante. A veces pienso que vives en otra época.

—Soy un hombre de las cavernas —dije.

—Incluso los hombres de las cavernas usaban las hojas de las plantas medicinales.

—Sé de un árbol de hojas anchas y blandas. Yo las uso para limpiarme después de aflojar las tripas, si se me permite la expresión.

—Por favor, Davide, no hace ninguna falta que me cuentes ciertas cosas.

Los dos nos reímos juntos.

—Celebro que no hayas perdido el buen humor. ¿Te duele?

—Escuece.

—Ya sé que escuece. En la farmacia siempre te dicen que el que compras es un producto nuevo y no va a escocer, y en cambio duele a rabiar. Lo bueno es que pasa enseguida. Siempre he pensado que las heridas son como semillas de las que nacen plantas. Hay que tener claro qué tipo de planta queremos que crezca. ¿Tú ya lo has decidido?

—Yo quiero un árbol.

—Entonces tendrás que plantarlo tú. Y confío en que no tenga las hojas anchas.

Volvimos a reír. Luego pregunté.

—¿Dónde está Nicolas?

—No lo sé. Hace un rato ha venido Teresa a buscarlo y han desaparecido. Pensaba que estabas con ellos.

De golpe se me juntaron todas las heridas.

Ahora me ardía la piel entera.

En los días posteriores, ni Teresa ni Nicolas me contaron lo de su encuentro. Yo no saqué nunca el tema, pues esperaba que alguien lo mentara en una de nuestras charlas. En más de una ocasión creí haber magnificado un episodio que a fin de cuentas no era tan importante. El material del que estaba hecha nuestra amistad se estaba volviendo más denso y complejo, pero yo seguía yendo a la casa al final del sendero con mis cuadernos a cuestas. Las clases particulares, como había empezado a llamarlas yo, eran indispensables para la persona que me había propuesto ser.

Teresa decía que me lo tragaba todo, y sólo en aquel momento conseguí comprender cuán profundo era el pozo que llevaba en el pecho.

«Vidrio, pasta, zapatos, peras, fruta, madera, leche.» Llenaba las hojas de palabras nuevas, las que veía en los escaparates del pueblo.

Había vuelto a empezar una lenta reconstrucción de Tora e Piccilli a través de la escritura. Me paraba frente a un cartel y repetía en voz alta. Ya no le tenía miedo a Fortunà y me importaba un pimiento que me trataran como al tonto del pueblo. Hasta entonces no me había dado cuenta de la cantidad de palabras que había por todas partes. La escritura estaba tan presente como las piedras y los árboles, como los perros que rondaban la estación de Presenzano, como los viejos que se pasaban el día entero sentados en la puerta de su casa. Las inscripciones en los pies de las esculturas en la iglesia, los carteles de las tiendas, los bandos del alcalde, los nombres de las calles, los apellidos en las puertas. Memorizaba todo lo que leía.

«Alistaos en la artillería antiaérea de la aeronáutica.»

«Alemania es vuestra verdadera amiga.»

«¡Defiéndela! Podría ser tu madre, tu mujer, tu hija.»

«No les quitéis el pan de la boca a los hijos de nuestros trabajadores. Comprad productos italianos.»

Los que más me gustaban eran los manifiestos fascistas. Las imágenes eran en color, las ilustraciones estaban muy bien resueltas; algunas se parecían a los cuadros de las portadas de los libros de Nicolas, y aunque nunca se representaran escenas de guerra, ahí estaba el conflicto. Los colores oscuros del fondo se iluminaban por obra de luces lejanas, parecidas al resplandor de una explosión. Los rostros de los chicos que empuñaban las armas eran inexpresivos porque el deber que tenían que cumplir no dejaba lugar a las emociones, ni siquiera a las positivas. El amor por la patria podía con todo.

Yo ya sabía más que mi hermana Rosetta y, sentados a la mesa, procuraba no decirle que la palabra que acababa de pronunciar no se usaba de esa manera. Sus cuadernos estaban repletos de errores. Era una alumna mediocre y le faltaba ambición, lo mismo que a su madre, mientras que Fortunà y yo pretendíamos pisar fuerte, aunque hubiéramos elegido caminos distintos. En la mesa me quedaba callado y cabe que también ellos estuvieran hartos de mí. El ruido que mi familia producía con la boca al masticar me resultaba insoportable.

—Nicolas no se encuentra bien —me dijo Gioacchino un día al verme llegar—. Este chico se pasa el día enfermo. Cuando vivíamos en Nápoles, una vez nos quedamos diez días en el hospital. ¿Me echas una mano con el potaje, Davide?

—Vale —dije.

—Tú corta la verdura. Yo mientras tanto voy preparando un pastel de manzanas, y lo mismo da que hoy no tengamos nada que celebrar. No he encontrado canela, pero ya nos apañaremos.

Hice lo que me pedía. Me quedé en la cocina y no insistí en ver a Nicolas. De vez en cuando lo oíamos caminar y toser del otro lado de la pared. Su debilidad representaba una ventaja para mí, aunque no supiera bien qué hacer con ella.

Al cabo de unos días Nicolas volvió a salir. Íbamos al arroyo a pescar con unos sedales que él traía de la finca. Su temperamento voluble no era el más adecuado para la pesca, así que al cabo de un rato abandonó la orilla y me pidió que le enseñara los senderos que cruzaban el bosque.

—Por aquí ya hemos pasado —me decía al llegar a un determinado lugar.

—Sí —confirmaba yo.

—Los bosques están hechos para perderse.

—En cuanto establezcas unos puntos de referencia, podrás entrar y salir como te dé la gana.

—¿Por qué dejas que sea yo quien lleva la marcha?

—Porque sólo así se aprende —contesté.

—Entonces nos arriesgamos a quedarnos aquí días enteros.

Seguía diciendo que, si se perdía en el bosque, nunca

conseguiría salir. Al rato se paró y me indicó una gran roca blanca.

—Vendrás a buscarme aquí —dijo—. Sólo a ti te veo capaz de llegar hasta este sitio y volver. Son detalles como éste los que explican que tú y yo venimos de mundos distintos.

Yo dudaba de la intención de las palabras que acababa de pronunciar. Reconocía mi habilidad, pero al mismo tiempo remarcaba que siempre seríamos distintos.

Teresa también volvió a salir con nosotros, aunque sólo los festivos. Los demás días se los pasaba encerrada en su habitación estudiando. Nicolas y yo nos esperábamos al domingo para contarle todas nuestras travesuras y chiquilladas.

A veces, Teresa se reía tanto que tenía que agarrarse el bajo vientre. Nicolas y yo nos inventábamos anécdotas para divertirla. Al hablar, Nicolas usaba también el cuerpo, dando pequeños pasos adelante y de lado como si estuviera en un escenario. Yo empecé a imitarlo, ensayando gestos que invitaban a reír. Los días en que teníamos a nuestra espectadora nos convertíamos en un dúo cómico muy compenetrado; cuando ella faltaba, nos envolvía un halo de tristeza.

Nunca le pregunté por qué aquel día Teresa había ido sola a verle y por qué ninguno de los dos me lo había comentado. Como bien decía Nicolas, me parecía a esos animales que sienten cómo las nubes se juntan en el horizonte y mi instinto había intuido que se acercaba una tormenta.

Desde el momento en que lo vi llegar al pueblo había pasado un invierno entero, y día tras día había estado esperando su opinión con respecto a mis progresos. Yo mismo estaba sorprendido por la honradez y la falta de pudor a la hora de asumir que quería imitarle a toda costa.

En el espíritu viril que había impuesto mi padre, basado en la fuerza bruta, la torpe imitación de un chico judío interesado por el arte y las varias consideraciones sobre la vida era un pecado grave que había significado la ruptura definitiva con mi familia.

Durante los días de lluvia en que no nos veíamos porque, debido a su precaria salud, Gioacchino no le permitía salir, yo iba acumulando todas las palabras que podía. Cuantas más palabras aprendía, más ancho y comprensible se me hacía el mundo. Nicolas se dio cuenta de que el frío de enero me enrojecía las manos, que los brazos se me iban llenando de manchas y que en los días húmedos me dolía la parte de debajo de los dientes, así que mi madre me daba un trapo calentado en los fogones que yo mantenía apretado contra la mandíbula. Nunca le conté que para curar las manchas de la piel la mujer preparaba un ungüento con aceite y harina y luego soltaba unas palabras que le daban una fuerza misteriosa.

Nicolas descubrió el poder dictatorial del frío en el campo y supo que todo bicho viviente escondido en los bosques sólo se preocupaba de sobrevivir a las semanas más crudas.

Cuando, al acabar febrero, los días se hicieron más largos, yo había aprendido más palabras, y en cambio Nicolas parecía más delgado y nervioso, como un animal que hubiese crecido libre y ahora estuviera encerrado en una jaula. En cuanto volvió a lucir el sol, retomamos nuestras salidas. Fue a finales de marzo. Parecía que el bosque nos hubiera estado esperando.

Teresa pertenecía al bosque, como yo. Caminábamos muy juntos y, en los miles de trayectos que recorríamos, a veces nuestras manos y nuestros brazos se rozaban. Me preguntaba qué narices sentía ella.

Un día, al llegar a la finca, nos encontramos a Nicolas en el campo, cavando un surco. Hundía la azada empujando el borde de la plancha con un zapato, ganaba unos centímetros, la llenaba y luego echaba la tierra a un lado. No era yo el único que había ido adquiriendo nuevos conocimientos; él también estaba aprendiendo. La suya era ahora una delgadez nerviosa, su cuerpo parecía lleno de nudos y las venas asomaban en los brazos y en el cuello.

Cuando vio que corríamos a su encuentro, él también se puso a correr en dirección al bosque, donde soñaba con perderse y nosotros con él. A intervalos regulares se daba la vuelta para asegurarse de que lo estábamos siguiendo.

Yo quería cambiar la dirección del viento, parar el movimiento de la tierra y el fluir del arroyo.

Teresa y yo nunca correríamos tan rápido como él; los dos aspirábamos al mismo tiempo a tenerle y a ser él, pero no sabíamos qué deseaba Nicolas. Si nos hubiera pedido que nos tiráramos de una torre, acto seguido habríamos empezado a construir la torre. De momento, sólo nos había pedido que corriéramos.

A partir de aquí, el recuerdo de aquellos momentos se vuelve confuso.

Son las imágenes de un sueño las que testimonian aquel día, en el campo de trigo cerca del lugar donde el arroyo se dobla en una curva. La hierba había crecido mucho y nos tumbamos entre los tallos. Nuestras voces se imponían al ruido de las hojas movidas por el viento.

—Quiero marcharme de aquí —dijo Nicolas.

Teresa y yo escuchamos aquellas palabras sintiendo un ligero dolor en una parte incierta del cuerpo. No sabíamos qué contestar.

—¿Por qué? —preguntó ella.

Miré el cielo a través de los hilos de hierba que crecían a la misma altura alrededor de mi cabeza. Al inclinarse, algunos me impedían ver bien. Nicolas no contestó su pregunta; hablaba de otras cosas, y, al cabo de un rato, el sonido se interrumpió y nos encontramos hundidos en un profundo silencio. La hierba estaba húmeda, parecía que estuviéramos bañándonos en el arroyo. Al rato me levanté y los vi: estaban echados muy cerca de mí, sus labios se tocaban en busca de un beso.

No es verdad que nunca lo hubiera imaginado. Teresa no me lo había contado porque hay cosas que no se pueden contar. Al principio, los secretos te hacen sentir vivo, pero si los guardas demasiado tiempo acaban marchitándote.

Me puse de pie y empecé a correr.

De aquel día en adelante, todo se ha difuminado y la figura de Nicolas toma formas distintas en mis recuerdos. Nadie puede aportar a la vida de otro sólo el bien o sólo el mal. Si te propones recorrer un sentimiento hasta tocar el núcleo de su esencia, acabas llegando al sentimiento contrario.

Aprendí a escribir gracias a los judíos, a leer gracias a los fascistas, y a conocer el dolor de la mano de Teresa. También aprendí que sin dolor las palabras no tienen sentido. Desde entonces, todo lo que voy aprendiendo tiene el doble de valor.

Me prometí a mí mismo que jamás volvería a casa de Nicolas y de su padre, y mantuve la promesa. Mientras escribía en el cuaderno todas las palabras que iba aprendiendo, miraba a mi padre Fortunà hablando con gente que había venido a por los cerdos o para pedirle que fuera a hacer arreglos en una finca.

Programé los días de trabajo en el chiquero de la manera más productiva posible: me llevé allí todos los pasquines fascistas que tenía mi padre y los que distribuían los domingos por la mañana delante de la iglesia. No había chiquero en el mundo que guardara tanto papel impreso.

Mi padre estaba orgulloso de mí. A ojos de la gente me estaba convirtiendo en un hijo como Dios manda, un buen cuidador de cerdos y un buen fascista.

Reconstruí dos cercados y puse en marcha un circuito interno para abrevar a los animales sin tener que transportar los baldes desde la fuente al establo. Con unas cuantas tejas viejas fabriqué un canal de irrigación que partía de la fuente y hacía que el agua se deslizara hacia el interior de los cercados.

Con la poca luz que entraba en el chiquero y una modesta biblioteca que había apañado juntando opúsculos de propaganda, empecé a leer y a escribir por mi cuenta. Sin embargo, aquellas frases no me servían de alivio; eran frases tiesas, ejercicios incapaces de expresar el tormento que llevaba dentro de mí. Entre tantas palabras, buscaba alguna que hablara de lo mío.

Escribí en una hoja: «El hondo seno del océano».

Sentía mi cuerpo como algo ajeno, golpeaba a las bestias, que chillaban y lloraban mientras yo lloraba con ellas. Los cerdos nunca me habían oído gritar. Mi voz los asustaba. Comía poco, iba adelgazando y en mi rostro empezó a crecer la barba. El color de mi piel se hizo más claro por la cantidad de horas que me pasaba encerrado. Mi olor corporal se confundía con el de los cerdos. Me había convertido en ese guardián que todo el mundo imaginaba que era, un chico que tenía una relación especial con los animales porque en el fondo no era muy distinto de ellos.

En los meses que siguieron no supe nada de Nicolas y Teresa. Vivíamos cerca, pero nos manteníamos a distancia. Yo trabajaba y estudiaba sin salir del chiquero. Leía todo lo que pillaba y los cuadernos que había robado en el mercado estaban llenos a rebosar de frases. Ahora ya no me limitaba a transcribir las que leía, sino que ponía negro sobre blanco las anécdotas triviales que tenían que ver con mi día a día. «Hemos vendido un cerdo, Fortunà ha dicho que nos han dado una miseria y hemos perdido dinero.» O: «Rosetta se ha pasado el día cantando la canción que ha aprendido en la iglesia».

A última hora de la tarde caminaba entre los árboles y daba unos pasos por el sendero que llevaba a casa de Teresa, pero me detenía antes de que el bosque se despejara. No recordaba haber pasado tanto tiempo sin verla y me dije a mí mismo que pronto olvidaría su voz.

El verano fue violento y feroz. Durante el día el calor no daba tregua, y por la noche los mosquitos no te dejaban dormir. En los momentos en que no pensaba demasiado en Nicolas y Teresa me encontraba mejor, pero había días en que tenía la sensación de no haber adelantado nada.

Fui con Fortunà a trabajar en el campo de un vecino. Su tierra era mejor que la nuestra; parecía bendecida por la mano de Dios y más cuidada. El terreno siempre estaba mojado, el olor era intenso y no había piedras como en nuestro huerto. Al acabar el trabajo nos dieron unas gallinas, aceite y un cabrito, junto con unos billetes que Fortunà metió en el cajón donde guardaba el dinero.

En julio, Fortunà y yo empezamos los arreglos en el techo y las paredes externas de nuestra casa, un trabajo que habíamos pospuesto durante todo el invierno. Fortunà me explicó que para reparar una grieta antes había que meter un escoplo de hierro bien adentro, abrir la hendidura como si estuviéramos limpiando una herida y luego ir moviendo el escoplo hasta deshacerse de la parte friable de la pared. Antes de poner una capa nueva, había que llegar a la superficie dura del ladrillo. Sólo teníamos una escalera, y cuando él se ocupaba del techo, yo me encargaba de las paredes. Rosetta nos traía vasos de agua con limón, que me escocía los labios agrietados por el sol. Se quedaba sentada en una piedra, mirándonos, y nos iba pasando los utensilios a medida que se los pedíamos.

—¿Ya habéis acabado? —preguntaba de vez en cuando.

Una mañana se acercaron dos amigos de Fortunà y le contaron que Mussolini había sido arrestado. Fortunà estaba reparando el techo cuando se lo comunicaron. Pasaron un rato hablando de lo que iba a suceder, y cuando se fueron, mi padre lanzó el martillo en dirección a los árboles, gritó unas palabras incomprensibles y se hinchó a bofetadas en la cabeza, él solo. Rosetta y yo nos quedamos mirándole mientras con las manos abiertas se golpeaba primero el poco pelo que le quedaba, luego el cuello y la cara. Por primera vez, me pareció estar viendo a un hombre vivo.

Cuando estaba a punto de acabar el verano, un día me fui al pueblo con Fortunà a vender un cerdo. La familia que lo había comprado nos hizo pasar al patio.

—Traedlo aquí —dijo el dueño, y dirigiéndose a mi padre soltó—: ¿Has oído, Fortunà? La chica está preñada.

—¿Quién?

—Teresa, la hija de Glicine. La ha preñado el chico judío que vive en la finca de la señora Ottavia.

—A mí ésa nunca me pareció una muchacha como Dios manda —dijo mi padre, y añadió—: si fuera hija mía, otro gallo le cantaría.

—Me alegro por ellos —dije yo—. Los niños siempre son bienvenidos.

—Hay que ver qué bien habla este chaval.

Mi manera de pronunciar había cambiado; se parecía más a la forma de hablar de Nicolas y su padre que a la de la gente del pueblo.

—Se ha hecho mayor tu hijo —le dijo el hombre a mi padre. Poco faltaba para que me revisara la dentadura.

Mis rasgos ya no eran los de un chiquillo torpe y miedoso. Tal vez ya no fuera tan feo como antes; me daba cuenta por cómo me miraban las mujeres en el pueblo.

Seguimos al hombre hasta una barraca de chapa de metal. Abrió lo que debía de ser la puerta de entrada.

—Dejadlo aquí dentro —dijo.

El cerdo se plantó bien fuerte con las patas en el suelo. No había manera de que entrara. Entonces agarré un bastón y le golpeé los muslos hasta dejarle unas marcas rojas. Empezó a gruñir, incluso a llorar. Le di más fuerte.

—Entra, entra —le decía.

El cerdo empezó a dar patadas en el aire y buscó refugio nada menos que entre mis piernas. Oí su llanto. Ojalá hubiera podido llorar yo también.

Mi padre me agarró del brazo.

—Ya vale..., si vas a matarlo aquí, mejor se lo traíamos muerto.

Dejé de dar golpes.

—¿Es que te has vuelto loco?, ¿qué te pasa?

—Pasa que éste es quien soy yo ahora.

Me trasladé al chiquero. Las noches parecían no acabarse nunca. Dormía con los cerdos. Había llevado ahí el colchón, colocándolo cerca de la puerta. Hacía lo posible para no pensar tanto en Nicolas y Teresa. Las pesadillas y los pensamientos en bucle empezaron a perder fuerza, y poco a poco su imagen fue desvaneciéndose, como pasaba en las historias de fantasmas que me contaba mi abuela de pequeño. Ella decía que, antes de irnos definitivamente, nos quedábamos en la tierra unos meses, aunque nadie pudiera vernos, y luego, de repente, cuando nos llegaba la hora, desaparecíamos, y era entonces cuando te morías de verdad.

Ninguno de ellos vino nunca a buscarme. Puede que también estuvieran esperando a que mi fantasma se alejara de sus vidas.

Un día fui a abrirle la puerta a mi madre; venía con una mujer que yo ya conocía, acompañada de una chica que tendría mi edad.

—Ella es la señora Lucia y viene con su hija Immacolata —dijo mi madre—. Se llama igual que la Virgen, y hay que ver lo hermosa y educada que ha salido.

—¿Qué se les ofrece? —pregunté, mirando a la mujer y a la moza.

—Immacolata y tú ya os habéis hecho mayores y ha llegado la hora de pensar en ciertos asuntos... —Mi madre dudó un instante antes de acabar la frase—. Sois unos buenos chicos y podríais formar una hermosa familia.

Miré a la chica, que no levantó la vista. Tenía el pelo negro y muy largo, nunca había visto yo un pelo tan negro, y el rostro tan amargo como la corteza de los árboles que crecen pegados a las rocas. Parecía un animal del bosque.

—La señora Lucia ha ido preparando el ajuar desde que ella tenía diez años. Hay de todo: mantas, sábanas, platos y copas.

Seguí con los ojos fijos en la chica, sin conseguir que nuestras miradas se cruzaran.

Me pregunté qué defecto tendría, porque el trueque implicaba que íbamos a la par y ellos sabían lo de mi pierna.

Por un instante barrunté la posibilidad de irme de casa.

—Vale —dije, y antes de que las tres mujeres se alejaran añadí—: señora Lucia, la próxima vez que nos veamos, traiga una Biblia. ¿Tiene?

Ella se puso seria, me miró unos instantes y contestó:

—Vamos a volver la semana que viene para hablar con tu padre. Entonces te la traeremos.

Me despedí de ella con un movimiento de la cabeza y pedí permiso para volver a encerrarme en el chiquero.

A la semana siguiente, la señora Lucia volvió acompañada de su marido, don Armando, y de Immacolata, que llevaba un vestido rosa especialmente elegido para seducirme, creo, o en todo caso para realzar su lozanía. ¿A quién se le ocurre vestirse de rosa cuando vas a conocer a alguien que se pasa el día entero rodeado de cerdos?

Mi madre había ido a la modista del pueblo para que zurciera mis pantalones de los días de guardar. Mi padre contó que estábamos empezando a ir más a menudo al mercado, que ese año teníamos más animales y que íbamos a ampliar el negocio. El padre de Immacolata comentó algo a propósito de un pequeño criadero de conejos que tenían en su casa, mientras mi madre y la suya chismorreaban hablando de las familias del pueblo. Durante toda la tarde ni Immacolata ni yo abrimos la boca.

Antes de marchar, la señora Lucia me entregó la Biblia que le había pedido.

Iba impresa en caracteres diminutos, la leía deslizando el dedo por debajo de cada línea y recitaba las palabras en voz baja como si estuviera rezando. Me aprendía de memoria frases enteras, esperando sacarles provecho el día en que volviera a encontrarme con Nicolas y Teresa. Aún lo hacía todo pensando en ellos. Como decía mi abuela, sus fantasmas todavía me rondaban.

—Immacolata es una buena chica; ya puedes estar contento —repetía mi madre.

Deduje que el arreglo entre ella y Fortunà habría seguido los mismos cauces: un intercambio de rehenes, de lo que se oía hablar de vez en cuando.

No tenía nada en contra de los matrimonios concertados. Aquella unión nada vistosa, que excluía el fracaso, me pareció un arreglo aceptable.

Una noche oí golpes en la puerta del chiquero. Me levanté del catre.

—Soy yo, Davide. Abre, por favor te lo pido.

—Teresa... —dije.

—Di unos golpes en la ventana de tu habitación, pero nada. Sólo podías estar aquí.

—¿A qué has venido?

—Tienes que ayudarnos, te necesitamos.

—¿Qué quieres?

—Nos hace falta tu ayuda.

Abrí.

Cuando la tuve enfrente, me pareció un espectro, blanco y demacrado, que nada tenía que ver con la chica que trabajaba en la cordelería y volvía de la playa con las marcas de bronceado.

Desde el día en que la había visto desnudarse para darse un chapuzón, había descubierto en ella unos anhelos escondidos y quizás imposibles de expresar, los mismos deseos que habitaban una parte desconocida de mí mismo. Cuando la vi besarse con Nicolas, pensé que estaba imponiendo su propio modo de hacer las cosas y que aquella pequeña demostración de valor no era más que una declaración de guerra a su familia y al pueblo entero. Estaba rechazando la vida a la que parecía destinada.

—Ayúdanos, Davide.

Me agarró de la mano.

—¿A quién tengo que ayudar? —pregunté.

—Nicolas... está herido; hay que llevarlo al bosque, donde los viejos molinos, tenemos que escondernos. Gioacchino y yo solos no lo conseguiremos.

—No vamos a poder, aunque seamos tres —comenté—. Echemos mano de la carretilla.

—¿La carretilla donde transportas los animales? Vale; démonos prisa, por favor, lo están buscando.

—¿Quién lo está buscando?

—Los alemanes.

Abrí el cercado intentando no hacer ruido para no despertar a nadie en casa y levanté la carretilla por las varas.

—Mejor no coger el sendero del bosque. Está demasiado oscuro y nos vamos a perder —dijo Teresa.

—No. Me conozco el camino. Si os estáis escondiendo, por ahí vamos mejor.

Siempre le he tenido miedo al bosque de noche. Fortunà me había inculcado la idea de respetar el bosque, las montañas, el arroyo, la tierra, las rocas. Cuando va a anochecer, hay que retirarse, decía. La oscuridad deforma, los árboles se transforman y el miedo se inventa cosas donde no las hay.

Mientras empujaba la carretilla vacía, le dije a Teresa que me siguiera. Fuimos recorriendo el sendero que llevaba a la casa de Nicolas sin que yo supiera bien a qué me enfrentaba.

—¿Puedes? —le pregunté a Teresa.

—Sí —contestó, pero yo advertía que le iba faltando el aliento.

No podía ir tan rápido como yo. La Teresa de antes hubiera cogido la delantera y mi yo de antes hubiera aceptado ir en segunda posición.

—Sígueme —le grité.

No aflojé, y en los momentos en que me sentía con más fuerza intentaba apretar el paso.

—¿Cuánto falta? —preguntó Teresa.

—No andamos lejos —contesté.

—Nos hemos perdido.

—Me conozco el camino.

—Entonces, ¿por qué no hemos llegado ya?

—Ya te he dicho que me conozco el camino. Tú sólo procura seguirme.

Tras la última curva del sendero, el bosque se abrió y vimos las luces de la casa de Nicolas a lo lejos.

Por un instante nos sentimos bendecidos: los animales callaron, la inclinación del terreno desapareció dando paso a un sendero llano, la leve luz de la vela que Nicolas y su padre habían encendido en la cocina nos deslumbró.

Una luz: eso era lo que andábamos buscando.

Ella entró en tromba; yo no me atreví.

—¿Dónde está Davide? —Oí la voz de Gioacchino dentro de la casa.

—Está fuera. Vamos a meter a Nicolas en la carretilla y nos lo llevamos.

—Es una buena idea. Davide, ¿dónde estás? Ven... —dijo.

Entonces entré.

Estaban en el cuarto de Nicolas. Gioacchino, inclinado sobre su cuerpo, estaba taponándole la pierna con unos trapos. La herida aún sangraba levemente. Nicolas estaba consciente y agarraba fuerte las sábanas. En cuanto me vio, pronunció mi nombre y cerró los ojos un instante.

—Poco me ha faltado para morir y tú ni siquiera pensabas venir a verme —murmuró.

—Le han dado de refilón, se ha desmayado por el dolor, pero ahora se encuentra bien —dijo Gioacchino—. Gracias por venir, Davide. Ahora ayúdame a transportarlo. Tenemos que levantarlo y meterlo en tu carretilla. Teresa, agárralo de los pies, Davide y yo lo cogeremos de los brazos.

Había perdido sangre y la cura era casera. Le ayudamos a echarse y él se llevó las piernas al pecho quizás para sentirse menos vulnerable. Era la misma posición en que me colocaba yo para dormir.

—Ya está —dijo su padre, tapándole con una manta—. Ahora démonos prisa.

—Mejor atajamos por el bosque. Tú nos guías —dijo Teresa.

Nicolas pesaba menos de lo que creía; yo estaba acostumbrado a llevar más carga. El trabajo de los últimos meses en el establo me había fortalecido.

No sabía por qué lo andaban buscando. Sólo quería llevarlos donde me habían pedido y de esa manera arreglar cuentas. Todo lo que me habían dado a cambio de todo lo que en ese momento yo podía hacer por ellos.

—¿Aguantas bien, Davide?, ¿estamos cerca? —preguntó Teresa.

—Yo aguanto —dije—. Lo importante es que no aflojéis vosotros. ¿Estáis cansados?

Conseguimos superar la pequeña colina del arroyo. Yo clavé las piernas en el suelo y luego fui empujando la carretilla cuesta arriba metro a metro, hasta que dejamos atrás los árboles, nos encontramos en campo abierto y en la lejanía distinguimos el contorno del viejo molino.

En cuanto estuvimos allí, colocamos a Nicolas encima de una mesa de madera. Su padre nos iba alumbrando con una lámpara de aceite. Existía la posibilidad de que alguien hubiera pasado allí la noche hacía mucho tiempo.

—Vamos a estar bien aquí —dijo Gioacchino, y luego apoyó la mano en la frente de Nicolas para comprobar si estaba caliente. Fue un gesto instintivo, una providencia muy propia de un padre. Durante todo el rato que estuvimos trasladándole, el chico había ido alternando momentos de sueño y vigilia.

—Mejor dejarlo dormir —dijo Teresa.

Mientras Teresa y Gioacchino acomodaban a Nicolas en la cama, yo salí y volví a sumergirme en la noche. La relación que ahora supuestamente existía entre los tres me excluía. Quizás quisieran hablar y yo no podía quedarme escuchando. Teresa se me acercó pocos minutos después de haber colocado en el molino las cosas que había traído de casa.

Se puso justo a mi lado.

Reconocí en ella el gesto de Nicolas, que prensaba el tabaco del cigarrillo antes de fumar y luego se lo llevaba a los labios. Era la primera vez que la veía fumar.

Tragó el humo pecho adentro, y luego lo expulsó muy despacio.

—¿Qué le ha pasado? —pregunté.

—En el pueblo prendieron fuego a una camioneta y ahora todos tienen miedo de una redada. Los judíos fueron a esconderse en el bosque y Nicolas también, pero unos soldados lo vieron entre los árboles mientras corría y le dispararon. Consiguió esconderse y volvió luego a pedir ayuda.

Nos quedamos en silencio unos instantes, y oímos las voces de los animales nocturnos. Hubiera sabido reconocerlas todas. También Teresa lo habría conseguido; sólo pocos meses antes me habría dicho: «¿Has oído esa lechuza?», mientras que ahora fumaba con la espalda apoyada en la pared de un molino en ruinas. Hubiera podido preguntarle qué tal estaba, decirle que ya sabía lo del niño y de lo que habían pasado ella y Nicolas durante aquellos meses. Así volvería a estar otra vez con ellos de un modo nuevo que tendría que ensayar, pero no me veía con ánimos.

—Nicolas y su padre han estado esperándote —dijo Teresa.

—Sabes muy bien por qué no fui —contesté.

Teresa se alejó unos pasos. Apretó los brazos contra el pecho; su cuerpo parecía no tener espesor.

—La verdad es que no sabíamos cómo decírtelo.

—Ahora poco importa. Nadie es ya la persona de antes.

Teresa dejó caer los brazos hacia las caderas.

—Todo el mundo habla de eso en el pueblo y a ti también te habrán llegado voces. Lo que nadie sabe es que he perdido a la criatura. Aún no se lo he dicho a Nicolas y a Gioacchino. Ni siquiera a ellos sé cómo decírselo.

Dio un paso hacia la negrura y luego se giró para mirarme.

—Está bien que las cosas hayan ido así... Es terrible que lo diga yo, pero sólo puedo contártelo a ti —me soltó moviendo un poco la cabeza.

—Es a Nicolas, no a mí, a quien tienes que contárselo.

Teresa apagó el pitillo aplastándolo.

—Asumo la culpa de todo lo que ha pasado, y quisiera pedirte disculpas —dijo.

Dejé a Nicolas, a su padre y a Teresa donde los molinos y volví al chiquero. Mientras empujaba la carretilla vacía, aún me parecía ver a Nicolas echado ahí dentro. Su imagen aparecía y desaparecía de forma intermitente al hilo de la poca luz que se filtraba entre las ramas.

Aquellos meses habían pasado por nuestros cuerpos dejando marcas. Lo que me unía a Teresa era un sentimiento difícil de explicar, que se iba desvelando a medida que me alejaba de ella. Pedía distancia y tiempo para depurarse y fortalecerse, como esas plantas que crecen con poca agua y poca luz. Llevaba a Teresa demasiado adentro como para poder librarme en serio de ella.

La casa que Immacolata recibiría como dote tenía un comedor que daba a un terreno baldío, un dormitorio grande y una habitación que la señora Lucia llamaba «el cuarto de los niños», suscitando cierto apuro en su hija. La señora Lucia era una mujer que no se andaba por las ramas y hablaba sin rodeos.

Las pocas veces que nos vimos, Immacolata y yo casi no nos habíamos hablado. Ni ella ni yo nos sentíamos a gusto juntos, y, bien mirado, eso era todo lo que teníamos en común. Podíamos empezar por ahí para ir creando nuestra relación.

Fuimos sólo mi padre y yo a ver la casa. Por la mañana nos habíamos bañado. Mi madre había llenado la tina con agua caliente, yendo y viniendo de la cocina, y yo estuve con la cabeza hundida hasta perder casi el aliento.

Durante la visita, cuando Immacolata y yo nos quedamos solos en el cuarto de los niños, ella me preguntó:

—¿Te gusta?

Aún hoy me pregunto de dónde le vino el valor para soltar aquellas palabras.

—Me gusta —contesté. No quería herirla.

Detestaba aquella casa y aquella habitación en especial. El talante apocado, servil, de Immacolata, tan parecido al de mi madre, no me gustaba.

—¿Ya os habéis enterado de lo que está pasando? —le preguntó entonces la señora Lucia a Fortunà—. Si no se calman las aguas, aquí no habrá quien viva.

—¿Qué está pasando? —pregunté, aunque supiera muy bien de qué hablaba.

Después de haber celebrado el 8 de septiembre creyendo que la guerra se había acabado, nos íbamos enterando de que sólo habíamos cambiado de enemigo y de que ahora a este mismísimo enemigo lo teníamos en nuestra casa, rabiando. Todos estábamos acusados de traición. Los alemanes venían a Tora casi a diario, pillando todo lo que encontraban, y los judíos que vivían en el pueblo habían ido a esconderse en el bosque. Gioacchino había decidido quedarse en su casa, porque estaba seguro de que nadie lo delataría.

La señora Lucia parecía poco dispuesta a soltar prenda, y al final intervino mi padre.

—La otra noche alguien prendió fuego a una camioneta de los alemanes y ahora Dios sabe qué puede pasar.

—¿Están buscando a los judíos? —pregunté.

—No saben que están aquí. En el ayuntamiento han hecho desaparecer todos los documentos.

—¿Y el bosque es un lugar seguro para esconderse? —preguntó la señora Lucia.

—Quién sabe... —comentó Fortunà.

—¿Y el viejo molino? —pregunté.

Mi padre me miró fijo, escudriñando cada músculo de mi rostro. Se había dado cuenta de que aquella respuesta era importante para mí. Negó con la cabeza: no era un escondrijo seguro.

—Y si los pillan y descubren que son judíos, ¿qué les va a pasar? —pregunté.

En Tora, nadie conocía el bosque mejor que yo. Durante los días transcurridos en la oscuridad del chiquero me había acostumbrado a ver casi sin luz, transformándome en el ser del que hablaba Nicolas, mitad hombre mitad animal, capaz de orientarse en las zonas más tupidas. Pero yo no aspiraba a eso. Tampoco era el hijo disciplinado que querían Fortunà o mi madre, aunque nunca me hubieran dicho qué pretendían de mí.

Cuando llegué al molino, la vela estaba apagada. Era una precaución acertada. Llamé a la puerta, nadie contestó, entré. Fui avanzando en la oscuridad hacia la cama, el lugar donde lo había visto la última vez. De repente, algo me echó al suelo. Me vi con la cara aplastada contra el entarimado de madera y noté la hoja de un cuchillo en la espalda.

—Me alegro de que vengas a verme —dijo Nicolas.

—He venido a ver si estabas muerto.

Olfateó mi cuello.

—¿Te has aseado para mi funeral?

Dejó caer el cuchillo y se dio la vuelta para colocarse a mi lado.

Sentí cómo mi caja torácica volvía a abrirse.

—Por poco me muero del susto —dijo.

—No te traje aquí en una carretilla para matarte ahora —repuse.

—¿A qué has venido? Es peligroso.

—Tarde o temprano llegarán aquí. No es un sitio seguro. Hay que ir a otro.

Nicolas encendió la vela. Vi que al caminar ya podía apoyar la pierna.

—Tengo que darte las gracias —dijo.

—Éste ya no es un refugio seguro.

—No fui yo quien le prendió fuego a la camioneta, pero me habría gustado hacerlo.

—Tenemos que irnos.

—¿Adónde?

—Hay un lugar en el bosque. Se llama Las cavernas, y sólo lo conocemos Teresa y yo. Ahí no te van a encontrar. Se lo diré a tu padre, y luego Teresa podrá llevarlo hasta allí. Si te ves con fuerzas para andar, tú y yo podemos llegar en un santiamén.

—De acuerdo, Davide. Recojo mis cosas y vamos.

Mientras Nicolas guardaba en un hatillo la comida que le habían traído para pasar aquellos días, yo cogí del suelo un libro, abrí una página al azar y empecé a leer en voz alta.

Él se quedó quieto, escuchando con atención.

Probablemente, más que su salvación, me importara hacerle saber que podía convertirme en alguien como él.

Nos pusimos en marcha. Hubo momentos en que tendría que haberle agarrado de la mano para hacerle más llevadero el camino o decirle que se mantuviera lejos de los arbustos llenos de espinas.

—Si me dejaras aquí —dijo Nicolas—, no conseguiría salir del bosque, me quedaría aquí para los restos.

—¿A santo de qué iba a hacerlo?

—Por lo de Teresa.

Nos detuvimos.

—Sé que has hablado con ella —dijo—, y que te enteraste antes que yo de que había perdido al niño.

Se quedó esperando una reacción por mi parte.

—Deberíamos habértelo dicho —continuó—. Ha sido culpa mía. Ella no tiene nada que ver.

—No teníais ninguna obligación de hacerlo.

—Pero este secreto nos ha distanciado, y si yo he llevado bien lo de estar en Tora, te lo debo a ti.

—Aun sabiéndolo, igual nos hubiéramos distanciado. La vida es así.

—Teresa opina lo mismo que tú. No podemos cuidar de todo el mundo.

—Ella me conoce —dije.

Miré hacia delante, centrándome en el camino.

—Será mejor que nos demos prisa.

Se podían oír nuestros pasos y nuestra respiración. Yo procuraba apartar con un bastón los arbustos, que en aquel sendero que casi nadie pisaba eran muy tupidos. Llevaba arañazos en los brazos y las manos, y supongo que Nicolas también. Ahora ya no había secretos entre nosotros, y sin embargo pensé que ya era imposible volver a ser los de antes.

Llegamos a la caverna. Era un hoyo cavado en la roca. Cuando Teresa y yo la descubrimos de niños, encontramos el rastro de gente que posiblemente había pasado ahí algún tiempo. Alguien que con toda probabilidad estaría huyendo. Había botellas, papeles, tablones de madera quemados por el fuego.

—Aquí no te van a encontrar —le dije.

Miró la caverna.

—No es profunda. Hay rocas y tablas de madera —continué—. Procura apañarte de la mejor manera. Voy a decirle a tu padre que estás aquí.

—¿Sabrá cómo encontrarme?

—Teresa conoce el camino; él vendrá con ella. Ahora tengo que irme, que dentro de nada será de día.

Se me acercó, me tendió la mano y se quedó esperando mi apretón. Resultaba difícil para los dos saber si lo estaba abandonando o salvando.

—Voy a ver a tu padre —repetí, y me puse en marcha dejando atrás el bosque y buscando el sendero que me llevaría a casa de Gioacchino. Cada vez que oía un ruido me quedaba quieto, intentando averiguar si iba en la dirección adecuada.

Al cabo de un rato, finalmente llegué a su casa.

El día en que celebramos el compromiso, comimos todos juntos en casa de los padres de Immacolata, en un comedor muy grande presidido por una chimenea. La habitación daba a un patio donde había gallinas y ropa tendida, además de un chucho marrón de raza volpino que se dejaba acariciar por todo el mundo. Por la casa se expandía el olor de los buñuelos empapados de azúcar que la madre de Immacolata serviría como postre, y antes de empezar a comer vinieron unos vecinos a darnos la enhorabuena. Una mujer a la que Immacolata llamó tía Franca, aunque en realidad no fuera pariente suya, le regaló un rosario que ella misma había llevado a bendecir en la iglesia de la Virgen de Pompeya.

La casa estaba como los chorros del oro, las cortinas limpias, y en una bandeja protegida de las moscas por una redecilla descansaban las chuletas con uvas pasas y piñones, bien atadas con un cordel y listas para que la señora Lucia las cocinara.

En el pueblo se hablaba de nuestro compromiso como de un pequeño evento que había alterado la monotonía de los días siempre iguales.

Los parientes de Immacolata habían venido del pueblo de al lado y se empeñaban en decirme que parecía un joven serio, halagando a mis padres por la sana educación que me habían dado. A lo largo de la comida, todo el mundo brindó una y otra vez por Immacolata y por mí, levantando las copas mientras nos miraban.

Yo estaba hasta las narices de todo aquello.

Incluso Fortunà, que andaba algo achispado, pues no tenía la costumbre de beber, levantó la copa en mi honor. Él también había cambiado, como todos nosotros, a lo largo de aquel verano, empezando por el día en que lo vi hincharse a bofetadas tras saber que Mussolini había sido arrestado. Parecía haberse enterado de sopetón de los bombardeos de las tropas aliadas, de que la ciudad de Nápoles había quedado reducida a escombros, de todo lo que contaba la gente que se había escondido en los refugios subterráneos y de las ganas de los alemanes de arrasar con todo durante su retirada. No aguantaba la idea de pelear sin creer en algo y por primera vez se daba cuenta de lo que había pasado. La foto del Duce aún colgaba en nuestro comedor al lado de la estampa de Jesús, pero ahora ya era simplemente una foto que el tiempo iba a barrer.

El padre de Immacolata se me acercó cuando salí a que me diera el aire.

—He hablado con alguien que trabaja en la cementera —me dijo—. Hay otras personas del pueblo que ya curran ahí. Los lleva el autocar todas las mañanas, y a las cinco y media de la tarde están de vuelta. Así uno puede dedicar un rato a la familia. Están buscando personal, jóvenes con ganas de trabajar, como tú.

—Yo no sé hacer nada —dije.

—Ellos ya te dirán lo que hay que hacer. No hace falta tener estudios para trabajar en una cementera, y te lo vas a pasar bien, hay un montón de chicos jóvenes ahí. Hasta entonces, vas a seguir trabajando para tu padre.

Lo tenían todo decidido.

Por la tarde volvimos a casa. Me cambié de ropa y me fui al chiquero. Los animales parecían contentos de volver a verme y me recibieron asomándose cada cual desde su cercado. Alargué la mano y todos me la tocaron con el hocico. Les di unas sobras de la comida que me había guardado en el bolsillo.

Cuando se hizo de noche, me fui para la fuente, y al salir del chiquero me encontré con Teresa. Estaba sentada en un banco de madera hecho con los tablones que habían sobrado de la obra de los cercados.

Lo primero que pensé fue en Nicolas y Las cavernas; estaba seguro de que ella estaba ahí por algo que tenía que ver con él.

—¿Cuánto hace que estás aquí?, ¿por qué no has llamado a la puerta? —le pregunté.

—Hace poco que he llegado. Estaba descansando.

Llevaba un bulto en la mano. Me lo entregó.

—Es un detalle para ti.

—No quiero regalos —dije.

Siguió con el brazo tendido hacia mí, esperando a que yo agarrara el paquete, pero parecía que le costara mantenerlo tieso. Vi cómo su mano se abría y dejaba caer el bulto. Me miró por un instante, luego se le pusieron los ojos en blanco y se desmayó.

Me incliné hacia ella y la llamé. Le toqué la cara, pero no reaccionó. Me agaché y la cogí en brazos. Cuando por primera vez sentí el peso de su cuerpo, aquella liviandad me dejó anonadado: pesaba exactamente lo mismo que yo había imaginado en mis fantasías.

Entré en el chiquero y dejé a Teresa tumbada en el colchón. Volví a tocarle el rostro con la mano abierta, sentí la consistencia de sus pómulos y la carne suave más abajo. La tapé con una manta y tomé su mano, esperando llegar a comprender la gravedad de su condición. Resolví que, a menos que abriera los ojos al poco rato, iría a la farmacia a buscar ayuda. Pero Teresa reaccionó al tacto de mi mano, apretándola a intervalos regulares, como si tuviera contracciones. Tenía los ojos abiertos, aunque no sabría decir con exactitud qué estaba mirando. Volví a tocarle el rostro, rozando su frente con el dedo y navegando luego alrededor del perímetro de sus ojos, que se cerraban al notar mi gesto. Su piel pareció relajarse.

—¿Cómo te encuentras? —pregunté.

—Estoy bien —contestó con los ojos cerrados.

Miré las diminutas venas verdes que surcaban su cuello y el archipiélago de minúsculas pecas que me sabía de memoria. Siguió apretándome la mano a intervalos, como transmitiéndome unas pulsaciones. Acerqué mi boca a su oído para volver a preguntarle cómo se encontraba, y cuando me tuvo al lado, ella torció el rostro hacia mí sin abrir los ojos y me besó en la boca. Sentí su aliento y su lengua. Era la primera vez que besaba a una chica. Estaba sentado a su lado mientras ella seguía echada y me quedé inmóvil para que aquello durara todo el tiempo posible.

Teresa alargó un brazo y me lo pasó por detrás de la cabeza; bastó un ligero envite para que yo comprendiese lo que se proponía: que me echara encima de ella.

Besaba con fuerza su boca abierta. Sentía el calor de su aliento. Luego me bajé los calzones, ella se quitó las bragas y me abrazó con las piernas.

No sé cuánto tiempo nos quedamos en esa postura, nos dormimos sin movernos. En los pocos momentos en que me despertaba, la observaba mientras dormía. Nadie sabía cómo cambiarían las cosas a partir de aquella noche, pero lo único mío entonces eran los instantes que ella aún me concedía en el sueño. Sus párpados se movían rápidamente y pensé que a esa velocidad andarían sus sueños.

Amanecía cuando llamaron con fuerza a la puerta del chiquero.

—¿Qué pasa? —preguntó Teresa. Se incorporó. El ruido repentino la había asustado.

—Quédate aquí, que no te vean —dije.

—Abre, Davide.

Era la voz de Gioacchino. Me tapé con la manta y me fui a abrir la puerta.

El rostro de Gioacchino era el de un hombre que acababa de perderlo todo. Con las manos estrujaba sus pequeñas gafas de metal, que a las primeras luces del alba me parecieron un insecto de hierro.

—Nicolas ya no está en la caverna. Los alemanes se metieron en el bosque siguiendo el camino que lleva al arroyo; yo sabía que si iban en esa dirección llegarían a su escondrijo. Me quedé esperando, y cuando los vi de vuelta, enseguida me fui corriendo a por él, pero la caverna estaba vacía.

Se quedó a un metro de distancia, como si yo pudiera darle razones de lo que había pasado. Al ver que callaba, se alejó. Me di la vuelta hacia el interior del chiquero. Sentada en la cama, completamente desnuda, Teresa lo había oído todo y me miraba fijo a los ojos.

Segunda parte
El hondo seno del océano

Hui en dirección a Nápoles escondido en la furgoneta de don Aniello Panzer la mañana siguiente a que Teresa y yo descubriéramos que Nicolas ya no estaba en la caverna, sin saber a ciencia cierta si se había fugado o lo habían arrestado. Fuera como fuese, la culpa de lo que había pasado la teníamos nosotros.

Me marché sin hablar ni con mi familia ni con Immacolata. Casi no llevaba dinero. Cuando don Aniello Panzer fue a cerrar la puerta de atrás y me vio acurrucado entre tantos cubos y palos de escoba, con las rodillas pegadas al pecho, enseguida supo que estaba huyendo.

—¿Quién te anda buscando? —preguntó.

—Necesito que alguien me saque de aquí —dije.

—Hablemos claro: si los alemanes me paran, tienes que jurar que yo no sabía nada de eso.

—¿Y a usted no le dicen nada?, ¿le dejan irse de rositas?

—Siempre puedo hacer algún trueque, intercambiar algo que llevo en la furgoneta. Incluso a alguien que está huyendo. O sea que chitón y andando.

—Vale —dije.

—Llegaré hasta la estación de Nápoles. Te llevaré a la parte de atrás de un edificio y, en cuanto abra la puerta trasera de la furgoneta, tú te esfumas sin decir esta boca es mía.

Aún llevaba encima el olor de Teresa. En la última imagen de ella que se me había quedado grabada, cuando se levantó de la cama desnuda a recoger su ropa, le temblaban los labios de una forma casi imperceptible. Como en uno de los terremotos subterráneos de los que ella misma me había hablado, en los que la lava que circula bajo la superficie de la tierra aumenta de temperatura y esa energía genera grietas en el suelo que se convierten en barrancos y precipicios.

De golpe me quedé dormido.

Tengo recuerdos borrosos de mis primeros tiempos en Nápoles. Las camionetas de los americanos. Los chiquillos descalzos. Un clima de fiesta y derrota al mismo tiempo. Los edificios destripados. Familias enteras que vivían en los refugios de los que me había hablado Nicolas porque sus casas habían sido arrasadas. Unas grandes jeringas que echaban un polvo blanco desinfectante contra los piojos para combatir el tifus petequial. La harina o cualquier otra cosa que se pudiera birlar en los barcos Liberty y se vendía en el mercado negro, incluyendo los paracaídas, pues la seda se usaba para hacer vestidos de novia. Los americanos, que habían venido a liberarnos, pero eran ahora los nuevos dueños de lo que quedaba: los napolitanos se habían librado de los alemanes sin ayuda de nadie, utilizando todos los medios que tenían a su disposición, sacrificando incluso a niños, a los que llamaban granujas de la calle.

Dormí en la estación central, llena hasta los topes de gente que vivía ahí de manera permanente, resguardándose bajo una marquesina de hierro junto con una colonia de palomas. Me costaba creer que hubiera personas que no tuvieran una casa, aunque fuera humilde. Me enfrentaba a una pobreza distinta de la que había conocido hasta entonces: en Tora e Piccilli había personas que no poseían tierras ni animales, pero esta gente no tenía nada ni a nadie a quien recurrir. En casa de Fortunà disponía de un techo, una cama, comida y unos cerdos que me respetaban porque me reconocían como su amo. En la estación de Nápoles yo no era dueño de nada.

Al lado mismo de las vías formamos una pequeña armada en busca de comida y ropa, y los que mejor conocían la ciudad sabían dónde encontrarla. Regían las mismas reglas que en el bosque cerca de Tora: muévete rápido, pasa desapercibido, hazte dueño y señor del pequeño territorio que puedes vigilar.

Los primeros días veía a Nicolas y Teresa en todas partes, entre los que acababan de bajarse del tren o los que frecuentaban los bares. Estaba seguro de que vendrían a buscarme y me parecía oír su voz llamándome entre el gentío. Una vez confundí a Rosetta con una chiquilla que caminaba de la mano de su madre y me acerqué tanto que la obligué a refugiarse en los brazos de la mujer. En otra ocasión me pareció ver a Teresa caminando deprisa hacia mí, asustada por la muchedumbre. Vendrían a buscarme, estaba seguro.

En la estación también vivían chavales incluso más jóvenes que yo. La guerra había desmembrado a muchas familias y cada cual se buscaba la vida. Se movían en grupo y se dirigían unos a otros utilizando apodos que me resultaban extraños. Eran sagaces, rápidos; se pasaban el día por ahí y volvían de noche con lo que habían conseguido robar. Me hubiera gustado formar parte de la banda, pero no era tan listo ni conocía tan bien las calles alrededor de la estación. Me dijeron que si quería quedarme, tendría que buscar un lugar al final de las vías, lejos de donde se movían los viajeros.

En aquellos días era difícil incluso encontrar un pedazo

de cartón para colocarlo en el suelo, y te lo robaban todo. Comí algo en una iglesia que daba a la Via Marina, donde las monjas preparaban comida caliente. Sopa de verduras, pasta reblandecida, fruta marchita y pan seco eran el botín al que aspiraban los que estaban en la cola, esperando su turno. Te metían en salas enormes dañadas por los bombardeos. Mientras comías, el olor de las piedras desnudas te entraba en la boca. Las cañerías estaban destrozadas, y sólo nos correspondía un vaso de agua por persona. En cuanto acababas de comer, te permitían usar el baño, pero luego tenías que irte enseguida para dejar sitio a otro.

Un día, mientras estaba en la cola, oí que buscaban a gente para descargar cajas en un pequeño almacén que no quedaba lejos de ahí. Bastaba con ir todo recto siguiendo la calle, así que abandoné la estación y me dirigí hacia la que luego supe que era la zona este de la ciudad.

Caminando por la calle que bordeaba el mar, vi muchos edificios destrozados. Hacía poco que había explotado una bomba cerca de Correos. Las casas que aún se aguantaban de pie exhibían su interior a cualquiera que pasara por ahí, como hombres obligados a desnudarse. Una cocina, un dormitorio, un baño con las baldosas hechas añicos.

Encontré trabajo en una pequeña fábrica de jabón en San Giovanni a Teduccio. Cuando el encargado me vio, dijo que no podía darle trabajo a un cojo.

—Se me da bien descargar cajas —dije.

—¿De parte de quién vienes?

—No conozco a nadie. Me han dicho que aquí había trabajo.

—No podemos contratar a todo el mundo.

—Si éstos pueden, yo también puedo —le contesté, señalando a los que ya estaban moviéndose en el patio.

El encargado se me acercó, mosqueado:

—Cuidado con lo que dices... Éstos, al menos, andan como Dios manda. Pero déjame ver, coge aquella caja y cárgala en la furgoneta.

Los demás operarios se quedaron parados, mirando a ver qué hacía.

—Lo que faltaba, un rengo... —me espetó uno de ellos.

—¡Vete! —soltó otro.

Levanté la caja sin que se me cayera una sola pieza de jabón. Aquellos bultos no eran más pesados que los baldes de agua o de pienso que llevaba al chiquero o que cualquier cerdo muerto que mi padre y yo transportábamos con la carretilla.

—A ver... —dijo el hombre—, que una cosa es cargar una caja y otra es estar todo el día trajinando. No es una faena para ti —concluyó.

Me acerqué a él. El hombre llevaba en la mano un cuaderno con los nombres de los operarios, las fechas y los horarios de trabajo apuntados.

—Sé escribir. Acabo de aprender, pero sé hacerlo —dije.

—Anda ya, si ni siquiera sabes hablar napolitano...

—Traiga, que se lo demuestro.

Me pasó la hoja.

—Escribe: entrega de ocho cajas a la tienda de la Via Foria, frente al huerto botánico.

—¿Tengo que escribirlo en italiano o en napolitano? —pregunté.

—Poca broma.

El hombre escribía de modo desordenado. Sus letras se inclinaban hacia un lado, quizás por la prisa o porque no había apoyado la hoja en una superficie sólida. Mantén el pulso firme, hubiera dicho Gioacchino, mueve la pluma y no el brazo. Los dedos dibujan la letra, la muñeca te lleva a la letra siguiente. Es un baile en que a cada cual le toca su parte. Cuando la palabra aparece, entonces la cosa existe. Si eres torpe al escribir, las cosas parecen torpes, así que cuida de cada palabra. Eso es lo que hubiera dicho.

En la hoja no había rayas marcadas. Era un folio en blanco. No tenía puntos de referencia. Empecé a escribir lo que me había dictado. Nunca había escrito la palabra «botánico». Tampoco sabía qué quería decir. Era un mero sonido que yo tenía que transcribir con las letras adecuadas. Las personas que habían asistido a mi prueba de fuerza aún no se habían ido y en aquel momento no tenía claro si estaban de mi parte o de parte del encargado.

—Aquí lo tiene —le dije, entregándole el papel.

El hombre se puso a leer en voz baja.

—Ánimo, chicos. Volved al trabajo y dejad en paz a nuestro nuevo contable. En cuanto acabéis de cargar la furgoneta, él os va a decir dónde hay que hacer las entregas. Andando, que es gerundio... —Y, mirándome, me preguntó—: ¿Cómo te llamas?

—Davide.

—Hablemos claro, Davide. No te puedo pagar lo mismo que a éstos, que se desloman cargando cajas mientras tú te quedas ahí sentado. Ya te habrás dado cuenta de cómo son: si se enteran de que cobras lo mismo que ellos, te van a hacer la vida imposible. Entonces, ¿te quedas?

—Me quedo.

—Voy a enseñarte el almacén. Hay que hacer el recuento de las cajas que están en el suelo según el tipo de jabón, y luego lo apuntas todo en este registro. Así ordenamos la mercancía. En la otra página marcas las piezas con roeduras de ratón, que se las vamos a enviar a las monjas. No cuentes las que llevan etiqueta americana, que ésas no tienen que aparecer en ningún lado.

El almacén desprendía un olor dulzón por culpa del matarratas que esparcían un día sí y otro también. El olor del jabón a veces me devolvía el recuerdo de la boca de Teresa o de su cuello.

—Coge nueve cajas y haz tres pilas.

—Quedamos en que yo no tenía que levantar cajas.

—No te preocupes —dijo—. Cógelas.

—¿Ésas? —le pregunté, indicándole unas cuantas.

—Ésas.

Apilé las nueve cajas.

—Éste va a ser tu lugar de trabajo, y ya tienes mesa. ¿Entendido, señor contable?

Al cabo de unos cuantos días lo tuve claro: había empezado a hacer el mismo trabajo que Teresa en la cordelería de su padre. Registraba las entradas y salidas, lo que se había echado a perder durante el transporte, lo que las ratas se habían comido, y cuando no salían las cuentas, eso sólo quería decir que los operarios habían distraído alguna caja para vender luego las piezas de jabón. Al hombre que se ocupaba de estos asuntos antes que yo lo llamaban contable, y junto con el trabajo heredé el nombre.

Los que se ocupaban de llenar las furgonetas me la tenían jurada. En cuanto me levantaba, cogían las cajas que me servían de mesa y las cargaban como si fueran a entregarlas, o me encontraba con dibujos de pollas en mis papeles; escrito en letras de molde, con trazo infantil, aparecía en la hoja: UN REGALO PARA EL CONTABLE.

Me hubiera gustado que Teresa y mi padre supieran que había encontrado trabajo en Nápoles y que tenía una mesa de trabajo compuesta por nueve cajas de jabón. Me daba por pensar que la noticia ya había llegado a Tora y que Fortunà admitía haberse equivocado conmigo. Era una idea absurda que me atormentó durante algunas semanas para luego perderse en la negrura de donde había venido.

Cuando llegaba la hora de pagar las semanadas, pasaba más apuros que los días de carga y descarga. El encargado y yo llevábamos la cuenta de lo que se había dañado durante el trabajo. Las cajas se abrían, las pastillas de jabón se caían y el cartón ya no podía aprovecharse. La caja rota se deducía del sueldo del operario. A veces intentaban asustarme.

—Si me apuntas esta caja, no lo cuentas.

Si el encargado andaba lejos, yo no la apuntaba.

En el barrio, algunas familias que se lo podían permitir vendían por poco dinero parte de su comida caliente. Te sentabas a su mesa y comías. La gente se buscaba la vida para sacar algún provecho. Yo iba a unos bajos detrás de la iglesia del santo patrono y me sentaba junto a unos niños acostumbrados a comer con alguien desconocido a su lado. Miraba aquellos rostros demacrados y los oía masticar. A veces la madre me daba algo que yo me llevaba para la cena de la noche. Si uno de los niños faltaba en la mesa, eso significaba que yo estaba comiéndome su cena.

Descubrí que en ese barrio estaba el mar. Tenías que ir más allá de la hilera de edificios y de las vías del tren. La arena era muy distinta de como me la había descrito Teresa al contarme sus veranos. No era dorada y mullida, sino negra y caliente a más no poder incluso de noche, inhóspita y salvaje.

—Es la arena que llega del Vesubio —me decían, indicándome el volcán, que desde la playa se veía muy cercano.

Fui detrás de unos hombres que trabajaban en la fábrica, saqué del depósito un cartón de grandes dimensiones y un trapo que me sirviera de almohada, y así apañé una cama al lado de donde dormían ellos. Estábamos en unos viejos hangares abandonados, a resguardo del viento que no dejaba de soplar. Al amanecer oíamos la colonia de gaviotas, atraídas por las barcas que recogían las redes. La competición con los pescadores en busca de comida era feroz: los pájaros bajaban en picado, doblando las alas hasta convertirse en flechas, controlaban atentos la trayectoria y se apoderaban de la presa que habían avistado, agarrándola con el pico.

Nicolas me había hablado del hondo seno del océano, Teresa me había descrito la arena, pero no me habían hablado de las olas. Las olas no te las puedes imaginar, y la tormenta tampoco. El sonido continuo del mar que muere una y otra vez en la playa tampoco lo puedes imaginar. Mis maestros no me lo habían contado todo ni mucho menos.

En la oscuridad de la noche veía cómo la línea blanca de la espuma brillaba antes de romper en la arena. El viento llevaba las salpicaduras hasta donde yo me resguardaba. Mecido por aquel sonido continuo como un respiro, conciliaba el sueño y sentía aún el aliento de Teresa mientras me envolvía en sus piernas, su fuerza al atraerme hacia ella, la boca abierta, el paladar sonrosado y los dientes blancos.

En la fábrica empezaron a llamarme cojo, choco, rengo, pues a sus ojos yo era la serpiente, el traidor. Pensaban que pretendía sobresalir para ganarme los favores del encargado. Cuando no podía verlos, caminaban arrastrando la pierna e imitando mi dialecto, lo mismo que había pasado en el pueblo hacía años.

Mientras tanto, yo iba aprendiendo palabras nuevas. Transcribía nombres y direcciones sin saber dónde quedaban aquellos lugares. La cara oscura de Nápoles empezaba a desvelarse ante mis ojos gracias a su nomenclatura, que indicaba calles muy estrechas: pasaje Lammatari, pasaje Paradisiello, pasaje arco del Purgatorio, pasaje Tutti i Santi. Aquellas palabras evocaban mundos subterráneos y caminos hacia el paraíso. Imaginarla por los nombres de sus calles era encontrarse con una ciudad cargada de secretos, con rincones que invitaban al rezo o al encantamiento.

Así transcurrió mi primer invierno en Nápoles. Un día, el encargado me trajo unos zapatos que él ya no usaba y me los entregó a escondidas de los demás.

—No se lo comentes a nadie —me dijo.

Cuando la carga de trabajo fue menguando, le tocó a él anunciar que dos de los trabajadores no tendrían que volver la semana siguiente.

—No es culpa mía —añadió.

Les dio la posibilidad de reunirse y elegir. Tenían dos días de tiempo para comunicar los nombres.

Aquella misma noche pedí mi última semanada y dejé el trabajo.

Conté el dinero que me había quedado y dormí por última vez en el hangar donde había conciliado el sueño escuchando las olas. Aquel sonido ahora me era familiar, y después de la última noche en la playa fui andando hacia el barrio viejo, subiendo por la avenida San Giovanni y luego por la Via Marina, con unos zapatos nuevos que ya conocían mis andares. Por la calle se veían los jeeps de los americanos. Los militares se pasaban el día fumando y hablando a voz en grito un idioma raro, mezclado con las pocas palabras en dialecto napolitano que habían aprendido.

—Oye, *child* —soltaba de repente un hombre joven de Ohio, dirigiéndose a un chiquillo. Alrededor de los coches siempre andaban unas cuantas criaturas que tendían las manos pidiendo chocolate, caramelos, gomas de mascar, y cuando por fin las conseguían, se iban corriendo e insultando en dialecto a las madres de los militares. Por su parte, los americanos buscaban mujeres. Toda la ciudad estaba en venta, y conseguir una *segnorina* era pan comido. De eso se vivía en algunas callejuelas, y la supervivencia de familias enteras estaba ligada a aquel comercio. Nadie iba a rechazar dólares, AM-liras, ropa, cigarrillos o comida, todos querían moneda corriente que pudieran gastar en el mercado negro. Nápoles entera estaba en venta.

A mediados de marzo, los alemanes bombardearon la ciudad. Los aviones se llamaban Junkers Ju 88. Sentí cómo se abría la tierra y temblaba. Al cabo de pocos días, una columna de humo negro apagó el sol: el Vesubio entró en erupción. Las viejas decían que no estaba de Dios que todo se conchabara contra los napolitanos. «A perro flaco todo son pulgas», añadían, refiriéndose a su gente.

Empezaba a acostumbrarme a Nápoles, a comprender la manera en que estaba organizada. Algunos barrios eran tan grandes que casi conformaban una ciudad dentro de la ciudad. La avenida Garibaldi, el Rettifilo, Via Toledo, Via Marina y la Via dei Tribunali. Me aprendí los nombres de las iglesias y de los hospitales que servían de referencia para orientarse, porque los napolitanos reconocían su autoridad. Cualquier uniforme, tanto el de los militares como el de los curas o de los médicos, les infundía respeto. En cada callejuela había una capilla votiva, «la Madrecita», como la llamaban ellos, una pequeña figura de la Virgen a la que se dirigían las plegarias de los vecinos. Ella llevaba el registro de los pecadores y los virtuosos, y siempre sabía qué convenía hacer.

Durante los primeros años intenté retener en mi interior el denso sentimiento que me había atado a Nicolas y Teresa. Me resultaban más indispensables en esos momentos que antes porque definían quién quería ser, la razón por la cual me había ido y la única por la que volvería. Hay espinas que duelen sólo cuando intentas sacarlas, despegarlas de la carne, y mi espina tenía dos nombres.

Encontré trabajo como obrero en una fábrica que elaboraba vinagre, y desde el principio intenté que hubiera buen ambiente. Procuré congraciarme con mis compañeros y lo conseguí alineándome en secreto en contra del patrón, como todos. Cuando le dije al propietario que había trabajado como contable y que me veía capaz de organizar un almacén, él me espetó que en aquella fábrica de tres al cuarto no había nada que contar; se trataba de llenar las botellas, limpiar las cisternas y los alambiques, preparar los tapones y luego colocar las botellas en las cajas. Fue él mismo quien me dijo que lo más importante era conseguir que el olor del vinagre no pudiera contigo.

—Respira... —me dijo—. Esta peste no hay quien te la quite de encima.

Respiré. Por lo visto, el hombre nunca había dormido en un chiquero.

Alquilé una habitación en la Via Santa Chiara, que no quedaba lejos de la fábrica. El baño estaba en el balcón corrido, detrás de una cortina, y era de uso compartido con los demás vecinos. Intentaba utilizarlo sólo por la noche, cuando los demás dormían. La habitación no era un cuarto al uso, sino un pequeño trastero con ventana donde antes guardaban las escobas y los enseres de limpieza.

En primavera, los domingos por la mañana me iba a ver la ceremonia de las comuniones cerca de donde yo vivía. Los niños llevaban túnicas de monje y el cirio con un lazo de raso azul; las niñas, una cesta con las ofrendas que dejarían en el altar: embutidos, quesos, frascos de berenjenas en aceite. Las familias más pobres regalaban peladillas a la gente que pasaba.

En el centro histórico, las avenidas se convertían en callejuelas, y las había tan estrechas que estirando los brazos llegabas a tocar las dos paredes opuestas. Aunque fuera un recién llegado, nadie se fijaba en mí. En el barrio viejo de Nápoles podías pasarte la vida entera siendo un extranjero o el hijo de todo un barrio. Eso corría de tu cuenta.

La habitación que había alquilado estaba vacía; ni siquiera tenía somier para el colchón. La mujer que me la alquilaba le pidió a su hijo que me entregara unos tablones de madera: con eso y una manta podría apañármelas.

—Éste es mal sitio para los que venís de fuera, y siendo tan joven... —me dijo cuando aboné la primera semana.

—No se preocupe.

Dormía en el suelo, envuelto en trapos y cartones como cuando estaba en la playa, pero allí me encontraba mejor porque me resguardaba detrás de una puerta cerrada y la sensación de seguridad que sentía por primera vez en mucho tiempo me permitía descansar la noche entera. Ese sueño tan profundo daba una tregua al torbellino de pensamientos asociados a Nicolas y Teresa. Aquella puerta de madera por donde se colaba el aire, con la imagen de san Genaro tallada en la cerradura y un gran tirador de metal, me salvó.

La propietaria se llamaba Concetta. En el barrio la llamaban Cuncè. Tenía otros pisos en la misma calle y hacía lo que todos, vender en su casa lo que conseguía por ahí: ropa, comida, tabaco. Cuando volvía de la fábrica, yo iba con su hijo a hacer arreglos de poca monta. Ella no me daba nada a cambio, pero ser amigo de Cuncè suponía reconocimiento y protección. Los domingos, la mujer me traía algo de lo que había cocinado, un poco de pasta o dos albóndigas hechas con ajo y perejil y un pedazo de pan. En el barrio corría la voz de que ayudaba a los necesitados, pero también que concedía préstamos cobrando interés.

Yo vivía al día, comprando lo que me hacía falta para comer, y lo que no encontraba al momento estaba disponible en el mercado negro. Era un comercio que se extendía de un edificio a otro, de una puerta a otra.

Lo primero que hice fue aprender napolitano. La ciudad se volvía inaccesible para cualquiera que no practicara su habla. Nadie hablaba italiano, ni en el barrio ni en la fábrica, y cuando soltaba una palabra en el dialecto de mi pueblo me tomaban el pelo, tildándome de bruto y zafio.

Había palabras que oía por primera vez: «chanchullero», «gafe», «matarife», y un montón de imprecaciones que estaban en boca de todos: «malparido», «joputa», «gili», «cachimuertos», «cuernudo». «*My friend*» y «amigacho» se iban alternando. En algunos bares podías pagar la bebida con dólares. «*Money*» y «pasta» eran las palabras más importantes.

La monotonía que envolvía mi vida me permitía ir arrastrando los meses sin esfuerzo. Los días se parecían tanto unos a otros que acabaron sobreponiéndose. Sólo de vez en cuando alguna minucia sacudía la masa idéntica del tiempo. Había una chica que trabajaba frente a la fábrica y a la que yo miraba por el escaparate de su tienda. Durante un tiempo llegué a pensar en ella como si fuera Teresa y casi las confundía, pero en cuanto se le acabó el trabajo de dependienta dejé de mirar en aquella dirección. Tuve fiebre y mi cuerpo, que hasta entonces nunca me había abandonado, se desplomó. Cuncè, que seguía teniendo la llave de mi cuarto, me encontró tumbado en la cama, sudando y con el rostro pálido. Fue ella quien se encargó de cuidarme, poniéndome trapos mojados en la frente y dándome de comer.

Un domingo por la mañana me fui a Mergellina. Era el barrio del que tanto me había hablado Nicolas, el lugar en que había vivido con su familia, donde estaban su colegio y el local en que ensayaba obras de teatro.

Empecé a preguntar por ahí si alguien conocía a Nicolas o a sus parientes, y finalmente di con un hombre que asintió entusiasmado: Gioacchino, Nicolas, sus hermanas, su madre. Claro que los conocía.

A punto estuve de besarle las manos a aquel desconocido: Nicolas no era fruto de mi invención, había existido en la tierra antes de nuestro encuentro.

—Ya no queda nadie de la familia. He oído por ahí que la madre y las hijas se fueron al norte, a casa de unos allegados. No sé bien en qué ciudad. Eran personas queridas en el barrio.

Una noche por semana iba a un piso donde había chicas. Me acostaba con una de ellas, nunca la misma. No las elegía; aceptaba la primera que se me acercaba, aunque fuera mucho mayor que yo o no me gustara. Temía que me criticaran por la pierna o por el olor a vinagre, pero enseguida se me fue el miedo. Me echaba unos minutos encima de una desconocida en un cuarto donde faltaba el aire y donde me pedían que me limpiara las partes íntimas en el lavamanos de un baño minúsculo. Me di cuenta de que justo después del instante del orgasmo llegaba la sensación de vacío y flojera. Aborrecía el deseo que me impelía a ir a ver a aquellas chicas. Sentía cómo se avivaba a media semana, una fecha fija marcada por algo que llevaba dentro de mí, pero no me pertenecía. Al acabar el coito, veía las cosas tal como eran: un cuarto maloliente, un lavamanos que perdía agua en el baño, una mujer gorda con la boca que olía a tabaco. Por eso, cuando acabábamos, enseguida me echaba de la habitación, pues sabía cómo la estaba viendo. La verdad resultaba intolerable, para ella y para mí. Luego iba dando vueltas por el barrio, me llenaba los pulmones de aire, entraba en una taberna a comerme una pizza napolitana, recién salida de la sartén, y si era domingo, siempre me cruzaba con alguien que estaba asando alcachofas o mazorcas de maíz como solía hacerlo Fortunà.

Fue Cuncè quien me contó que la guerra había acabado. Vino a llamar a mi puerta con una porción de babá, un pastel de masa suave empapada de licor que había preparado para el cumpleaños de su hijo.

—He conseguido encontrar ron. Come despacio, que tú no estás acostumbrado a esto y vas a emborracharte. Hoy celebraremos por partida doble —me dijo.

Sentí cómo el alcohol me llenaba el paladar y la cabeza empezó a darme vueltas.

—Ya sé que de vez en cuando vas a ver a las chicas. Eres

varón, y eso es lo que corresponde, pero a ti, con el carácter que tienes, te convendría una esposa —añadió ella.

Me pregunté qué cambiaría con el fin de la guerra. Siempre me había sentido un espectador distante, tanto en Tora e Piccilli como en Nápoles; ahora que había acabado, no sabía exactamente qué acababa.

—Ya tienes edad para ir buscando a una mujer decente. Eres un buen chico y, sin ofender, a lo de tu pierna una se va acostumbrando. Toma, cómete otro trozo de babá. Hoy es un día importante de verdad. Pensaba que moriría sin verlo.

El cambio era una sustancia difícil de percibir, pero pasaba lo mismo que con el aire: no tienes más remedio que respirarlo.

Una noche, volviendo de la casa de las chicas, iba yo de la Via Toledo hacia la Piazza del Gesú cuando de repente vi la persiana de una tienda levantada. Había gente sentada en lo que parecía ser un pequeño escenario hecho de tarimas y rodeado de paneles pintados con barniz negro. Cada persona tenía una hoja de papel apoyada en las piernas y leía en voz alta, añadiendo correcciones o trazando unas marcas en los márgenes. Lo que en principio podía parecer un trabajo independiente, resultó ser un conjunto de diálogos de una pieza teatral cuya trama se iba recomponiendo a medida que se desarrollaba la lectura. Los personajes iban por caminos distintos, pero los animaba el mismo deseo.

Yo no era el único espectador. Apoyados en las paredes había un puñado de hombres que no tenían adónde ir, lo mismo que yo. La oscuridad de la sala nos protegía y aquellas frases nos llegaban como las olas del mar cuando las miras desde la orilla. Por primera vez desde que había dejado Tora, escuchando aquellas voces lentas, mesuradas y persuasivas, me sentí en paz conmigo mismo.

Descubrí que el «Diccionario de los insectos», pues así se llamaba el grupo de teatro, se reunía dos veces por semana sin un calendario fijo, acoplando los días a las exigencias de cada cual. No sé cómo se intercambiaban la información, pero el lugar de los ensayos estaba cerca de mi casa y podía pasar por allí cada noche para estar al tanto. Cuando veía la persiana levantada, me invadía una especie de raro frenesí.

Los roles de los actores ya me eran familiares, hasta el punto de que, en el trabajo, cuando me distraía, soltaba alguna frase. El patrón se daba media vuelta, me miraba y se llevaba un dedo a la sien, como queriendo decir que yo no estaba bien de la cabeza. Aquellas palabras no eran como las demás, pues procedían del mismo lugar que el hondo seno del océano.

Me sorprendían los cambios que cada semana los actores aportaban al guion; la continua evolución no tenía nada que ver con el teatro que yo había imaginado, donde los textos eran inamovibles. Nunca había asistido a un espectáculo, pero me lo imaginaba exactamente así, como algo clandestino y secreto. Nicolas había sido el único que me había hablado de eso y, como todo lo que le pertenecía, resultaba inaccesible y prohibido.

Además de las voces de los actores, lo que más importaba era la oscuridad. Algunas veces ensayaban con una lámpara que los apuntaba. Había momentos de negrura total antes de que la encendieran, y la luz me llegaba entonces como si fuera la primera en toda la tierra, el punto donde todo había empezado.

Un tal Ferdinando coordinaba a los demás, marcando los tiempos. No era el director porque no daba órdenes; sólo indicaba el paso de una escena a otra. Yo había empezado a llamar a los actores «los hombres del bosque», pensando que ésa era la puesta en escena, pero una noche ensayaron el rol de un náufrago que no sabía hacia dónde lo llevaba la corriente. No es que anduviera muy equivocado, pues la ambientación del bosque y la de alta mar no se distinguían en nada.

Una noche, uno de los actores no se presentó y me pidieron que lo sustituyera. Había que leer el guion que habían dejado en la silla vacía; de lo contrario, no podrían continuar.

—¿Te atreves? —me preguntó Ferdinando—. Vienes todas las noches, te sabes el papel de memoria, pero dime tú si te ves con ganas.

—No se me da bien leer —dije.

Los demás me miraron como si la mía fuera una pose ingenua. No me sentí desenmascarado o vulnerable; aquella era una verdad que me exponía sin quitarme fuerza. «No se me da bien leer» era una frase que podía encajar en uno de sus guiones. Ya había empezado a actuar.

—Inténtalo, a ver qué tal te sale —dijo Ferdinando.

Di unos pasos hacia el pequeño escenario. Sentí la fuerza de atracción que emanaba de la silla en busca de alguien que la ocupara. Antes de empezar miré el lugar donde solía sentarme en platea y miré a los demás que asistían a los ensayos. Me pregunté por qué a Ferdinando se le había ocurrido elegirme a mí, y luego agarré el papel. Una chica encontró el punto exacto que me correspondía y me lo indicó en voz baja:

—Tienes que empezar por aquí y llegar hasta ahí.

Empecé a leer mi parte siguiendo las indicaciones que me iban dando de a poco, más lento, más rápido, y luego de manera cada vez más suelta, porque me sabía la obra entera y la memoria sustituía a la lectura. Tras soltar unas cuantas frases, me sentía ya miembro del grupo, y aún hoy sólo puedo decir que aquella panda de desconocidos me aceptó como a uno de los suyos.

—Lo has hecho muy bien —dijo Ferdinando cuando todos nos despedimos, y tras dar la última calada al cigarrillo añadió—: Vuelve pasado mañana.

—¿Qué pasa con el chico que interpreta el papel? —pregunté.

—Nos ha dicho que no va a volver —me contestó, apagando la colilla con la suela del zapato.

Aquella noche no dormí. El día siguiente me pareció interminable. Estaba eufórico, pero al no poder contarles a Nicolas y Teresa que me habían dado un papel, la excitación dejaba lugar a largos ratos de desconsuelo.

Sólo con el andar del tiempo descubriría que mi progresiva desaparición como persona era la condición imprescindible para actuar. El no ser nadie me permitía recitarlo todo. Nicolas nunca me había dicho que desaparecer fuera indispensable.

Ferdinando era alto y desmadejado, llevaba jerséis de cuello cisne y entre sus dedos nerviosos siempre colgaba un cigarrillo. Era su seña de identidad. Tenía el rostro marcado por unos pequeños hoyos, como si hubiera sobrevivido a una ráfaga de metralleta; me recordaba la fachada de todos los edificios de Nápoles, pero él parecía presumir de eso. La soltura con la que se movía y hablaba seducía a las mujeres del grupo. Su atractivo, legitimado por el consenso unánime, nada tenía que ver con la belleza de Nicolas. Nicolas era un ejemplar único en su especie, y en cambio Ferdinando era un cabecilla que se sentía responsable del destino del grupo.

—No somos una compañía tradicional. Cada cual escribe su parte dentro de la obra. Los personajes encuentran su camino natural y se autodefinen. Llegará el día en que iremos más allá del guion, pero en este momento aún no estamos preparados. No existe el afán de notoriedad. Los actores son obreros, y es a través de ellos como se manifiesta el teatro. Queremos llevar nuestras obras a lugares diferentes, a escenarios insólitos. Nos interesan los sitios donde la gente se reúne. Nos gustaría que los espectadores asistieran a una representación sin tener conciencia de formar parte de un público. Esta ciudad aún está hecha pedazos y nosotros queremos actuar entre los escombros. Nada que ver con lo que hace Eduardo De Filippo; nosotros hablamos de una ciudad que aún no es, pero será. Somos nuevos, libres.

Aquellas palabras estallaban en mi cabeza. La ciudad que hasta entonces me había concedido sólo una vida en penumbra empezaba a desvelarse entre las paredes de aquel minúsculo teatro.

—Déjate ya de tanta cháchara —dijo Claudia. Era morena, delgada, y tenía una pequeña mancha oscura en el cuello. Los dos eran pareja. Todo el mundo lo sabía, aunque ellos desde luego no lo demostraban. Su pudor lo volvía todo más puro, y la pureza estaba en los cimientos del teatro de Ferdinando.

Nos encontrábamos en la sala, alguien había traído algo de comida, y varias personas bebían directamente de la botella.

—Pues a mí me alegra que también Davide sepa de qué pie calzamos. Tenemos un manifiesto, lo hemos trabajado entre todos. Eso es lo que somos.

—¿Qué opinas, Davide? —me preguntó Claudia.

—Aún no sabría decir —murmuré en voz baja.

—Pero alguna idea tendrás, digo yo. Según tú, ¿lo viejo será sustituido por lo nuevo o lo viejo es el único camino posible? —comentó Ferdinando.

—¿Te refieres al teatro?

—A todo.

—Creo que al final resistirán las cosas verdaderas. La verdad no pertenece ni a lo viejo ni a lo nuevo. Vale para todo.

—Pues no. Lo nuevo no lo va a parar nadie. Lo devorará todo: a nosotros, a ellos y a lo que se le ponga por delante.

Ambiciosas, locas, valientes. Las palabras de Ferdinando habían sido testadas, ensayadas con adversarios más capaces. Cuanto más audaz era el discurso de Ferdinando, más atraía a Claudia. Estaba más claro que el agua. Ferdinando se portaba igual que todos los lobos, demostrando a cada rato que no tenía miedo y sabía muy bien cómo mantener a raya a los recién llegados. Ésa fue mi primera lección de teatro.

Antes de volver a casa hice un alto en la callejuela de las chicas. Era tarde, pero la puerta no estaba cerrada. Estaba muy excitado y me era imposible retirarme sin más. Sabía que Ferdinando desfogaría su rabia con Claudia, y en cambio yo tendría que pagar.

—Anda, si eres tú —me espetó la mujer que siempre me recibía—. Dime a quién llamo, que están todas durmiendo.

—Déjalo, no quiero despertar a nadie. Mejor me voy.

—Está Marilina, que se ha encaprichado contigo. No debería decírtelo, pero yo esas cosas las veo venir. Si se lo pido, se va a levantar.

—Entonces despierta a otra que no sea ella.

—Marilina es la más guapa.

—No se lo pidas a ella. Nunca me ha gustado. Despierta a otra a quien yo no le guste.

La mujer se metió en el interior de la casa y volvió al poco rato.

—Ve donde Ornella, en la tercera habitación.

Cuando entré, me dijo:

—Éstas no son horas, mi amor...

No sabía quién era yo. Se había colocado una almohada en la cara para protegerse de la luz que llegaba del pasillo.

—¿Cómo es que vienes tan tarde? —preguntó.

Con el rostro aún tapado por la almohada, se quitó las bragas.

—No soy el amor de nadie —le solté mientras me metía en su cama. Me eché encima de ella y empujé con fuerza entre sus caderas. Ella se quedó quieta, acostumbrada como estaba a golpes de más envergadura y a cuerpos que pesaban el doble que el mío.

Cuando volví a casa, me hice con un pedazo de papel y empecé a apuntar unos ajustes en la parte que me tocaría leer la semana siguiente. Nunca había escrito nada que llenara más de una página, y sin embargo las palabras me salían sin esfuerzo. Había pasado la vida entera con ellas dentro de mí y toda la vida había estado esperando juntarlas. Cuando acabé, estaba amaneciendo.

La vez siguiente estaba tenso, temblaba. Ferdinando me indicó que había llegado mi turno. Me había aprendido el texto de memoria, así que mientras leía podía despegar los ojos del papel. Eso me permitía hacer unas pausas largas, mover las manos, mirar a los demás, recoger información sobre lo que estaba pasando a mi alrededor, alargar la mirada hacia el público que se apoyaba en las paredes. Era una ventaja. Podía hacer que las palabras atravesaran mi cuerpo y que mi garganta las deformara sin perder nunca el control de la situación.

Mi monólogo fue el más breve, el menos contundente, el peor de los que se escucharon aquella noche, pero Ferdinando y Claudia empezaron a mirarme con otros ojos. No sabría decir qué había cambiado para ellos o para mí a partir de ese momento.

—¿De dónde vienes? —me preguntó Claudia cuando nos quedamos solos.

—Dudo que hayas oído nunca el nombre de mi pueblo.

—Vamos a ver —dijo.

—Se llama Tora e Piccilli.

—Es adonde enviaron a los judíos, ¿verdad?

—¿Cómo te has enterado tú?

—Esas cosas acaban sabiéndose.

—¿Conoces a algunos de ellos?

—No, pero se dice por ahí que los habéis ayudado, que cuando entraron los alemanes, los documentos con sus nombres se esfumaron. Hicisteis lo correcto.

—Sólo somos cuatro gatos... —dije.

Me parecía increíble que alguien supiera lo que había pasado y me sentí orgulloso al oír aquellas palabras.

—¿Y Ferdinando? ¿Conocía a alguien de los que enviaron al pueblo?

—Sabe lo mismo que yo, creo —comentó ella, y luego, contestando una pregunta que no le había hecho, añadió—: Él es así. Siempre va al ataque, lo hace con todos. Es su modo de ser, y hay que aceptar a la gente tal como es.

Al cabo de un rato, Ferdinando se nos acercó. Iba acompañado de otro hombre con quien había estado departiendo en voz baja en un rincón de la sala.

—Nos has sorprendido a todos, Davide —dijo—. Tienes aún mucho trabajo por delante, pero lo tuyo es interesante. Tus frases transmiten verdad. No sabía que te dedicaras a escribir.

—Trabajo en la fábrica de vinagre y nunca he escrito nada.

—De ahí el olor... —dijo, y todos soltaron una carcajada—. Es broma, no es cosa que nos moleste, y hay algo en tu voz que resulta profundamente convincente. Me he creído todo lo que has contado.

—Los cerdos —dije.

—¿Qué?

—Me he pasado la vida cuidando de los cerdos en el chiquero de mi padre. Los cerdos no tienen sentido del humor. Cuando hablaba con ellos, me limitaba a las palabras esenciales. Creo que eso tiene algo que ver.

Se miraron entre ellos, pero nadie comentó nada.

Mientras caminábamos, Ferdinando iba informándome.

—Corre de tu cuenta saber si les has gustado o no; a donde vamos no se puede aplaudir.

—¿Qué sitio es? —pregunté.

—Un piso en un edificio de gente de mucho dinero. Jueces, abogados, gilipollas cargados de pasta que a tipos como tú y como yo los enviarían a chirona con mucho gusto, pero cuando estamos en su casa, nos tratan como animales exóticos que pueden entretener a sus amigos. Cada uno de nosotros estará en una habitación, y luego nos vamos cambiando.

—¿De quién es la casa?

—De un arquitecto que está reconstruyendo muchos de los edificios de Nápoles. Lo que le gustaría es ser joven como nosotros, y por eso nos invita.

—Por eso nos envidia —precisó Claudia.

—De momento, nos apañamos con los espacios que nos dan —continuó Ferdinando—. Eso forma parte del proyecto del «Diccionario». Ya iremos encontrando teatros más grandes.

El portal estaba abierto y nos metimos sin más. La escalera se parecía a las de cualquier edificio en aquella zona de la ciudad: peldaños de piedra gris, techos blancos, mármol revistiendo las paredes. Llegamos a la puerta, llamamos y nos abrió uno de los chicos que había visto en la sala. Yo me sentía excitado y temeroso a la vez. La casa estaba llena de gente y había mesas con botellas de vino, todo tipo de alcohol y bandejas llenas de sándwiches y pequeños bocadillos de jamón. Podía meterme entre pecho y espalda lo que me diera la gana sin pagar. Claudia me vio con la boca a reventar de comida. Sentí vergüenza, pero ella me guiñó el ojo en señal de complicidad y abrió su bolso de piel para enseñarme lo que estaba robando. Luego se nos acercó Eugenia, otra chica de la compañía.

—Con todo lo que hay aquí, yo tengo comida para tres días —dijo; nos enseñó una bombonera que había pillado en el recibidor, y comentó—: a lo mejor me saco un dinero con esto.

Ferdinando vino a avisarnos de que había que empezar.

Me coloqué en el centro de la habitación, en el punto donde la gente había dejado un espacio libre. Me fijé muy bien en los espectadores. Eran tal cual los había descrito Ferdinando: bien trajeados y mayores que nosotros. Hice lo mismo que en el chiquero, cuando miraba a las bestias sin apartar los ojos para darles a entender que no tenía miedo.

Empecé a recitar mi parte. Ferdinando y Claudia me habían pedido que mantuviera el paso, que me fijara en el ritmo, en las palabras, en la voz; lo importante era no perder la concentración y ser preciso en el uso del lenguaje. Sólo poniendo en contexto los acontecimientos podía contarse el dolor.

La gente se me acercaba, franqueando la distancia de los pocos centímetros que nos separaban. Pensé que era una buena señal. Me habían dicho: «Habla despacio, vocaliza cada palabra, mueve los brazos, míralos directo a los ojos, pero fija también la vista en un punto de la pared, acércate al público. Habla con los fantasmas. Pregúntales algo y aparenta oír una respuesta».

Era lo que debería haber hecho aquel día, cuando lo del arroyo. Hubiera tenido que ser el primero en zambullirme.

Aplaudir estaba prohibido y tenías que deducir qué tal había ido todo por la energía invisible que se había creado. Acabé al mismo tiempo que los demás. Nos cambiamos de habitación. Pasó algo increíble: algunas personas que estaban conmigo en la primera habitación me siguieron cuando fui a la segunda, de manera que me encontré con un público más numeroso. Estaba aturdido, en cuerpo y alma.

Cada vez que me cambiaba de sitio la gente me seguía, y cuando llegué a la última habitación todos estaban a mi alrededor. Los demás actores esperaban a que yo acabara, apoyados en la pared. Tenía todo el público para mí solo.

Cuando estaba a punto de acabar la última escena, me pareció ver a un chico moverse rápido hacia la puerta. Pensé en Nicolas. No podía ser. Así fue como me hice un lío con las frases finales y perdí la concentración. Había cometido el pecado más grave que puedes cometer cuando estás en un escenario: me había puesto a pensar. Yo tenía que ser puro instinto, debía continuar interpretando aquella vida inventada y real que había puesto en escena para que el público se riera, viviendo de aquellas carcajadas que soltaban cuando hacía el papel del cojo, que me salía de maravilla.

Al acabar, Ferdinando me recibió con un breve aplauso.

—Has estado genial.

Sin embargo, el movimiento de sus manos indicaba otra cosa. Regla número uno: si te dedicas a actuar, no confíes en lo que te dicen los demás actores.

—No hacen más que hablar de ti en esta casa —dijo Claudia.

Regla número dos: hablar desde un escenario atrae a las mujeres. Eso también tiene que ver con el miedo y su antídoto: el valor.

—Ya podemos irnos, que es tarde —dijo Ferdinando—. En un rato se marcharán todos.

—¿Vamos a tomar algo?

Estaba demasiado entusiasmado para irme directo a la cama.

—Todo el mundo a casa.

De repente, su tono había cambiado. Ahí se acababa la velada. Miré por última vez a la gente que me rodeaba, esperando divisar el fantasma de Nicolas.

A lo largo de la noche la excitación acumulada se fue diluyendo y me sentí vulnerable. Había sido una ingenuidad por mi parte entusiasmarme por un espectáculo que era un simple entretenimiento. Estuve escribiendo hasta las dos de la madrugada, apuntando cosas de las que no debía olvidarme: no perder la concentración, reír y llorar es lo mismo, no mirar demasiado fijo al público, no hacer caso de los ruidos en la sala, no seguir los movimientos de quien tienes enfrente, otra vez, no perder la concentración, hacer pausas cada vez más largas, cada pausa tiene que durar hasta que el público afloja, empieza a parlotear, y último y fundamental, no perder la concentración. Eres tú quien lleva el tren: si te paras, todo el mundo se para.

En el margen de la hoja seguí apuntando: buscar una habitación menos ruidosa, comer más, fumar como he visto hacerlo a la gente que está de moda, dejar de tener miedo, hacer una lista con los nombres de las chicas que me gustan.

Cuando el cansancio borró la poca energía que me quedaba, fui a tumbarme en la cama, y ahí de repente todo cobró sentido. Había utilizado sus frases. Me movía como él. Sus brazos, sus manos, ahora eran las mías. Había memorizado las palabras de Nicolas, sus gestos, su postura. En el escenario yo podía ser él.

Fue Claudia quien me habló de la función en la gruta de Posillipo.

—Es una montaña de toba amarilla y en el interior hay unas grutas. La luz no entra hasta el fondo y hace mucho frío. ¿Tienes algún jersey grueso? Puedo prestarte uno y luego me lo devuelves.

—¿Seguiremos actuando por separado?

—Ferdinando dice que aún no estamos preparados para un trabajo coral. De momento es mejor que cada cual se concentre en su personaje. Si hay algún lazo de unión surgirá espontáneamente.

—Yo no tengo personaje —dije.

—Lo tienes. Es una especie de doble personalidad. El personaje no te absuelve, no te juzga; es ese elemento ajeno que llevas en el vientre desde el día en que naciste y que habla en cuanto tu voz consciente se distrae.

—Algo parecido a un monstruo con dos cabezas.

La vía que llevaba a las grutas hacía subida. Llevaba conmigo un viejo morral de color pardo que había encontrado en la fábrica de vinagre. Lo había cogido para imitar a Ferdinando, a Claudia, a Eugenia y a los demás. Claudia iba delante y caminaba más rápido que yo.

—¿Aguantas bien? —me preguntó.

—Tú sigue; no te retrases por mí.

—¿Te espero?

—No. Yo mientras tanto voy repasando mi papel.

En las grutas había mucha gente. Ferdinando y Pietro, el otro actor responsable de la organización del grupo, ya estaban ahí. Empezaríamos sin aviso previo, pues nuestra llegada ya formaba parte de la función. Me gustaban las ideas que barruntaba Ferdinando respecto al nuevo teatro, aunque a veces su método experimental dejaba el texto en un segundo plano. Para él las palabras no lo eran todo.

Seguía fascinándome la naturaleza clandestina de esos encuentros. Ferdinando iba a investigar él solo en busca de los espacios adecuados, y cuando encontraba lo que quería, durante los ensayos nos decía: «He encontrado un lugar». Entonces los demás sabíamos que estaba a punto de pasar algo.

En esa ocasión oí que alguien hablaba de mí.

—Ha venido el cojo. Ahí lo tienes, ya está recitando. Lo vi actuar en el Rettifilo. Es el mejor.

Una proyección de mi persona había empezado a existir más allá del cuerpo.

En el silencio que se había creado, procuré que todo el mundo oyera el ruido de mi pierna al arrastrarse por el suelo, lo mismo que hacía para provocar a mi padre mientras íbamos a misa los domingos. Exageraba el movimiento sólo para tocarle las narices. Lo había ensayado durante años sin darme cuenta. Tenía el corazón en un puño y no estaba tan seguro de que las palabras fueran a ayudarme, como había pasado la vez anterior. Abrí el morral y saqué dos cerdos de cartón que traía de casa.

—Ciudadanos de las grutas, ha llegado el momento de crear un nuevo mundo.

Me incliné hacia uno de los cerdos, fingiendo escuchar algo que me susurraba al oído.

—Entendido. ¿Qué tal después del almuerzo? Vale. Ciudadanos, ¡el nuevo mundo dará inicio a las trece horas en punto!

Las carcajadas que suscitaron mis primeras palabras resonaban en la gruta. Volvió a repetirse la misma magia. Apuntaba mentalmente todo lo que debería hacer: hablar más rápido en un determinado momento, sustituir cierta palabra por otra más adecuada, cuidar más los detalles, acercarme más al núcleo de la narración.

Al final, Ferdinando se despidió del público con un saludo y un agradecimiento general. Yo procuré quedarme un paso atrás mientras él pronunciaba unas pocas palabras de circunstancia.

—Ya es hora de irse —dijo.

Nos dieron algo de dinero por la función. Nos fuimos a una taberna de la Via dei Tribunali, donde nos sirvieron vino y pasta con patatas, que todos comimos con ganas. Me hubiera gustado irme corriendo a casa para mejorar mi monólogo y aquella cena me parecía una pérdida de tiempo inútil. Incluso gastarme el dinero en aquella taberna era un lujo que no me podía permitir.

Pietro y Ferdinando no levantaban la cabeza del plato de pasta que tenían delante.

—Deberíamos encontrar otros lugares donde actuar —comenté—. Buscar más público.

Fue Pietro quien habló primero:

—Has puesto en escena algo distinto de lo que habíamos acordado. —Se llevó a la boca otra cucharada y continuó—: lo haces porque quieres destacar. No es ése el sentido de nuestro trabajo.

—No me parece algo grave —dije—. Podemos mejorar la fórmula. Quizás valga la pena darle un par de vueltas a la idea que tenemos.

Ferdinando terminó de tragar y soltó:

—Davide tiene aspiraciones distintas a las nuestras. Nadie va a decirle qué puede o no puede hacer. Somos un grupo abierto y seguiremos siéndolo. Si todos se han sentido atraídos por Davide, eso sólo tiene una explicación: él es el mejor. Como acaba de decir Pietro, nuestra intención es otra, no nos interesa lo individual. Tenemos otras reglas.

Debemos aceptar la nueva situación. Davide tiene más talento y ésta ya no es su casa.

Me levanté tambaleándome. Aquel grupo era lo único que tenía, pero sabía que llevaban razón: mi necesidad de exhibirme tenía más que ver con la venganza que con el teatro. Claudia se levantó, me dio un gran abrazo y me dijo:

—Te deseo suerte, Davide. Los cerdos de cartón son geniales.

Me fui con los huesos molidos por el dolor. Volví sobre mis pasos. Dejé Via dei Tribunali sin saber cómo conseguiría actuar de nuevo frente a un público: yo, que aquel día iba pidiendo más, de repente me había quedado sin nada.

—Davide... —Alguien me estaba llamando. Era un hombre de unos cincuenta años, pelo ralo y buen traje—. Es tu nombre, ¿verdad? Yo me llamo Paolo Marino y he visto tu actuación en las grutas. Francamente, lo que has dicho me ha impresionado.

—Se lo agradezco —contesté.

—Quisiera preguntarte algo. Cuando arrastras la pierna, no estás fingiendo, ¿verdad? Te he visto caminar ahora, y ya me había dado cuenta mientras actuabas. Nadie del público se lo creía, pero ésa es una de las reglas del teatro, ¿o me equivoco?

Se agachó y miró la pierna. Me tocó la parte externa.

—Soy cirujano ortopédico. ¿Te duele si toco aquí?

—No.

—¿Te importaría dar unos pasos hacia delante y luego volver, manteniendo los brazos pegados a la cadera?

Hice lo que me había pedido.

—¿Así? —pregunté.

—Sí.

Me alejé unos diez metros y luego volví donde estaba él.

—Tal vez pueda ayudarte —afirmó.

—¿De qué me está hablando?

—De tu pierna. Nunca vas a ganar una carrera, que quede claro, pero quizás puedas caminar sin problemas.

—¿Habla en serio?

—He escuchado tu monólogo en la gruta y sé qué importancia tiene el cuerpo en la vida de uno, en especial si se trata de una limitación. Creo que has soltado más verdades de las que el público ha asimilado.

Había pasado un mes entero desde nuestro encuentro cuando fui al hospital. Al verme sentado en un banco del pasillo de su pabellón, se acercó y me dijo:

—Pensé que nunca vendrías. Ahora tengo que atender a otra paciente. En cuanto acabe, te llamo.

En el pueblo, los médicos sólo servían para curar la gripe o el sarampión. Fortunà mismo nunca había intentado curar lo que él llamaba su «flojera pulmonar». Así había nacido y nadie iba a ponerle remedio. Conocíamos las enfermedades de los cerdos y los parásitos de las plantas. Sabíamos cuándo un animal estaba a punto de morir y podía contagiar a los demás, o cuándo las larvas de algún coleóptero corroían los castaños desde el interior del tronco, pero nada sabíamos de nosotros mismos como seres humanos y la única solución era rezar para que alguien nos salvara. Jesucristo, por ejemplo, la Virgen de Pompeya o el mismísimo Mussolini.

En la fábrica no dije nada hasta el último día, y el propietario se cabreó: tendría que haberle avisado antes, pues ahora por mi culpa iba a contar con un operario de menos.

—De todas formas, está bien pensado. Eres joven y tienes toda la vida por delante —me dijo al final. Independientemente del resultado de la intervención, mi trabajo en la fábrica se había terminado y los dos lo sabíamos.

Las paredes del hospital estaban decoradas con baldosas blancas y pequeños armarios de metal.

—¿No vendrá nadie a acompañarte cuando salgas de la sala de operaciones? —me preguntó el doctor Marino.

—No tengo a nadie —dije.

—¿Ni siquiera tus amigos del teatro?

—Han decidido que ya no son amigos míos.

—Hará falta mucho tiempo antes de que puedas volver a caminar.

—Lo sé.

—¿Aún estás convencido de querer operarte?

—Sí.

—Es normal que tengas miedo.

—No puedo volverme atrás.

—Ya entiendo. Ahora respira hondo y cuenta hasta veinte.

Tengo pocos recuerdos de la gran lámpara que colgaba sobre mi cuerpo. Vi cómo el metal se deformaba hasta convertirse en algo líquido, luego las paredes de la sala se doblaron. Estaba despierto, pero no controlaba la situación. Mi último pensamiento fue para Teresa.

Cuando volví a abrir los ojos, una luz amarillenta se filtraba en la habitación. No sabía qué hora era, si aquel brillo venía del sol o de la lámpara.

—No te preocupes por el cansancio. Es consecuencia de la anestesia.

Vi a mi madre sentada al lado de la cama, pero la imagen se esfumó enseguida; en la silla sólo estaba la bolsa que había llevado conmigo.

—¿Davide?

La voz venía de muy lejos, y acto seguido parecía cercana

o incluso dentro de mi cerebro. Luego noté unas sacudidas en el cuerpo, unos toques intermitentes.

—¿Te duele si aprieto aquí?

No notaba nada.

—Es por la anestesia. No te preocupes.

El sueño, pesado, pudo conmigo.

Apuntes para un monólogo: un hombre se da cuenta de que ya no tiene cuerpo. Está muerto, pero aún no se ha enterado. Se nota ligero e invulnerable, pero sabe muy bien que quien no siente dolor tampoco puede sentir placer. Moraleja: dolor y felicidad son la misma cosa.

—Volveré dentro de un rato. Le he pedido a una enfermera que venga cada hora a ver qué tal estás. Cuando sepamos seguro que todo ha ido bien, empezaremos con la terapia, y mientras tanto vas a comerte el peor caldo de tu vida.

Pasé la noche entera inmóvil, sin saber qué me esperaba. Me dolía el estómago, pero no podía levantarme. Los días siguientes, los enfermeros me ayudaron a salir de la cama. Tenía que caminar con un bastón hasta un punto determinado de la habitación. Seguía manteniendo mi manera de andar de siempre.

—Lo haces por instinto. Es una costumbre. Cambiará.

Intenté enfilar los pies uno detrás del otro. No me tambaleaba. La espalda no se curvaba. Caminaba derecho.

Me quedé unas cuantas semanas en mi cuarto, repitiendo una y otra vez los ejercicios que me habían enseñado en el hospital. Me comportaba como un paciente disciplinado que no tomaba iniciativas propias. Me preguntaba qué habría hecho si la intervención no hubiera tenido el éxito deseado. Iba a menudo al ambulatorio y contestaba las repetitivas preguntas del médico. ¿Me dolía la espalda? ¿Notaba un peso mayor en la otra pierna? En aquel periodo escribí un monólogo que titulé «El convaleciente».

Cuando me recuperé del todo, Cuncè organizó una comida en familia para celebrarlo. De la cocina me llegaba el aroma de la salsa de tomate que llevaba en el fuego desde la mañana. La chica que trabajaba para ella a media jornada nos trajo boquerones fritos e incluso un bizcocho. Cuando les dije que dejaría la habitación al cabo de unos días, Cuncè comentó que me había visto entrar siendo un chico y ahora salía hecho un hombre, y que a fin de cuentas era de justicia que me buscara un lugar menos húmedo que aquel cuarto. Cuando le di las gracias por el almuerzo, me abrazó y me regaló los boquerones que habían sobrado.

Más adelante, con el transcurrir de las semanas, cuando ya caminaba derecho e incluso mi sombra parecía andar mejor, empecé a pensar que debería contar la historia de Ferdinando y Claudia, de Cuncè, de mis muchos trabajos, de la operación y de los días que cambiaban a medida que los iba viviendo. Debería hablar de la distancia entre lo que había sido y lo que era ahora, de mi separación de todo lo que me rodeaba.

Encontré trabajo en la fábrica de cerámica Mollica. El anuncio decía: SE BUSCAN OPERARIOS. NO SE PRECISA EXPERIENCIA PREVIA. Cuando llegó el encargado para darnos de alta, nos dijo que empezaríamos ese mismo día, sin hacer más preguntas. Llevaba consigo las hojas para que apuntáramos nuestro nombre y apellido, y, dirigiéndose a un hombre sentado a un escritorio, nos señaló y dijo:

—Los nuevos.

Me trasladé a una casa más cerca de la fábrica, en un barrio que no conocía de nada. A mi edificio lo llamaban «El palacio de las novias» porque aquel año se habían instalado allí muchas parejas de recién casados. No había nada romántico en el asunto; sencillamente, era el edificio más cutre del barrio, así que los pobretones podían encontrar ahí un piso de una sola habitación con baño por poco dinero.

En la fábrica me encargaba del horno industrial. Repetía una y otra vez los mismos gestos, y aprovechaba para aislarme y añadir frases a mi monólogo. Me fascinaban las máquinas y me encontraba más a gusto en la cadena de producción de piezas de poco valor, como los platos, que en la sección dedicada a la artesanía, donde unos operarios expertos se dedicaban a realizar pequeñas piezas que reproducían palomas o veleros. Yo le daba vueltas al asunto de los cerdos para la función; tenían que ser más grandes y de tela, como unos grandes juguetes de color rosa.

Al poco rato de estar trabajando, el cuerpo se movía de forma autónoma. Las máquinas te pedían que les proporcionaras una pieza y te la devolvían al final del proceso. Se me ocurrió aplicar algunos de los protocolos de la fábrica a los textos que escribía. Sentía la influencia de las máquinas, y esa fascinación se concretó en alguna historieta, como la del tipo que se ennovia con una prensa mecánica y luego la acusa de tenerlo siempre bajo presión. El chiste era zafio y simplón, pero funcionaba. Tenía razón Ferdinando cuando decía que lo nuevo arrasaría con todo.

Me contaron que algunos obreros se reunían clandestinamente e imprimían unos pasquines que luego distribuían en el comedor. Invitaban a afiliarse al sindicato, porque la lucha podía mejorar las condiciones de trabajo. La idea del tipo que se ennovia con una prensa mecánica la había sacado de aquellos pasquines. Estando en el comedor, encontré uno que decía: «¿Sabías que pasas más tiempo pegado a la prensa que a tu mujer?». Me había dado cuenta de que aquellas frases ya encerraban una historia.

Conocí a una chica que trabajaba en el pabellón de barnizado. Una amiga suya vino a contarme que yo le gustaba, pero no se atrevía a decírmelo. Me la señaló mientras estaba con otras chicas. Cuando fui a hablar con ella en el comedor, se arregló el pelo rubio protegido por un gorrito verde. Yo ya no cojeaba, me peinaba con esmero y me expresaba bien en italiano, seguramente mejor que los demás operarios a cargo del horno o del barnizado. La chica me dijo que podíamos meternos en el almacén de los barnices para vernos a solas.

Por primera vez desde que estaba en Nápoles, hice el amor sin pagar.

Cuando estaba a punto de pedirle que nos viéramos también fuera de la fábrica, ella me comentó que un chico de su misma calle se había animado a pedirle matrimonio. Dejamos de vernos en el almacén y al poco tiempo ya no me sonreía. Tardamos poco en olvidar la aventura.

Por Navidad se organizaba un pequeño espectáculo al que uno podía ir con la familia. Unos cuantos se ofrecieron para cantar, otros para leer poemas. Yo fui a ver al encargado y le propuse llevar a escena mi monólogo. Tuve que esperar dos semanas para que me contestaran, pero un día el hombre vino a decirme que habían aceptado.

Montaron un escenario de verdad, con un telón que iba a abrirse en el momento en que yo lo pidiera. Había cosido a mano los cerdos y llevaba el vestuario preparado. Me sabía bien el texto, y en el caso de olvidar alguna frase recurriría a la improvisación. Tenía muy claro el camino que debía seguir.

Saqué los cerdos de tela de la maleta, los coloqué siguiendo el esquema que había ensayado en casa, y todos empezaron a soltar carcajadas. Hacía como que se me había olvidado la colocación correcta: ponía a los pequeños en primera fila, luego los cambiaba por el grande, y finalmente los medía con las manos. Di un paso hacia el público, ahora sólo aparentando cojear, y solté en voz alta la primera frase.

Jamás habría imaginado que entre el público había un periodista invitado por los obreros que redactaban los pasquines y que al día siguiente mi cara aparecería en el periódico más importante de la ciudad. Jamás habría imaginado que al cabo de seis meses dejaría la fábrica para dedicarme a la profesión de actor.

Me pasé años enteros yendo a estudiar por la mañana a la biblioteca del Palacio Real. Aprendí a conocer el mundo gracias a unos libros llenos de polvo que llevaban un número en el lomo y descansaban en una determinada estantería. No era el mundo real, sino su reconstrucción a través de las palabras.

El Davide que había dejado Tora iba desapareciendo, y en su lugar había otro que se compraba trajes nuevos, empezaba a ir a algunas fiestas y participaba de la vida de un país que tenía por delante un futuro brillante después del mal trago de la guerra.

Mi cuerpo había cambiado, ya era un hombre. Delgado, fibroso. Iba a una barbería en la Piazza del Plebiscito donde me cuidaban la barba y el pelo. Me decía a mí mismo que lo hacía por trabajo, pero era por vanidad.

Frecuentaba a muchas mujeres, dentro y fuera de los prostíbulos, pero no conseguía mantener una relación estable. Faltaba una pieza en mi interior, y ese vacío daba sentido a mi trabajo en el teatro. Ese vacío era mi motor.

Algunas mañanas me daba una vuelta por los bulevares del nuevo parque zoológico de Nápoles. Elefantes, jirafas, loros de colores brillantes, leones, tigres. Me fascinaban aquellos animales majestuosos, tan distintos de los que conocía cuando vivía en el campo. Los días laborables había pocos visitantes, y por la mañana me dedicaba a estudiar los tics de los animales que se pasaban el día entero metidos en una jaula. A veces esos tics eran los mismos que los de la cadena de montaje o de los pabellones donde el ritmo de trabajo era muy exigente. Hacía poco que habían inaugurado el zoo, una muestra más de esa modernidad feroz llegada tan de repente.

Era imposible no dejarse seducir por la liviandad que se respiraba en aquel momento. Una liviandad que yo nunca había conocido, una especie de borrachera colectiva. El modo de vestir había cambiado y la música también. Lo banal se había convertido en esencial.

A finales de enero de 1951, escuché por la radio en casa de una amiga la primera edición del Festival de San Remo. Nos mofábamos de aquellas melodías facilonas y de unas letras que parecían escritas por un niño, pero al día siguiente por la calle oías cómo la gente iba canturreando la canción ganadora.

Luego, cuando llegó la televisión, por la noche la gente se reunía para verla. Me preguntaba cómo acabaría el teatro y cuánto tiempo más resistiría yo con mi función, ahora que todos podían disfrutar de un espectáculo cada noche sin moverse de casa. El tiempo había ido pasando por mi vida y tenía la sensación de haberme quedado atrapado en algún lugar. Habían pasado doce años desde que llegara a Nápoles, y nada era ya igual.

Cuando me preguntaban de qué iban mis monólogos, yo contestaba que hablaban del tiempo que pasa, lo único de lo que se puede decir algo.

El primer teatro en condiciones donde actué no estaba lejos de la tienda en que había ensayado con Ferdinando y Claudia, que a lo largo de aquellos años se había convertido primero en una carpintería y luego en una tienda de fruta y verduras. Cada noche había espectáculos musicales; mujeres que cantaban canciones clásicas napolitanas y éxitos procedentes de América acompañadas por un piano. Giuseppina Acampora se convertía en Josephine Porà, Antonietta Maddaluno de repente era Antonya Bellaluna. El día que me propusieron cambiar de nombre, me negué. Cuando las cantantes se iban, en la sala quedaban cuatro gatos, casi siempre personas que no sabían adónde ir. Aquellos infelices fueron mi primer público. Un ejército de gente cabreada que necesitaba a alguien que hablara de lo suyo sin tapujos.

Tenía dos funciones cada noche, los siete días de la semana. En el primer turno era cuando había más gente, así que recitaba algunos fragmentos de Scarpetta y De Filippo. Ferdinando me hubiera tildado de traidor, pero eso entraba en mi contrato y aquellas piezas me sirvieron de entreno para estimular la risa del público. Era trabajo, oficio, estudio de los cuerpos de aquellos desconocidos que tenía sentados ahí delante y de mi propio cuerpo. Cuando me ponía la máscara de Polichinela, me convertía en alguien feroz, petulante. Me sentía protegido y encubierto por la máscara. En el segundo turno, al que acudía el público más infeliz, me la quitaba.

Ganaba menos que en la fábrica de cerámica Mollica de Capodimonte. El propietario del teatro a veces me hacía llegar al camerino un plato de espaguetis o me dejaba prendas que él ya no usaba.

Sólo al cabo del tiempo me quité definitivamente la máscara de Polichinela; eso fue cuando el número de espectadores del segundo turno igualó al del primero e incluso lo superó. Durante un tiempo titulé el espectáculo «A calzón quitado».

El propietario del teatro subió el precio de la entrada, pero la gente seguía viniendo. Ya no me hacía falta trabajar cada día, y durante aquellos inesperados momentos de libertad aprovechaba para dar vueltas por la ciudad y entrar en los nuevos bares recién abiertos en el barrio histórico.

Me había quedado solo en el teatro, sumergido en la oscuridad y el silencio de mi camerino. Crucé el pasillo interior y salí por la puerta de atrás. En la Via Toledo ya no quedaba nadie. Fui caminando hasta la cantina de los Barrios Españoles. La campanilla puesta encima de la puerta hacía que todo el mundo se quedara mirándote cuando entrabas, y Emma, al verme, enseguida se me acercó.

—Es tarde —dijo—. Vienes a deshora.

—Me he entretenido en el camerino. Creo que el portero sólo esperaba que saliera para cerrar el teatro.

—Otro que te odia. Pareces cansado. —Emma alargó un brazo y le dio un toque al mechón que me caía en la frente. Un gesto rápido y maternal—. ¿Qué tal ha ido? —me preguntó; luego, sin que me diera tiempo de contestarle, añadió—: Hoy decido yo por ti. Vas a tomar una escalopa al limón. —Y se sentó un momento en la silla al lado de la mía.

—Tienes la cara igual de blanca, con y sin maquillaje.

—Sólo es cansancio. Duermo poco.

—No paras de contarme la misma historia desde que te conozco.

Observaba a la gente en el restaurante. Solía memorizar sus tics. Un hombre que cortaba la carne en porciones ridículas y las disponía de forma simétrica en el plato. Una pareja de mediana edad, muy elegantes ellos, que no hablaba. Todo se convertía en parte de mi espectáculo. Al cabo de unos instantes Emma volvió a mi mesa.

—Davide, hay una persona que ha preguntado por ti. Es una mujer, ahí en la entrada.

—¿La conoces? —pregunté.

—Ha dicho que se llama Immacolata.

Eché una mirada a la puerta, donde la mujer esperaba.

—Dile que pase.

Vi a Immacolata abrirse paso entre las mesas, escogiendo el recorrido más largo para ganar unos instantes, lo cual significaba que para ella tampoco sería algo fácil. Había conservado tan pocos recuerdos que no conseguía comparar a la chica de la fiesta de nuestro compromiso con la mujer que iba aproximándose a mi mesa. Creí verla más delgada y con la piel mejor cuidada. En conjunto, diría que más hermosa. Hay cuerpos que tienen que esperar el fin de la adolescencia para mostrarse en todo su esplendor. Incluso pensé que nuestra relación fallida de alguna manera la había beneficiado.

De repente, la tenía frente a mí. Me levanté y ensayé una pequeña reverencia, un gesto que me salía muy bien.

—Immacolata... —dije.

—No te molestes.

—Siéntate.

—¿Puedo?

—Desde luego. Estoy solo. ¿Te apetece comer algo?

—Ya he cenado, gracias.

No sabía qué decirle.

—Te he visto y he entrado —comentó.

—Bien hecho.

—Mentira... He ido siguiéndote hasta aquí y he entrado.

Vi tu fotografía en el cartel del teatro. Quería comprar una entrada, pero era demasiado cara. Me esperé a que salieras y te he seguido.

—¿Te hace falta dinero?, ¿necesitas algo?

—No me hace falta nada —contestó.

—Disculpa, no quería ser inoportuno. ¿Sigues viviendo en Tora?

Me clavó la mirada unos instantes antes de contestar:

—Mi marido es el encargado de una fábrica de zapatos; vivimos en Aversa, pero hemos venido a Nápoles porque sus padres tienen problemas de salud. La vejez es mal asunto.

—Espero que no sea nada grave.

Se acercó a mí con todo el cuerpo, como si quisiera darme un consejo en voz baja:

—Deja ya de actuar, que no estamos en un teatro.

—Perdona, pero no sé qué decir.

—Entonces calla.

—Pues vas a tener que explicarme por qué te has sentado aquí.

Ya no era la chica que se había sonrojado mostrándome la habitación de los niños.

—Yo también trabajo, ¿sabes? En una fábrica de conservas. Salsa de tomate... —especificó en dialecto—. Me duele la espalda, y a veces me duermo en el bus que nos lleva de la estación a la fábrica, pero no me puedo quejar, que ha habido días peores. Por ejemplo, cuando pensé que te habías marchado por mi culpa.

—Siento lo que hice, y no fue por tu culpa. Era joven, Immacolata. Hoy me portaría de otra manera.

—Te fuiste cuando desapareció el chico judío. Al principio pensé que lo habías hecho porque no querías un compromiso conmigo. Yo también era joven y no atinaba. Pero fue por él.

Me pregunté cuánto había tardado en preparar aquel discurso y cuántas veces lo había ensayado.

—Yo también quería irme, pero me faltaba valor. Tuve que casarme para conseguirlo. —Su voz era vehemente, pero firme. Sabía muy bien qué decir—. Te buscamos en el bosque. Yo creí que habías muerto. Tenía esa esperanza, la de encontrarte colgando de una rama o con la cabeza metida en el arroyo. Muchos pensaron que te habías aprovechado de mí y luego si te he visto no me acuerdo.

—Siento que sufrieras tanto por mi culpa.

—Aunque ahora vayas de señorito, los dos venimos del mismo lugar. Tu madre casi se vuelve loca de dolor, luego se convenció de que estabas muerto y te habían enterrado en el campo. Y al cabo de unos dos meses también desapareció la otra.

—¿A quién te refieres?

—A Teresa.

—¿Desapareció? —pregunté con voz algo rechinante.

—Puedo decirte que ahora vive en Nápoles. Tiene marido e hijos. Trabaja de enfermera.

De repente se levantó.

—¿Qué sabes de mi familia? —pregunté.

Me miró, escudriñándome casi.

—¿Hablas en serio cuando dices que nunca volviste?

No contesté.

—No es normal que uno se vaya y desaparezca para siempre. Mi padre hace tiempo me contó que se fueron del pueblo, pero no sé adónde. —Volvió a mirar mi traje y concluyó—: Ahora tengo que irme. Cuando vivíamos en el pueblo, no hacíamos nada a derechas, pero no sé si ahora estamos mejor.

Se encaminó hacia la salida, pero después de dar unos pasos se giró.

—Una última pregunta.

—Dime.

—Te vi mientras venías caminando hacia aquí. ¿Cómo es que ya no cojeas?

Pegados a la pared del pasillo del pabellón de Ortopedia había unos radiadores blancos. El calor había consumido el barniz y en las esquinas asomaba el color natural del hierro. Fui sin pedir cita previa, como de costumbre. Hacía mucho que no nos veíamos. Algunas veces, el doctor Marino me había esperado a la salida del teatro. Nos íbamos a un pequeño bar con una terraza que daba a la calle. Él pedía un digestivo y yo un agua tónica. Se entretenía con los camareros, haciendo un montón de preguntas a propósito de los distintos digestivos, y finalmente pedía dos «para compararlos».

Pasó el tiempo; él tenía cada vez más compromisos y yo también había cambiado. Frecuentaba sólo gente relacionada con el teatro, actuaba dentro y fuera del escenario. Me daba la sensación de que algo en mi interior había ido devorándome. En ese momento de mi vida no me faltaba de nada, y sin embargo seguía tan perdido como el primer día.

Esperé en el pasillo a que terminaran las visitas, y en cuanto se abrió la puerta del ambulatorio, procuré que el doctor Marino me viera.

—Querido Davide, el horario de trabajo se ha acabado, pero siempre queda un hueco para una estrella del teatro.

—Esta vez no pensaba visitarme —dije.

—Ven, que te dé un abrazo. Qué ganas tenía de verte... Te encuentro estupendo. Y lo de ser una estrella no me lo he inventado yo, lo dicen los periódicos.

—Pasaba por aquí y quería saludarle.

Di unos pasos hacia él. Ya sabía que estaba examinando un punto determinado de las caderas y que luego seguiría con la mirada el movimiento de mis pies. Intenté no mostrar una postura desgarbada ni falsear la andadura.

Me senté en una de las sillas frente a su escritorio.

—De no haberme tropezado con usted, mi vida habría sido muy distinta.

—No exageres. Receto plantillas y enseño a los niños a sentarse con la espalda recta —me contestó sonriendo.

—He venido a pedirle un favor —le solté, intentando como siempre ir al grano.

—Por como hablas, parece algo importante. A ver si puedo echarte una mano.

—¿Existe una lista con nombres y apellidos de todas las enfermeras?

—¿De este hospital?

—De todos los hospitales de Nápoles.

Soltó un suspiro.

—Vaya... Éste es un asunto muy complicado.

—Pues sí. Yo le dejo en un papel el nombre de la persona que busco y a lo mejor a usted se le ocurre a quién preguntar. Tal vez sea sólo una cuestión de tiempo.

—¿Sabes al menos en qué unidad trabaja? Eso me ayudaría.

—Sólo sé que trabaja de enfermera.

—Eso es tanto como buscar una aguja en un pajar. Haré lo que pueda.

Apunté en un papel «Teresa Glicine».

Era la primera vez que escribía su nombre y apellido. Resultaba increíble que no lo hubiera hecho antes, en Tora, cuando estaba encerrado en el chiquero, buscando palabras para ejercitarme. Deslicé la hoja encima de la mesa, él leyó lo que había escrito, manteniendo el papel levantado más tiempo del que correspondía, quizás para volver a leerlo, y finalmente lo dobló.

—¿Es urgente? —me preguntó.

—Llevo años esperando. A estas alturas creo que ya no hay prisa.

—Parece todo lo contrario.

Aquella misma noche me encontré por casualidad con una periodista que me había entrevistado la semana anterior. Se llamaba Irene y hacía tiempo había publicado artículos donde hablaba de mi trabajo. Era fácil cruzarse con ella en los bares del centro histórico o cerca de la Piazza del Plebiscito. Yo la llamaba «el animal nocturno». Ella también era un culo de mal asiento. Cuando estabas a su lado, notabas algo parecido a una vibración, pues se pasaba la vida yendo de un sitio a otro sin encontrarse a gusto en ningún lado. El coto de caza para su material periodístico eran los locales nocturnos. Me habló de un artículo en el que estaba trabajando y mientras charlaba movía la muñeca atiborrada de pulseras de metal y marfil.

—Aún recuerdo tus primeras actuaciones en aquel teatro desierto. Lo hacías fenomenal, pero, francamente, pensé que no aguantarías, como tampoco aguantaron los demás.

—Gracias por la confianza —dije.

Estábamos sentados a una mesa que daba a la calle.

—He visto desaparecer a muchos, pero tú has aguantado el tirón. He pensado muy a menudo en ti. Lástima que seas tan joven... —me soltó, riéndose—. Por Dios, que se me ha subido la bebida a la cabeza. —Movió la mano en el aire como si estuviera borrando algo de una pizarra—. Olvídate de todo lo que te he dicho —concluyó.

Ciertos días, el cielo de Nápoles podía teñirse de un color azul extraordinario, lo mismo que el rosa de las puestas de sol. Yo seguía pensando que la ciudad era tortuosa y negra, al contrario de como la describía la gente que vivía allí desde siempre.

De repente, alguien llamó a Irene. Estaba acostumbrada a sonreír en cuanto alguien pronunciaba su nombre.

—¿Qué tienes pensado para después de este espectáculo? —me preguntó.

—Aún no lo tengo decidido —le contesté—, pero creo que me quedaré mucho tiempo en barbecho. Eso es lo único que tengo claro.

—Siempre traes un aire tristón, como de otros tiempos.

—Una sombra de tristeza te ayuda a mantenerte joven, ¿lo sabías? Los chavales siempre andan algo tristes.

—Yo soy la mujer más triste y sola del universo. Me caigo a pedazos. Mira mi cara —me dijo, soltando otra carcajada—, pero basta ya de copas, que si no esta noche no voy a encontrar el camino de casa.

A todas ésas, se le había acercado una mujer. Llevaba un vestido azul celeste, ancho, como si hubiera comprado expresamente una talla más de lo que le correspondía, siguiendo quizás los dictados de una nueva moda surgida en Londres.

—Ven —le dijo Irene—, siéntate aquí con nosotros.

—Me quedaré poco rato, que mañana mi despertador suena temprano.

—Qué sosos sois los que vivís de día. Quédate, aunque sea un momento. —Y, señalándome, añadió—: Te presento a Davide.

—Ya sé quién es —replicó la mujer, tendiéndome la mano—. Me llamo Agnese. Tengo que estar mañana por la mañana en la redacción del periódico de Roma y por la noche iré al espectáculo de una nueva compañía. Por cierto, se llama tal cual: «La compañía».

—¿Sólo eso?

—Sí. Están despertando mucha curiosidad en la capital. Sus representaciones son un dislate, no tienen guion. El espectáculo se anuncia con muy poca antelación. Por eso me marcho deprisa y corriendo.

—¿Por qué tanto misterio? —pregunté.

—Dicen que todos los actores son judíos y fueron deportados.

Tragué saliva, sin querer.

—¿Una elaboración colectiva? —comentó Irene.

—Es posible —respondió Irene, que mientras tanto había picado una oliva de nuestra mesa—. Dicen que algunos se quedan callados todo el rato, otros describen su vida de antes. Y eso es lo que más impresiona, porque antes todos éramos iguales.

—¿Viven en Roma? —pregunté.

—No sabría decirte. Llevan un número tatuado en el brazo y lo usan para identificarse.

—¿Han renunciado a su nombre?

—Han redactado un manifiesto. Dicen no haber tenido nunca otro nombre que aquellos números tatuados en el brazo. Hablan de la vida de antes como si fuera un sueño, algo que nunca sucedió realmente.

Agnese gesticulaba, miraba a diestro y siniestro, se comía nuestras olivas. Yo, de repente, me sentí vivo y lleno de miedo; los recuerdos se me echaron encima juntos y revueltos.

El tren que iba a Roma salió con veinte minutos de retraso, sin que nadie diera explicaciones.

Yo no tenía prisa por llegar. Por lo visto, era el único que no se preocupaba por eso en todo el vagón, y cuando el tren arrancó, me pregunté por qué razón me empeñaba en creer que Nicolas aún estaba vivo después de tanto tiempo. Puede que lo hubieran fusilado o que consiguiera escapar y no tuviera ningunas ganas de volver a verme. Sin embargo, aunque pensara que nuestros destinos se habían separado para siempre, no dejaría nunca de buscarlo.

En el asiento de enfrente iba una mujer.

—¿Le importa que abra la ventanilla? —me preguntó.

Bajó el cristal y el viento le removió el pelo. Llevaba una falda gris y larga, y al cruzar las piernas asomaron los tobillos. Estudié los rasgos de su rostro mientras ella se entretenía leyendo una revista. La nariz recta, la línea severa del flequillo y la gabardina verde revelaban a una mujer que nunca pegaría la hebra con un desconocido. Desde que supe que Teresa podía andar cerca, el recuerdo de su cuerpo había surgido de las honduras de mi memoria, como si siempre se hubiera quedado ahí agazapado.

El tren se paró en la estación de Formia. No era una parada prevista.

Un empleado de los ferrocarriles cruzó nuestro vagón.

—¿Vamos a quedarnos mucho tiempo aquí? —preguntó un pasajero sentado a nuestro lado.

—Estamos esperando a que nos digan cuándo vamos a reemprender la marcha. Ha habido un accidente más adelante, un coche ha acabado en las vías del tren.

El pasajero sacó un paquete de cigarrillos de la maleta y encendió uno. Daba caladas muy cortas y seguidas, sin quitarse el pitillo de la boca. La ceniza emitía destellos intermitentes. Estudié ese movimiento y lo imité. Me llevé a la boca un cigarrillo imaginario y decidí que sería un gesto interesante que podía proponer en el monólogo. Tendría que ensayar para transmitir la sensación de la boca llena de humo, pero incluso la frase «A qué hora sale este tren» me parecía un arranque que valía la pena aprovechar.

En la estación de Roma cogí un taxi para llegar hasta el teatro donde la compañía se reuniría para ensayar. Había actuado en Roma más de una vez a lo largo de aquellos años, aunque con menos éxito que en Nápoles. «Nápoles es un mundo aparte», solía decirme el propietario del primer teatro donde había trabajado. Acabado el espectáculo, siempre iba a cenar con alguien y me pasaba toda la noche enterándome de lo que se cocía en los teatros romanos, así que estaba al tanto de que la ciudad era un ir y venir de corrientes siempre nuevas. Cuando me alejaba, conseguía ver Nápoles con mayor claridad.

—Hemos llegado —me dijo el taxista, que había conducido todo el rato sin hablar. El teatro aún estaba cerrado.

—¿Dónde puedo comer algo? —pregunté.

—Por aquí no hay restaurantes, pero va a encontrar unos cuantos bares donde hacen bocadillos. Un poco más adelante en esta misma calle hay uno.

El bar que me había indicado el taxista estaba más cerca

de lo que suponía. Desde ahí podía vigilar la entrada del teatro. Mientras me miraba sin ganas el bocadillo de jamón que una camarera muy joven me había servido en un plato, a través del cristal vi a una mujer que abría la puerta de entrada. Al cabo de poco tiempo llegaron otras personas. Las estuve mirando atentamente, luego pagué y me encaminé hacia allí con las piernas flaqueándome.

El teatro era pequeño, y en lo alto había unas ventanas grandes tapadas con tela negra para evitar que entrara la luz de la calle. Busqué asiento en las últimas filas. En el escenario había seis personas, cuatro hombres y dos mujeres. Aun teniendo en cuenta que hubiera podido cambiar mucho, estaba seguro de que ninguno de los cuatro hombres era Nicolas. Se habían colocado simétricamente en dos filas, separados a un brazo de distancia unos de otros. Era una disposición fácil y previsible, pero tenía empaque. Los seis, formando una malla, constituían un solo organismo.

Mientras ellos iban recitando sus monólogos, yo sentí cómo la oscuridad calaba en el teatro envolviéndolo todo: los coches, los edificios del barrio, las vías del tren, que posiblemente estarían cerca, y a mí, que como único espectador tenía que hacer frente a todo el impacto dramático. Después de escucharlos, nada quedaba a salvo. Todos los relatos se habían fundido en una única historia que me dejó con los brazos temblando. Nunca supe si se habían dado cuenta de mi presencia.

Sólo su prolongado silencio me convenció de que el ensayo había terminado. Volvieron a ponerse la ropa que llevaban al entrar y se dirigieron a la salida sin pararse a charlar un rato. Decidí acercarme a la primera mujer que había visto, la encargada de abrir el local. De su gesto tan normal y corriente había deducido que posiblemente tuviera un rol marginal y que su historia fuera diferente y menos dolorosa. Tenía unos brazos muy delgados, y vista de cerca resultó ser mayor de lo que había imaginado. Su cuerpo aniñado me había confundido.

—Buenos días —dije.

Sólo en ese momento pareció darse cuenta de que yo estaba allí. Se había sentado detrás de una pequeña barra junto a la puerta, donde se vendían las entradas, y estaba reordenando unos papeles.

—Hola —me contestó.

—He asistido a vuestro ensayo. Quizás no debería haberlo hecho. Entré sin pedir permiso.

Ella, sin molestarse en torcer la cabeza, dijo:

—Todo el mundo puede entrar, no se disculpe usted. Por lo general viene bastante gente. ¿Le ha gustado?

—Me ha gustado, pero necesito tiempo para estar seguro de lo que digo. Soy un espectador lento en mis juicios.

—Algo es algo. Creo que ésta puede considerarse una valoración positiva.

—Diría que sí.

—No es un espectáculo entretenido, y, a fin de cuentas, puede que ni siquiera sea un espectáculo. A estas alturas, imagino que ya lo tiene claro.

Era como si los dos siguiéramos las pautas de un guion.

—Pero usted ha venido por otro motivo —añadió.

—Sí —contesté, sintiendo que me habían pillado.

—Les pasa a todos los que vienen a vernos. ¿Qué quiere saber? Quizás se pregunte si todo es verdad. ¿Es eso lo que le interesa?

Hubo un instante de silencio.

—Estoy buscando a una persona —dije.

Repetía esta frase por segunda vez en pocos días.

—¿Es un actor?

—Ni siquiera sé si acabó en el lugar donde estuvisteis vosotros. Tal vez, pero el mío sólo es un intento de búsqueda.

—Aquí no hacemos demasiadas preguntas. El nuestro es un grupo abierto. A veces la razón por la cual estas personas vienen a contar su historia no la pueden entender los demás, ni siquiera ellos mismos la saben.

Le dije el nombre de Nicolas, de su padre, y le conté lo que sabía de su familia.

—Pues no voy a poder ayudarle —comentó la mujer—. Aquí nadie sabe el nombre de los demás. Usamos los últimos tres números para dirigirnos unos a otros.

La mujer se subió la manga del jersey y me mostró el tatuaje que llevaba en el antebrazo.

—Yo soy el 149. Así es como me llaman los demás.

No sabía qué decir.

—Pero si ha venido hasta aquí, tiene que ser algo importante para usted —dijo la mujer.

—Busco a esa persona porque no hay manera de que deje de buscarla.

—Entonces le deseo que pueda decírselo en persona.

Le tendí la mano sin estar del todo seguro de que correspondería a mi gesto. Tras pensarlo un instante, dejó que su mano huesuda buscara refugio en la mía. Le pedí disculpas por no poder asistir a la representación de aquella noche y le hablé de mi dedicación al teatro.

Salí de Roma aquel mismo día con el primer tren de la tarde. Mientras regresaba, me convencí de que Nicolas había muerto y de que el viaje a Roma había sido una elaboración de mi duelo. El viaje, la función, el trecho que recorrí andando hasta la estación, todo me parecía la metáfora de un entierro a deshora. Quizás no lo estuviera buscando; sólo quería hablar de él con alguien, proclamar en voz alta que lo había conocido, que su ausencia me había dejado una herida que nunca sanaría.

Cuando el tren entró en la estación de Nápoles, me sentí liberado.

En las semanas que siguieron acabé la redacción del nuevo monólogo, aunque no supiera bien dónde acabaría yo después de lo que percibía como mi último espectáculo.

Pasé la velada en un bar de la Via Partenope con Irene y unos intelectuales amigos suyos que venían de Milán. Había una chica joven, Sofia, con quien estuve charlando un buen rato. Era una mujer sensual y llevaba un vestido que dejaba la espalda al descubierto. Había vivido un largo periodo en España; estaba interesada en los movimientos artísticos que circulaban por Europa en aquella época e iba a escribir un ensayo a propósito del tema.

—Mi amiga no te quita los ojos de encima, Davide —soltó Irene. Sofia se sonrojó, pero yo estaba cansado y harto: detestaba los discursos que tenían que ver con el arte o el teatro con consignas políticas. Prefería los mensajes que los obreros de la fábrica de cerámica imprimían en los pasquines: «Que se jodan los patronos», «Sabotaje a las máquinas», «Paremos la producción». Después de trabajar diez horas seguidas a cargo del horno o del proceso de barnizado, no les quedaban fuerzas para gastar demasiadas palabras, sólo las indispensables.

Cuando dije que me iba, vi a Sofia poner mala cara.

—Quédate un rato más, Davide —dijo Irene—. No irás a marcharte justo ahora.

Lo único que me apetecía de verdad era caminar.

Al llegar a casa, encontré al doctor Marino arrodillado en el suelo, a punto de deslizar algo por debajo de mi puerta.

—Mira tú quién anda por aquí. Ya no tengo edad para ir deslizando papeles bajo las puertas, pero de joven lo hice más de una vez. Cuesta creerlo, pero escribía unos poemas horribles que luego entregaba a las chicas de las que me había enamorado. A menudo los padres o los hermanos los interceptaban y tenía que desaparecer de la circulación durante un tiempo.

Le tendí la mano para ayudarlo a levantarse y él la agarró.

—Pensaba que estarías en casa.

—Pase, por favor.

—No quisiera molestar.

—No es ninguna molestia. Tengo guardado un digestivo que va a gustarle. Ya sabe que yo no tomo alcohol, y no sé si es tan bueno como dicen. Me lo han regalado unas personas que vinieron a ver el espectáculo.

—Está mal que lo diga, pero a mí también me pasa; algunos pacientes me regalan botellas de vino u otros platos caseros. No veo la razón de rechazar esos regalos.

Entramos y él se sentó en la única silla que había en el comedor.

—Por lo visto te gusta recibir a gente...

Miró a su alrededor como si intentara comprender la relación entre mi persona y los pocos muebles que veía. Ya estaban en el piso cuando me había trasladado ahí, y durante todos aquellos años no había sentido la necesidad de comprar nada nuevo.

—Que sepas que más de una vez me he preguntado qué tipo de vida llevabas, Davide. Siempre has sido un sujeto misterioso y lleno de fuerza. Incluso llegué a envidiarte.

—Usted no tiene nada que envidiarme a mí —dije.

—No me malinterpretes; no cambiaría mi vida por la de nadie. Me ha costado mucho tiempo llegar a convertirme en la persona que me proponía ser.

—¿Eso significa que según usted la fuerza sirve para elegir quién queremos ser?

—Debería darle un par de vueltas, pero creo que la respuesta tiene que ver con el futuro. Y con el miedo.

—¿Miedo a qué? —pregunté.

—Tu miedo de ahora, sin ir más lejos. En este papel traigo la información que me pediste, pero no tienes agallas para mirarlo.

Durante toda la conversación, la hoja con la información que tanto deseaba había descansado en sus manos.

—Hay que ver cuánto miedo te da esa persona... —comentó el doctor Marino.

—Sólo lo que nos da miedo resulta atractivo —contesté.

Le serví el digestivo en un vaso; el doctor lo estuvo paladeando e hizo una mueca para apreciar a fondo el fuerte sabor.

—Quien te lo regaló sabía lo que se hacía. Es realmente espléndido. He aquí una buena razón para venir a tu casa.

—Lléveselo, yo no lo voy a tomar. Me encantaría que lo tuviera usted.

—No, si me lo llevara, me lo acabaría en un santiamén. Si lo guardas tú, tendré una buena excusa para venir a verte. —Mientras iba hablando, Marino se dirigió a la puerta para marcharse—. En cuanto a la información —añadió—, sólo te pido que no me pongas en un compromiso.

Cuando me quedé solo, desplegué la hoja. Encontré el nombre de Teresa seguido de su apellido escritos con mi letra, y debajo, el pabellón y el hospital donde trabajaba escritos con la letra del médico, que conocía muy bien.

Durante aquellos años, había pasado frente a ese edificio muchas veces; puede que nos cruzáramos sin que yo me diera cuenta.

Rompí el papel en cuatro pedazos, lo tiré a la basura y fui

a tumbarme. Las ventanas estaban abiertas y me llegaba la música de un bar a lo lejos. Alguien me había contado que Nápoles era el barrio más al sur de Nueva York o la ciudad que quedaba más al norte de todas las capitales africanas.

De madrugada volví a la cocina y recogí de la basura los cuatro pedazos de papel. Acerqué las partes hasta hacerlas encajar y luego las fijé con unos clavitos en una tablilla de madera.

Tuve la sensación de no tener ninguna posibilidad, de no haberla tenido nunca.

Durante todos aquellos años había desfilado por mi mente desde todos los ángulos posibles la imagen de Teresa desnudándose delante de los dos, Nicolas y yo. Recordaba la precisión del movimiento con que había dejado resbalar el vestido, el primer intento titubeante de taparse el sostén con las manos, para luego ofrecerlo a la vista de Nicolas, y finalmente el salto desde la plataforma de madera, que era una invitación a seguirla. Una declaración de amor magistral: por ti renuncio a la tierra firme. Ésa era la imagen que yo perseguía durante mis actuaciones, sin llegar nunca al esplendor de las piernas que patalean antes del impacto con el agua. Había repetido ese salto infinidad de veces frente a un público distraído, somnoliento, a ratos atento, sin conseguir nunca transmitir de verdad la grandiosidad del gesto, su valor. Sin tener nunca la certeza de que los demás se tirarían de cabeza acompañándome.

Aquel salto de Teresa me daba vértigo. Es la imagen más auténtica que he tenido nunca de una mujer.

Frente a la entrada del hospital había un jardín con un bulevar y dos hileras simétricas de bancos de piedra oscura y porosa. En los tenderetes del mercado instalado ahí cerca se mezclaba el ir y venir de los enfermos con la gente que compraba carne plagada de moscas, fruta, verdura, pasta a granel, frascos de aceite, zapatos de segunda mano. Deduje que Teresa pasaría por ahí; aun teniendo en cuenta que el hospital disponía de otras muchas entradas secundarias, lo más probable era que utilizase la puerta principal. Podría ser que ella estuviera trabajando en su pabellón y lo mejor fuera aparentar un encuentro casual, como si actuáramos en un escenario: un hombre se despierta una mañana con un extraño bulto en el pecho; al acudir al hospital descubre que la enfermera dispuesta a atenderlo es la mujer de la que está secretamente enamorado, y ella le comunica que para salvar su vida es necesaria una intervención urgente en la que van a extirparle el corazón.

Para bien y para mal, decidí quedarme sentado en el banco, entre el ir y venir de la gente, con un periódico en la mano del que no había leído ni una sola línea. Tras pasar la mañana entera en aquella posición, me fui. Tal vez no quisiera de verdad dar con ella. En los días siguientes renuncié, pero el trabajo que hacía con las palabras, mi continuo echar mano de la memoria, la asfixiante búsqueda del chascarrillo más ocurrente, me obligaban a volver a esos lugares de la mente donde las aguas nunca están calmadas.

Volví entonces al hospital, intentando una vez más imaginar a la mujer que sería ahora, después de más de diez años. Sin embargo, cuando la vi caminando rápida entre el gentío que se dirigía hacia la entrada, lo primero que hice fue anteponer el recuerdo a la imagen real. La gabardina a la moda me hizo pensar en una mujer en cierto modo pendiente de la opinión de los demás.

Al verla pasar me quedé clavado en el banco, y en ese

momento pensé que no querría verme. Era más que una hipótesis. A lo largo de los años, los periódicos habían publicado artículos con mi foto, y en la vitrina de cristal colocada en la entrada del teatro a menudo anunciaban el espectáculo poniendo mi nombre.

Miré su espalda y su cuello, el bolso de piel desgastada en las esquinas, la textura muy tupida de las medias negras. Luego, de repente, se detuvo, como si yo hubiera pronunciado su nombre a voz en grito. Se quedó clavada. ¿Durante cuántos segundos? Menos de los que había empleado en lanzarse de la plataforma aquel día. No hacía falta tanto valor ahora. Se dio la vuelta y vino andando hacia mí con paso titubeante. Se colocó a mi lado en el banco, como si lleváramos ahí sentados más de diez años sin dirigirnos la palabra.

—Acabo a las cuatro. Hay un bar en la salida de atrás. Tienen una sala interior con mesas en el piso de arriba. Si te parece, podemos vernos ahí. Aquí lo tengo complicado para quedarme.

—Vale; nos vemos más tarde donde me has dicho.

Se levantó y se fue a paso ligero, intentando recuperar los instantes perdidos.

Repetí mentalmente las instrucciones que me había dado. Parecíamos dos espías.

Me dirigí al bar donde íbamos a encontrarnos. Me senté a una mesa cerca de un ventanal enmarcado por un armazón de hierro pintado de verde y pedí unas hojas y un bolígrafo a un camarero, comprometiéndome a pagárselas; acto seguido empecé a tomar apuntes, esperando a que fueran las cuatro. Me espoleaban las dos frases que acabábamos de intercambiarnos. Al mediodía me comí medio sándwich, observando con atención el trasiego de la gente.

Poco después de las cuatro, Teresa subió los peldaños que llevaban al piso de arriba y vino a sentarse a mi mesa. Dejó el bolso en una silla vacía y echó un vistazo a las pocas líneas que llevaba escritas en la hoja.

—Sólo hay un médico capaz de ese tipo de intervención en una pierna —dijo.

—¿Conoces a Marino? —pregunté.

—Es amigo de mi marido. Hace tiempo, durante una cena en Ischia, oí que hablaba de ti con él. No sabía que fueras tú, pero todos los detalles que iba dando me llevaban en una única dirección. Me pareció increíble.

—Fue él quien se ofreció a operarme. ¿Qué decía?

—¿Quieres saberlo?

—¿Por qué no?

—Nunca acabas de conocer de verdad a nadie —comentó con un suspiro.

—¿Qué decía?

Metió la mano en el bolsillo, buscando algo.

—Empezó hablando de un actor que venía de fuera y tenía un repertorio basado en la historia de un tipo que era porquero. Le divertías tú, tu dialecto raro y las historias extravagantes que ibas contando en voz alta.

—No hay nada de malo en eso.

—Hablaba conmigo sin darse cuenta de que tú y yo tenemos el mismo acento. Nunca le he dicho a nadie que te conocía.

—¿Por qué?

—No lo sé. Era difícil de explicar. A veces vuelves a mi mente, pero no sabría explicarte cómo. Quizás no debería decírtelo... —Se calló un instante, moviendo los dedos alrededor de una pulsera—. Fui al teatro a verte. Estaba con mi marido. Todo me resultó extraño. Al principio no conseguía entender las palabras, porque la emoción de volver a verte se imponía a todo. Tú contabas la verdad y los demás creían que estabas actuando.

Se quedó un momento con los ojos cerrados; bien mirado, no es que hubiera cambiado tanto. Quizás los brazos, ésos sí, más delgados, nerviosos. También el pelo era distinto; le tapaba las orejas, modificando el contorno de ese rostro que me sabía de memoria. Era un corte que se veía en los anuncios de los productos para el cuidado del cabello. Teresa llamó a un camarero y pidió que le trajera agua con gas. Le dio dos veces las gracias.

—¿Cuánto tiempo puedes quedarte? —pregunté.

Lo dije atropelladamente, y Teresa ni siquiera se molestó en contestarme.

—No sé cómo te las has ingeniado para encontrarme. Puede que Marino te haya hablado de mí, pero eso ahora no viene a cuento.

Al cabo de un rato me soltó:

—¿Eres feliz?

Aquellas palabras me confundieron.

—Nunca me lo he preguntado.

Miró en dirección a la salida. Yo oía a unos camareros hablando en un cuartucho. Teresa se tocó los labios con la mano izquierda, pellizcándolos.

—Me imagino que estarás preguntándote por qué nunca te he buscado —añadió.

—No tenías por qué.

—Pues te equivocas. Y no sabes cuánto —contestó, respirando fuerte por la nariz.

—No sabría decirte si soy feliz —solté de repente, contestando con demasiado retraso a su pregunta.

Ella esbozó una sonrisa, la primera desde que había entrado en el bar, y yo sentí cómo se me deshacían las contracturas en la espalda. Por un instante quise creer que de alguna manera aún éramos los mismos y que toda la cháchara banal que estábamos intercambiando se evaporaría en cuanto uno de los dos abrazara al otro.

—Me fui de Tora con el pretexto de los estudios. Encontré alojamiento en un colegio de monjas. Era un lugar silencioso y me gustaba. Estudiaba para ser enfermera y la soledad que me rodeaba era tan grande que me costaba creerlo. En cuanto acabó la guerra, me fui a Roma y me quedé trabajando ahí un tiempo. Sólo después volví a Nápoles. Conocí a Carlo en el hospital donde trabajo ahora. Tiene bastantes más años que yo y es un médico muy apreciado, ha vivido en París y en Madrid. Le hablé de mi situación y con el tiempo nos fuimos acercando cada vez más. Al principio, sus amigos no me aceptaban. Pensaban que quería aprovecharme de él y quizás no andaban del todo equivocados. Una mujer sola con dos hijos que buscaba un cobijo seguro. Cuando el río suena, agua lleva, ¿verdad? Podrías usarlo en tus actuaciones.

Encendió un pitillo.

Me había equivocado de medio a medio. Los derroteros que tomaba aquella conversación no eran los que había imaginado durante tantos años. Debería haberle preguntado por la marca de los tirantes del traje de baño, saber si aún ahora el sol le dejaba un rastro que tardaría más de un mes en desaparecer. Averiguar si sabía quién les leía las cartas a los viejos del pueblo y si los operarios de la cordelería de su padre aún se acordaban de cuando ella quería aprenderlo todo. O quizás debería haberle contado que yo iba de bar en bar intentando enamorarme de una mujer que no fuera ella. En vez de eso, pregunté:

—¿Por qué aún no hemos hablado de él?

Se echó un poco hacia atrás en la silla.

—Sigues siendo el mismo, Davide. Has venido por eso, para hablar de él. —Tocó con la uña el vaso de agua del que sólo había bebido la mitad—. Fui yo quien lanzó la botella incendiaria contra la camioneta de los alemanes. Eran días complicados; el miedo a que descubrieran que Nicolas era judío me cegaba, aunque hubieran hecho desaparecer los documentos, aunque los del pueblo siempre los habían protegido. No sé qué mosca me picó; era joven, estaba cabreada... De haber podido, hubiera lanzado la maldita botella contra mí misma. Era la primera vez que oía una explosión. Un relámpago, y luego aquel sonido que aún hoy me parece oír cuando hay silencio.

—Me he pasado noches enteras imaginando qué habría pasado si no llego a convencer a Nicolas de que se trasladara de los molinos a Las cavernas —dije—. No debería haber tomado una decisión tan importante que tenía que ver con su vida.

—Después de que desapareciera, volví al molino para buscar algo, una carta, la página subrayada de un libro, cualquier cosa que estuviera impregnada de lo suyo, pero al llegar me lo encontré todo patas arriba. Tú tenías razón: el lugar no era seguro. La culpa sólo es mía: si no hubiera lanzado la botella, nada de lo que pasó luego habría sucedido.

Apartó un poco la silla de la mesa, y luego hizo el gesto de levantarse.

—¿No puedes quedarte un poco más? —dije.

—Tengo que ir a recoger a los niños.

Se apoyó en la mesa, dudando si irse o quedarse.

Sin embargo, no encontré las palabras para retenerla. Quería preguntarle por Nicolas, averiguar si sabía dónde se había metido, si había vuelto a verlo. ¿Tendría razón ella? ¿La había buscado para hablar de él?

A la semana siguiente recibí una carta de Teresa. Puede que la dirección se la diera nuestro amigo común.

> Te escribo para decirte que hay algo más de lo que tenemos que hablar. Ya te encontraré yo. Tú no me busques. Deja de hablar de mí en tus actuaciones. Si te empeñas en hacerlo, usa mi verdadero nombre.
>
> A mí tampoco me gusta la persona que viste el otro día; a veces tengo la sensación de que la vida me ha desfigurado. En cambio, me alegra saber que tú sigues igual que siempre. Aún llevas en tu interior la fuerza que sentí desde el primer día. Ahora está encarrilada, pero dentro de ti ya lo tenías todo.

Faltaban pocos días para el estreno del espectáculo y por las mañanas iba al teatro a ensayar. Con una tiza trazaba en el suelo del escenario unas líneas que iban componiendo rectángulos; en cada rectángulo se desarrollaría una parte del monólogo. Representaban lugares distintos, unos más inhóspitos que otros. La noche en que vi a los actores en la fiesta de Tora aprendí que cuando te las ves tú solo con el público, cualquier detalle cuenta. Si el escenario es tu mundo, más te vale conocer las regiones, las ciudades, las calles.

Durante los ensayos le pedía a todo el mundo que se fuera, y en cuanto me quedaba solo iba pisando los tablones del entarimado; de vez en cuando incluso los aplastaba con las manos para saber si chirriaban, otra de esas costumbres mías con que había ganado fama de ser un actor meticuloso y antipático. No me disgustaba que me consideraran un tipo poco sociable, pues en parte eso se correspondía con mi carácter y por otro lado estimulaba la curiosidad del público.

Había trabajado para hacer realidad el más ambicioso e inalcanzable de los deseos: ser otro.

Uno de los últimos días antes del estreno cambié de calle para acudir al teatro. Sentía la necesidad de alargar el trayecto para darle unas vueltas a ciertas ideas, y me encontré cerca de la Piazza Mercato, rodeado de gente con prisa que iba y venía de un tenderete a otro. De entre todas las voces de los vendedores, reconocí una que para mí era inolvidable. La furgoneta seguía siendo la misma, con unos años de más, pero limpia y reluciente en los puntos donde el metal se combaba. Sus reclamos no habían perdido fuerza y, comparado con los demás comerciantes, parecía un león aún vigoroso. Palos de escoba, resortes variados, pinzas, gomas para las cafeteras. Algunos productos más recientes habían sustituido la mercancía que era marca de la casa, y el contenido de la furgoneta se había adecuado a la nueva demanda.

—Recién llegado de América, damas y caballeros. Aquí sólo vendemos producción original americana. Estos enseres los compras hoy y te duran toda la vida.

La técnica seguía siendo la misma: se trataba de llamar la atención del público como si cada cliente potencial fuera único. Don Aniello Panzer era un vendedor cuerpo a cuerpo.

—Esta espléndida sartén americana es ideal para la señorita. Su marido la va a poner por las nubes. Raro sería que una *miss* tan guapa no tuviera un *husband* o un *boyfriend.* Yo diría que tiene al menos dos.

—Basta ya de la misma cantinela, don Aniè —soltó la mujer.

Don Aniello Panzer plantificó un beso en la palma de su mano y luego sopló en dirección a la mujer.

—Y esto se lo dedico a la más hermosa del mercado.

Me acerqué.

—¿Vende usted cuadernos? —pregunté.

Tenía la esperanza de que me reconociera y me preguntara qué tal me había ido desde que él me trajera a Nápoles.

—Cuadernos, cartabones, compases, lápices, hojas de dibujo, rotuladores, pintura al temple... Tengo de todo, caballero. Los cuadernos están en aquel rincón. ¿Cuántos quiere?

Miré la pila.

—Me hacen falta diez —dije.

—Con tanto cuaderno, se va usted a hartar de escribir...

—No son para mí. Se los llevaré a un chiquillo —contesté.

Le di el dinero.

—Sírvase usted mismo, caballero. Elija las tapas que más le gusten.

Mientras tanto, pasaba por ahí una mujer.

—¿Qué tal si se lleva a casa un bigudí americano? Con eso, basta y sobra para tener contento a su marido. Nadie se va a creer que una *miss* de tan buen ver no esté casada. ¿Ni siquiera un *boyfriend*?

Se encendieron las luces en el escenario e hice acto de presencia. El público aplaudió, yo di unos pasos rápidos hasta situarme en el límite de la tarima y empecé a soltar los primeros párrafos:

—Siento comunicar que la función de esta noche ha sido cancelada. En la taquilla les devolverán el precio íntegro de la entrada. Ha habido un contratiempo y he querido ser yo mismo quien lo anunciara. Lamento de veras las molestias, pero procederemos al reembolso. Les pido disculpas.

Pedí al técnico que encendiera las luces de la galería. Algunas personas se levantaron, volvieron a ponerse el abrigo y empezaron a dirigirse hacia la salida entre el público disgustado. Esperé a que los primeros llegaran a las últimas filas de asientos antes de continuar:

—A fin de cuentas, os habríais aburrido —dije—; el actor no habría hecho otra cosa que hablar mal de vosotros. Ya sabéis cómo se las trae. Ni siquiera imagináis cuán envidiosa puede llegar a ser la gente, y francamente les digo que ha sido imprudente por parte de ustedes comprar la entrada.

Algunos se quedaron quietos, sin saber bien si irse o volver a sus asientos.

—¿Es que entonces ha empezado el espectáculo? —preguntó un hombre que aún llevaba la americana en la mano.

—Yo mismo, cuando vuelvo a casa por la noche, siempre me pregunto si se ha acabado —contesté.

Apoyé la palma de las manos en mis ojos y los tapé. Lentamente fui encogiendo los dedos hasta formar dos círculos. Un binóculo. Los miré a todos. Luego moví las manos y las puse una delante de la otra, cerré un ojo y fijé la vista a través de lo que ahora era un catalejo.

Primero apunté hacia los palcos del teatro, luego hacia las primeras filas, y en la pequeña circunferencia de carne vi a Teresa. Las luces aún estaban encendidas. Uno de los dos hombres sentados a su derecha o a su izquierda sería el marido. Hice añicos el catalejo con un vistoso movimiento de las manos.

—Creo que ya podemos empezar.

Después de esa esa indicación, las luces se apagaron e hicieron su entrada en escena los cerdos. Funcionaban gracias a la energía eléctrica e iban deslizándose a lo largo de una vía. Los ojos habían sido sustituidos por bombillas y podían mover la cabeza de derecha a izquierda. Parecían tener vida propia.

Saqué a colación mi temario acostumbrado. La gente se reía y en apariencia todo iba bien, pero las palabras no resultaban tan mordaces como las había imaginado. El espectáculo no funcionaba y llevarlo a escena había sido un error.

Mediada la representación, estaba previsto que yo saliera unos instantes del escenario. Se trataba de fingir mi muerte por fusilamiento, y mientras los cerdos eléctricos seguían dando vueltas por la vía, desde los altavoces llegaba al público el «Lacrimosa» de Mozart para simular mi improbable ascenso a los cielos tras el correspondiente funeral.

Me fui al camerino y me tapé el rostro con una toalla. Pensé en la inutilidad de todas las palabras que había pronunciado hasta ese momento y de las que aún tendría que pronunciar. Oía a Mozart, que me llegaba desde el escenario, y sabía que no faltaba mucho para volver a escena.

Un asistente llamó a la puerta del camerino. Llevaba una nota en las manos.

—Me han dado esto para usted. Es urgente. Disculpe; ya sé que no quiere que le molesten, pero me han insistido mucho.

Cogí el papel y leí lo que llevaba escrito. Me quedé sin aliento.

> Ahora el invierno de nuestro descontento se vuelve verano glorioso con este sol de York, y todas las nubes que se encapotaban sobre nuestra casa están sepultadas en el hondo seno del océano.
>
> Éste es el fragmento que 245 repetía de memoria. La única vez que hablé con él me dijo que desaparecería para siempre en el pueblo con el nombre del libro. He ido dándole vueltas a esta frase, el pueblo con el nombre del libro, pero no he llegado a ninguna conclusión. Espero que esto pueda servirle de algo. Quizás se trate de la persona que usted busca.

Justo debajo había tres números: 149. Increíble. Era la firma de la mujer con la que había hablado en el teatro de Roma.

Sentí a la vez un dolor agudo y una gran alegría. Sólo Nicolas podía haber recitado aquellos versos, y enseguida se me ocurrió dónde se había retirado para desaparecer: en Tora, el pueblo con el nombre del libro: la Torá. Estaba tan vivo como todos nosotros en ese mismo instante. Como lo estaba Teresa, sentada en primera fila con su marido al lado.

Volví a subirme al escenario. Pretendía que la obsesión por Nicolas no me hiciera descarrilar e intenté relegarlo en un punto marginal de la mente, o en todo caso fuera del guion. El público se reía con mis chistes, o protestaba cuando los más descarnados los implicaban directamente. Todo iba a pedir de boca.

Yo tenía unas ganas locas de que acabara.

Tercera parte
La bailarina en la caja de hojalata

Metí en la maleta algo de ropa y los nuevos cuadernos, lo que suele hacer falta para quedarse unos días o desaparecer para siempre. Cabe que ésa fuera la única ventaja de vivir solo: poder dejar la ciudad sin decírselo a nadie. Una falta de compromiso que algunas noches me hundía en la miseria.

Me acomodé en uno de los últimos vagones, sentado en dirección contraria a la marcha, como para recordarme a mí mismo que volvería a Nápoles.

Se me quedaron grabados unos pocos detalles: el vestido azul claro de una mujer que estaba leyendo el periódico, la placa que prohibía asomarse por la ventanilla, el acento de un hombre que iba dando vueltas por los compartimentos con una cesta de mimbre cargada de bocadillos de embutido casero y envueltos en hojas de papel marrón.

Fui el único que se bajó en Tora-Presenzano. En la taquilla sólo había un ferroviario sentado en su garita, frente al tablón con los horarios de los trenes. Parecía estar examinando una grandiosa obra de arte. Me acordé del día en que Teresa, Nicolas y yo nos habíamos sentado en el murete con el pelo todavía húmedo. Cerré los párpados por un instante para oír nuestras voces y luego me puse en marcha, arrastrando la maleta.

Al asomarme a la plaza con el equipaje, enseguida se me acercó un hombre.

—¿Necesita un coche? —me preguntó—. Le puedo llevar donde usted mande. Deme la maleta y pierda cuidado, caballero.

Confié en él.

Abrió el maletero y colocó el equipaje.

—¿Dónde quiere que le lleve?

—Estoy buscando alojamiento para dormir —dije.

—¿Un hotel?

—Me apaño con lo que haya.

—Aquí no tenemos mucho donde escoger. Hay un restaurante en las afueras del pueblo con unas habitaciones en el piso de arriba. Es como si fuera un pequeño hotel, si eso le cuadra. El local está limpio y los propietarios son amables. —Tras echar un vistazo a lo que llevaba puesto, añadió—: Quizás esté usted buscando algo mejor; si le parece, podemos coger la carretera que lleva a Caserta y ahí vamos a encontrar algo más de su gusto.

—No. Si queda cerca del pueblo, ya me está bien —dije.

—Se llega andando.

Nos fuimos de la estación mientras el cielo se iba llenando de nubarrones negros. No se podía respirar.

—¿Va a quedarse usted muchos días? —preguntó el taxista.

—Aún no lo sé.

—Aquí no hay muchos turistas. Los que nos visitan se quedan poco tiempo y sólo les interesan las Huellas del Diablo. ¿Usted también ha venido por eso, si no es mucho preguntar...?

—No sé de qué me está hablando —mentí—. ¿Qué hay allí?

—Cuenta la leyenda que un buen día el diablo se dejó

caer en Tora. Si va usted al pueblo, seguro que encontrará a alguien que le acompañe.

—¿Y qué narices vendría a hacer el diablo en un pueblo tan pequeño? —le solté con ganas de provocarlo.

—Las Huellas son rocas mondas y lirondas, una extensión de lava solidificada donde hay unas marcas. Ningún ser humano hubiera podido pisar la lava incandescente, y de ahí que haya sido el diablo. Además, se ve por el detalle de la pezuña de cabra. Si se acerca usted al lugar, seguro que cambia de idea.

Abrí la ventanilla dándole a la manivela.

—Es sólo una leyenda, pero en el pueblo la respetamos —continuó diciendo el taxista—. Aquí no se vive como en la ciudad, nunca pasa nada, y cuando tenemos una historia entre manos, no nos cansamos de contarla.

En el habitáculo olía a fruta, quizás porque hacía poco el hombre había transportado cajas llenas.

—El diablo no se toma tantas molestias por una tontería; sólo se pone en marcha si tiene un objetivo muy claro —dije.

—Pues no sé qué decirle. Sus razones tendría. Sabemos muy poco de lo que nos pasa. Nos fiamos sólo de lo que vemos, pensamos que con eso basta y sobra, y en cambio eso sólo es una mínima parte. El diablo es todo lo que no vemos, lo que nos inventamos.

—Me gusta su teoría.

—Muy amable. Si llego a hablar de esto con mis paisanos, me toman por el tonto del pueblo, pero con alguien como usted puede uno discurrir. Piense que hace muchos años, aún en tiempos de guerra, a este pueblucho dejado de la mano de Dios enviaron a los judíos.

—¿Y por qué los enviaron? Quiero decir, ¿por qué aquí y no a otra parte?

—Volvemos a lo de antes. ¿Por qué el diablo decidió andar por aquí y no en otro lugar? Las cosas pasan, y no hay más vuelta de hoja. Si seguimos haciéndonos demasiadas preguntas, al final nos inventamos las respuestas y las respuestas se convierten en historias. Los viejos tenían miedo de que el diablo volviera, y de ahí que lo interpretaran todo como un presagio.

—¿Qué les pasó a los judíos que enviaron aquí? —pregunté.

El taxista tardó un rato en contestar.

—Tarde o temprano, todos volvieron a Nápoles. A esa gente se lo habían quitado todo. Nos podría haber pasado a cualquiera de nosotros, que uno nace donde puede y no donde quiere. Pero cuando tuvimos que esconderlos, nadie se anduvo con remilgos. Puede parecer poca cosa, pero, bien mirado, es algo muy grande.

—Deben de estar ustedes orgullosos de lo que hicieron —dije yo, apoyándome en el respaldo del asiento.

—Fume usted, si le apetece, que no me molesta.

—No fumo, gracias —contesté—. Y de entre todos los judíos, ¿recuerda usted especialmente a alguien? Me refiero a alguien que haya dejado su huella particular en el pueblo.

—La huella sólo la dejó el diablo. Los demás, ya le digo: gente normal, como nosotros.

—Ya entiendo; tiene usted razón, pero en ciertos momentos de desesperación la gente normal consigue que lo suyo se convierta en una hazaña. La desesperación no hay que pasarla por alto.

—Da gusto hablar con gente como usted. ¿Puedo preguntarle si es napolitano? Por su acento, no me queda del todo claro.

—Vivo en Nápoles, pero nací en un pueblo tan pequeño como éste —dije.

—Los pueblos pequeños son todos iguales.

Permanecimos un rato en silencio. Estábamos en las cercanías de Tora, en una zona que no conocía bien, y a medida que nos aproximábamos me notaba más nervioso y excitado. Volver al pueblo donde había nacido y me había criado era el viaje más difícil que me pudiera imaginar.

—¿Puedo hacerle una última pregunta?

—Faltaría más —contestó.

—¿Es usted el único taxista del lugar?

—Lo hago para sacarme un dinerillo de más. Voy a la estación a la hora en que llega el tren de Nápoles y a veces doy con un cliente como Dios manda, como usted. En el pueblo, casi todos trabajan la tierra; yo soy el único que tiene coche recién estrenado y he decidido montar un negocio por mi cuenta. Hay que ver cómo lo cuido... Lo lavo todas las semanas.

—¿Sabe si últimamente ha llegado alguien de fuera al pueblo?

—No hay gente nueva. Aquí todo el mundo se conoce y, con todos mis respetos, tengo que decirle que la única cara nueva es la suya —comentó, y, mientras iba aflojando la marcha, añadió—: Aquí estamos; ya hemos llegado.

Era un caserón con un jardín y un camino de grava en la entrada. Había pasado por delante alguna vez de niño, aunque mis recuerdos eran confusos. Puede que lo hubieran reestructurado recientemente.

—Eso es todo lo que se ofrece —me explicó el taxista—. Tendrá usted que adaptarse. En la planta baja sirven comidas y arriba tienen habitaciones. Está bien de precio. Si me espera usted aquí un momento, iré a preguntarle a la propietaria si aceptan huéspedes. No es que esté todo ocupado, que aquí nunca viene nadie, pero es mejor preguntar por si acaso tuviéramos que irnos a buscar a otro sitio.

Salí del coche y me quedé esperando apoyado en el capó. La chapa estaba caliente. Pensé que el hombre quería hablar a solas con la propietaria, viendo si podía sacar algo de propina por haber llevado a un huésped. Miré a mi alrededor. Podía alcanzar el pueblo en cuarenta minutos caminando si iba por la carretera o quizás buscando un atajo a campo través.

—Ya puede usted pasar —dijo el taxista—. Todas las habitaciones están libres.

Pagué la carrera y nos despedimos.

Oí el chirrido de las ruedas contra la grava y vi cómo el coche retomaba la carretera mientras se me acercaba una mujer joven, sólo unos pocos años mayor que yo. Estaba limpiándose las manos en un delantal.

—Disculpe, estaba en la cocina —dijo—. Seguro que Luigi le habrá cansado con tanta cháchara. Él cree que a todo el mundo le gusta oír sus historias. ¿Por cuánto tiempo va a quedarse?

—Aún no lo tengo claro —contesté—. Si a usted le parece bien, voy a adelantarle tres días. No creo que vaya a quedarme más tiempo.

—No se preocupe por el dinero; sólo preguntaba para saber qué habitación asignarle. Ya que se queda usted más de una noche, pediré que preparen la que da al patio. Está mejor aireada. Aunque las vistas no sean nada del otro mundo, por la mañana hay luz. Por estos pagos, eso es todo lo que podemos ofrecer.

—Vale —dije.

—¿Va usted a almorzar y cenar aquí?

—Pues no sabría qué decirle.

—Tómese su tiempo para decidir, aunque aquí no abundan los locales donde comer.

—Tiene razón. Apúnteme usted para la cena. Estoy acostumbrado a comer sólo una vez al día.

Las pocas habitaciones no estaban numeradas. Me asignaron la que se hallaba al final del pasillo.

La mujer entró y abrió de par en par la puerta de cristal que daba al balcón.

—¿Se ha hospedado aquí otra gente últimamente? —pregunté como el que no quiere la cosa.

—De aquí uno se va, nunca viene. Hemos hospedado a gente que tenía que vender unas tierras; venían de Capua. También han venido unos operarios que trabajaban en una obra cerca de la estación. Ahora tengo que dejarle. Si necesita algo, estoy en la cocina.

Cuando me quedé solo, me asomé al balcón. Había campos, casas de piedra abandonadas y a lo lejos se veía Tora e Piccilli. Me sorprendió no reconocer aquel sitio como un lugar familiar. Parecía que el tiempo transcurrido en Nápoles resumiera de algún modo toda mi vida.

Me tumbé en la cama sin quitarme los zapatos. No me di cuenta de que el cansancio había hecho mella en mi cuerpo. Cerré los ojos y me dormí.

Desde que dejé el pueblo, hacía ya muchos años, nunca me había parado a pensar en serio en mi familia. Las veces que me acordaba de mi padre, de mi madre y de mi hermana eran tan escasas que en mi mente su presencia quedaba relegada sólo a esos lugares. En uno de los monólogos que había estrenado, hablaba de un dolor intercostal que sufría cada vez que hablaba de mi hermana. Por aquel entonces la familia era intocable, y sólo podías hablar de este asunto si era para bien. Sin embargo, la familia y el dolor se asociaban de forma natural, y, bien mirado, uno se atrevería a decir que ése era el dolor que calaba más hondo. Yo me colocaba en el centro del escenario, y cada vez que pronunciaba la palabra «hermana» me llevaba la mano al esternón. Cuando lo repetía por tercera vez, todos los que estaban sentados en la platea tenían los ojos puestos en mi mano, a la espera de la mueca de dolor. En los momentos finales de la actuación, en lugar de pronunciar la palabra «hermana» me tocaba el esternón, sustituyendo la palabra por el gesto.

A mi madre también le dediqué algunas pullas. La describía como una mujer catatónica que se sometía al delirio fascista del marido sin expresar jamás una opinión propia. En la pieza que había creado, el público la observaba mientras un médico le estaba haciendo un reconocimiento. Hacía unos días que apenas abría la boca. El galeno le hacía preguntas sobre su apetito y los dolores de espalda. Yo, imitando su voz, sólo contestaba con un tímido «No». Tras cada «no», el público soltaba una carcajada. Cuando la visita estaba a punto de acabar, mientras guardaba sus instrumentos imaginarios en un maletín imaginario, el hombre dictaminaba: «La paciente murió hace once años; lo que vemos es su cuerpo, que no tiene agallas para morir». Finalmente, el médico le hacía una última pregunta: «Dígame, señora: ¿se siente usted viva?». «No.» «Pues está todo dicho: la paciente confirma su defunción.»

Y el público tronchándose de la risa.

A veces mi modesta carrera teatral parecía existir sólo por el deber de vengarme, y ahora que estaba de nuevo en el pueblo me remordía la conciencia por haber sido tan duro y haber desaparecido sin volver nunca a buscarlos.

Pasé las primeras horas de la tarde encerrado en la habitación. La cama era cómoda, aunque las paredes desprendían olor a humedad y de vez en cuando tenía que abrir la ventana. Me sentía extrañamente nervioso, como si estuviera a punto de acudir a una primera cita.

Cuando ya anochecía, salí de la pensión y caminé una media hora en la oscuridad, guiándome por las luces a lo lejos.

Elegí el camino que rodeaba el pueblo. Dejé la carretera principal y me encaminé por el sendero que Teresa y yo, de pequeños, llamábamos la Tripa. Pronunciábamos la palabra en nuestro dialecto, que para mí ya era una lengua muerta, porque muertos estábamos nosotros, los que lo habíamos hablado.

Cuando entré en el bosque, perdí la noción del tiempo. A cada paso que daba, sentía cómo mis zapatos quebraban las ramitas en el suelo, y descubrí que había algo que seguía igual: el valor de caminar en la oscuridad, una característica de los animales del bosque, de quien sabe que no tiene nada que temer de la soledad.

De repente, tuve frente a mí la imagen que durante todos aquellos años había ocupado mi mente: el viejo molino. Vi de lejos una luz encendida. Me detuve a unos diez metros de la puerta. Estaba cansado. Ni los zapatos ni el traje que llevaba eran los adecuados.

—Nicolas —grité en la oscuridad.

Sentí un temblor al vocear su nombre en las tinieblas, como si aquel grito perteneciera a otro.

Grité aún más fuerte:

—¡Nicolas!

Me acerqué a la puerta. Estaba entornada. Llamé, y lo volví a repetir mientras daba un empujón:

—Nicolas...

Dentro me encontré a una vieja con dos niños que tendrían unos seis o siete años, envueltos en una manta.

—No nos haga daño —dijo la anciana—. No se meta con nosotros, que no tenemos dinero.

Los niños ni abrieron la boca.

—Déjenos aquí, caballero, que no tenemos adónde ir. Somos buena gente y usted también parece un hombre de bien. Que la Virgen lo bendiga.

—No les quiero echar —dije.

De repente, el lamento de la vieja se hizo más agudo y continuo. Cabe que hubiera malinterpretado mis palabras. Entré en la casa. El hedor era insoportable. Me acerqué y saqué del bolsillo unos billetes. La vieja tendió la mano, cogió lo que le daba y lo guardó en el corpiño.

El dinero era un lenguaje que todo el mundo entendía. Toqué con una mano el pelo de uno de los niños. Parecía estopa.

—¿No hay nadie aquí además de ustedes?

—Sólo estamos nosotros, pero no hemos hecho nada malo. No tenemos dónde quedarnos, que lo otro sería dormir al raso, pero hay animales y tenemos miedo.

—¿Cuánto tiempo hace que está usted aquí con los niños?

—Un mes. Si viene el propietario, nos marchamos. Por la noche hace demasiado frío para dormir a la intemperie.

—Y hace un mes, al llegar, ¿no había nadie aquí?

—Estaba todo vacío.

—¿Y no había nada?

—¿Como qué?

—Qué sé yo..., unas señales de que antes había vivido alguien.

—Nosotros no hemos robado nada.

—Ya sé que no se han quedado con nada.

—Algo encontramos, pero no tiene valor —dijo.

—¿Qué?

—Ahora mismamente se lo enseño.

La vieja se levantó, dejando a los niños sin manta.

—Esto —dijo.

Me entregó una lámpara de aceite.

Enseguida la reconocí: era la lámpara que había traído Gioacchino para alumbrarnos la noche en que habían herido a Nicolas.

—Aquí estaba y aquí se queda, que no somos ladrones.

—Vale. Guárdela, que ahora es suya.

Le solté otro billete.

—Mil gracias —dijo la vieja, bamboleándose y deshaciéndose en reverencias. Miré el blanco del ojo de los niños y salí del molino.

Me sentía un idiota. Habían pasado un montón de años y yo intentando encontrar algo.

Cuando volví a la pensión, ya era de noche. No me crucé con nadie por la carretera, excepto algún perro que ladraba detrás de una verja. El resto del trayecto sólo oí insectos.

Me dije a mí mismo que al día siguiente regresaría a Nápoles.

—Mira quién anda por aquí, no le he oído salir —dijo la propietaria de la pensión.

—Aprovecho que hay un poco de sol —contesté.

Me encontraba en la pequeña terraza que se abría en el pasillo donde estaban las habitaciones. Había una mesa de madera y dos sillas. Miré el campo a nuestro alrededor, protegiéndome los ojos con la mano.

—Dentro de un rato el sol llegará también a su ventana —comentó, trazando su recorrido en el cielo con el dedo—. En este mes, es el cuarto más luminoso.

—¿Molesto si me quedo aquí? —pregunté.

—Para nada.

Ella también se puso a mirar el campo, con los brazos apoyados en el balcón. Observé su espalda y el perfil que dibujaban las piernas; al rato se giró para mirarme, sin levantar los codos de la barandilla.

—Las habitaciones se quedan vacías durante semanas, y cuando llega algún huésped, se nota en la casa. ¿Le apetece comer algo? Puedo traerle el desayuno.

—Con tanto mimo, me va a doler aún más decirle que voy a dejar la habitación —dije.

—Pensé que iba a quedarse usted más tiempo.

—Yo también lo creía. Espero no causarle problemas. No tengo inconveniente en abonar más días de estancia.

—Espero que no se vaya usted por culpa nuestra.

—Aquí todo está perfecto; lo mío no tiene nada que ver con ustedes.

—Si me lo permite, le diré que me acuerdo de usted, sé quién es.

La miré con más atención.

—¿Puedo sentarme? —me preguntó, indicando la silla vacía.

No acababa de calcular bien su edad. Ya no estaba tan seguro de que fuera mayor que yo, como me pareció el día anterior. En Nápoles había conocido a mujeres menos hermosas, pero que estimulaban mi deseo sólo por ser conscientes de su propia belleza.

—Yo vivía en Conca della Campania. Mi padre tenía un terreno y criábamos conejos, gallinas y un cerdo tan grande que me daba miedo. Se lo habíamos comprado al padre de usted en el mercado. Aquella mañana junto con nuestros padres estábamos también usted y yo. Luego le vi otras veces en el pueblo.

—Siento haberles vendido un cerdo que le daba miedo —dije—. Son animales inteligentes y de fiar. Y siento no haberla reconocido.

—No pasa nada. Recuerdo que el cerdo era de piel clara, con unas manchas más oscuras en el lomo. Sólo que era un animal demasiado grande para una niña que amaba a los conejos. Me acordé mientras le miraba esta mañana. Ayer, a su llegada, reconocí el dialecto, pero aún no tenía claro quién era usted.

—Es mi verdadero idioma. Cada vez que voy a decir algo, primero lo pienso en nuestro dialecto y luego lo traduzco al italiano o al napolitano. La verdad es que todos mis pensamientos, antes de llegar a su destino, circulan por estos pagos.

—Después de la guerra, no volví a verle, ni a usted ni a su familia.

—Ahora trabajo en Nápoles —dije—. No sé dónde están mi padre y mi madre.

—Yo también me marché, pero no me ha ido tan bien como a usted, así que aquí me tiene. —Hizo una pausa—. ¿No hay parientes a quienes preguntar? La gente no desaparece de la noche a la mañana.

—Puedo hacerlo, sí. Hay personas a las que puedo preguntar. A lo mejor me animo.

—En el fondo, las familias son lugares peligrosos, pero eso nadie se atreve a decirlo.

Pensé que era una buena entrada para un monólogo, algo del estilo: «¿Sabéis cuál es el lugar más peligroso donde he estado en los últimos años?». Y como réplica: «Mi familia».

—De todos modos, desde hace un tiempo vuelve a haber cerdos —comentó ella.

—¿A qué se refiere?

—Hace un tiempo, sí.

—¿Y quién se cuida de ellos?

—No es un hombre de los que se entretienen en el pueblo. Sólo de vez en cuando se acerca al mercado con el niño para comprar algo de comida. Es un tipo raro, no habla con nadie. Ni siquiera sabemos si es italiano.

Me quedé callado, sintiendo en la cara el calor del sol.

—Y usted, ¿por qué ha vuelto? —pregunté con los ojos cerrados.

—Le dije a mi familia que me iba a vivir con una amiga, pero resulta, cómo se lo diría yo, que éramos algo más que amigas. —Echó aire por la nariz y se recostó en el respaldo de la silla—. Es la primera vez que lo cuento.

—A un desconocido se le puede contar cualquier cosa.

—Me ha gustado decirlo.

Nos quedamos los dos callados bajo la luz del sol, probablemente pensando en todo lo que habíamos sacado de aquella conversación.

—Ya está. Ahora tengo que ocuparme del restaurante; más tarde van a venir los operarios de la obra y hay que tenerlo todo listo. Cuando se marche, deje la llave en la cerradura. Le deseo lo mejor.

Me fui a la habitación por última vez, me lavé los dientes y la cara con agua fría y dejé las llaves donde ella me había indicado.

En el cuaderno llevaba apuntados los horarios de los trenes, y aquella mañana había dos previstos para la estación central de Nápoles. Volví a recorrer el camino de la noche anterior, pero con la maleta a cuestas que me señalaba como extranjero, fuera cual fuese el lugar donde me encontraba. Me encaminé por el sendero que llevaba a la casa de mis padres. Los árboles eran los únicos puntos fijos en un mundo donde todo había cambiado.

Mientras me iba acercando, experimentaba una sensación de atracción y repulsa al mismo tiempo, y cuando vi la casa, me quedé clavado, incapaz de seguir adelante. En el exterior había enseres que confirmaban el discurrir del día a día: una carretilla, un balde, madera cortada, ropa secándose en un tendedero. Ahí vivía gente.

—Buenos días —dije en voz alta, y acto seguido pregunté—: ¿Hay alguien?

Luego lo vi.

Salió del chiquero hecho un guiñapo. Los brazos como sarmientos. El pelo largo que le tapaba en parte los ojos. La cara sin afeitar. Se le marcaban las costillas.

Cuando pronuncié su nombre, se dio la vuelta y me miró.

No podía creer cómo era posible que él y yo hubiéramos

intercambiado los papeles. Él vivía en la casa que hacía tiempo había sido la mía, era el nuevo porquero, el nuevo tonto del pueblo. De no ser por él, aquella mañana soleada, saliendo del chiquero, en su lugar estaría yo.

—Nicolas, soy Davide —dije.

Hizo lo único que podía hacer: abrió lentamente los brazos y se quedó ahí clavado, como si se mostrara desnudo. Me acerqué a él con los ojos inundados de lágrimas. Al abrazarle, palpé el laberinto de huesos de la espalda y del tórax. Él me había dado una nueva vida, y a cambio yo le había dejado en herencia el hedor de los cerdos que desprendían su pelo y su barba. He ahí los obsequios que nos habíamos intercambiado. Él me había salvado, pero ¿qué había hecho yo? Se quedó inmóvil, con los brazos colgando y pegados a las caderas; aún no sabía yo que no tenía fuerzas para agarrarme. Sus músculos tenían energía para llevar un balde de metal lleno de pienso, pero no la suficiente para dar un abrazo.

Cuando pronunció mi nombre, pensé que no se alegraba de verme y que todos los pensamientos que le había dedicado a lo largo de aquellos años no habían sido más que imaginaciones mías.

En aquel momento se abrió la puerta de la casa y salió el niño. Era clavado a Nicolas. Parecía haber nacido de su cuerpo, un pedazo que se había soltado y tenía ahora vida propia.

—¿Por qué has venido?

—Para volver a verte.

Se tapó los ojos con la mano. Nunca supe si le daba vergüenza llorar delante de mí, delante de su hijo, o llorar a secas. No consiguió esconder las lágrimas que le cruzaban el rostro.

—Ven, te presento a Francesco, mi hijo —me dijo.

El niño dio un paso hacia donde yo estaba. Al pedírselo su padre, se puso bien tieso para que yo lo mirara de arriba abajo.

Me agaché y toqué sus mejillas suaves y rosadas. Nunca había tratado con un niño y no sabía cómo dirigirme a él.

—No nos gusta mucho relacionarnos, no vemos nunca a nadie —dijo Nicolas para justificar los gestos retraídos del niño—. Te veo muy elegante —comentó a continuación, estudiando mi ropa y la maleta—. ¿Adónde pensabas ir?

—A casa —contesté.

Nicolas se dio la vuelta, mirando en dirección al lugar donde ahora vivía y al chiquero. Abrió los brazos.

—Entonces ya has llegado. Quédate un tiempo con nosotros.

Cada cosa seguía estando en el sitio de siempre. Fijé la vista en el lugar exacto donde estaba acostumbrado a ver a mi madre y a mi hermana empeñadas en picar y amasar. Aún veía a Rosetta correr por el pasillo, arrastrando su perro de trapo. Las estampas de Jesús y Mussolini habían desaparecido. Los dos rectángulos más claros en la pared testimoniaban su existencia.

—Nos contentamos con poco —me explicó Nicolas—. Lo que tenemos lo sacamos del huerto y de nuestros animales. Con eso tenemos bastante. Ahora ya me apaño bien, quizás no tanto como tú, pero algo he aprendido. Disfrutamos del silencio y nos damos buenos paseos. No sé si aún te interesan estas cosas.

—Seguro que aquí estaré muy bien —dije.

No había decidido quedarme, pero las palabras se me escurrieron de la boca.

Aún nos manteníamos distantes. Lo mismo que había pasado con Teresa. Sabía que tardaríamos un tiempo en reconocernos.

—Podrías echarnos una mano. A lo mejor te vendría bien ponerte otra ropa.

—Sólo llevo éstos —dije, mirándome los pantalones.

—Se te van a estropear.

—No pasa nada, en casa tengo otros.

—Con ese traje tan elegante no vas a darles de comer a los cerdos. Ven, ocupa tú la otra habitación. Francesco y yo dormimos juntos y el cuarto está vacío.

Volví a agacharme y le tendí la mano al niño.

—¿No vas a saludarme? —pregunté.

Francesco se quedó inmóvil.

—Tienes que estrecharle la mano —le aclaró Nicolas—. Mira, es fácil; sólo tienes que deslizar la tuya dentro de la suya y luego apretar.

—Vale —dijo Francesco, e hizo exactamente lo que le había dicho su padre.

Sentí la mano pequeña y suave dentro de la mía.

—Dale más fuerte —dije.

Apretó incluso los dientes.

—Así está mejor. Yo me llamo Davide y vivía en esta casa cuando tenía tu edad, pero ha pasado mucho tiempo y vas a tener que enseñármelo todo de nuevo.

—De acuerdo —dijo Francesco—. Voy a enseñarte cómo dar de comer a las gallinas sin que te den un picotazo. Ellas son muy rápidas; tienes que colocarte encima de la roca, que hasta allí no llegan y estás a salvo.

Nos fuimos por el pasillo hasta la habitación que yo ocupaba de pequeño. Estaba casi vacía; sólo quedaban el viejo armario y una cama con un colchón lleno de polvo.

—Vamos a dejar un rato la ventana abierta —dijo Nicolas—. ¿De dónde vienes?

—De Nápoles.

Se quedó mirándome un buen rato.

—Siempre pensé que esa ciudad y tú teníais mucho en común. Es un lugar donde cada cual vive a su manera. No te habrá costado mucho adaptarte.

—Lo he cogido todo sin dar nada a cambio —dije.

—Para otros ha sido justo lo contrario. ¿Qué le ha pasado a tu pierna?

Me di una vuelta por la habitación para mostrarle lo mucho que habían mejorado mis movimientos.

—Me operaron. Parece ser que la mía es una malformación bastante común, pero si me hubiera quedado aquí, nunca lo habría sabido.

—Te encuentro distinto en todo...

—Es por lo que llevo puesto. Metido en un chiquero, sigo siendo el mismo.

—Voy a cocinar una sopa de lentejas; luego tendré que ir al huerto.

—Puedo echarte una mano.

—Serás el campesino más elegante que haya pisado nunca Tora e Piccilli.

Los dos soltamos una carcajada. Ahora ya reconocía la voz del chaval que recitaba «el hondo seno del océano».

—He despejado una parcela aquí cerca y cada día voy a trabajar ahí. Ese pedazo de tierra ha sido generoso conmigo. Vas a probar una sopa buenísima.

Al salir cerró la puerta. Me eché en la cama sin quitarme la ropa. El somier estaba duro, el colchón no guardaba memoria de mi cuerpo. Sin embargo, cuando ya estaba tumbado, tuve la sensación de ocupar el lugar del fantasma de mí mismo, como si estuviera llenando una carcasa que durante años se había quedado quieta, esperándome.

Al despertarme no oí ningún ruido en la casa y no sabía bien qué hora era. Cuando fui a la cocina, ahí estaba Nicolas sentado, leyendo.

—Te has despertado; espero que no haya sido por culpa de la bulla que hemos metido —dijo.

—He dormido toda la tarde. Donde yo vivo, la gente grita a voz en cuello a cualquier hora del día y de la noche. Ya no estoy acostumbrado a este silencio.

—Aquí el silencio tiene consistencia. Es como si pudieras tocarlo, pero tú eso ya lo sabes. —Echó un vistazo a los platos en el fregadero y me preguntó—: ¿Tienes hambre?

—Sí.

—Te caliento la cena.

Me senté en la cocina y me quedé mirando a Nicolas mientras él removía algo en los fogones.

—Está riquísima —dije después de tragar el primer bocado. Y hablaba en serio. Era una sopa de patatas, guisantes y lentejas. Él se quedó ahí, mirándome mientras comía, manteniendo cierta distancia. Yo metía la cuchara en el plato y la llenaba de sopa caliente.

—¿Tu padre? —pregunté.

No sabía cómo acabar la frase.

Nicolas entreabrió los labios sin soltar ningún sonido,

como si estuviera ensayando sin éxito lo que iba a decir, y luego me explicó:

—Consiguió llegar a Turín, donde están mi madre y mis hermanas. Escribía poemas y daba clases particulares, pero no volvió a ningún instituto. Murió hace tres años. Siempre tuvo problemas de corazón; decía que todo el mundo tiene una tara de nacimiento, y que a él le había tocado ésa. Las últimas veces que nos vimos hablamos de ti.

Se quedó mirando el fregadero.

—No tengo palabras para decirte lo que siento.

—No hace falta hablar.

Nicolas se fue hacia la ventana. Era de noche y no se veían luces a lo lejos. En aquel silencio sólo se oían los grillos y las cigarras.

—En Roma vi una vez el cartel que anunciaba un espectáculo con tu nombre y tu foto —me soltó.

—¿Estuviste en Roma?

—Sí, pasé por ahí en algún momento de mi complicado viaje.

—Me gustaría saber más —dije.

Miró en dirección a la puerta, buscando inconscientemente a Francesco. Luego empezó a contar, como si continuara un discurso dejado a medias:

—Cuando me di cuenta de que los alemanes habían entrado en el bosque, dejé la cueva y me escapé. Me perdí entre los árboles, fui dando vueltas en círculos un día entero, y finalmente di con una carretera. Me recogió un camión y conseguí llegar a Roma. Aún no sabía qué iba a hacer. Mi padre se había quedado en Tora y no tenía ni idea de cómo ponerme en contacto con él. Ya habíamos abordado el asunto: en caso de peligro, lo primero sería salvarnos y luego ya buscaríamos la manera de encontrarnos. Pensaba trasladarme al norte, a la casa de unos parientes donde ya hacía tiempo que vivían mi madre y mis hermanas, pero al cabo de unos días me pillaron. Me obligaron a subirme a un tren... —Aquí se quedó callado unos instantes, pero luego siguió hablando—: Después, no aguantaba ya vivir en Nápoles y volví a Roma un tiempo. Hubiera preferido morir como todos los demás, como era de justicia. Me lo pregunté un millón de veces: ¿por qué yo no?, ¿cuál es el criterio?

No sabía qué contestar. Lo único que se me ocurrió preguntar fue:

—¿Por qué, cuando viste el anuncio de mi espectáculo, no intentaste buscarme?

Se quedó callado. Era una pregunta equivocada.

—Había pasado demasiado tiempo y no tenía nada claro que te apeteciera volver a verme. Además, ¿quién era el nuevo Nicolas? No quedaba nada de lo que habíamos conocido.

—Teresa. ¿Ella también tiene que ver con tu decisión de no volver a verme?

Levantó la vista hacia el techo. Aquel nombre aún nos conmovía a los dos.

En ese momento, Francesco entró en la cocina envuelto en una manta.

Nicolas lo estrechó en sus brazos.

—¿No puedes dormir?

—No.

—¿Tienes miedo?

—No.

—¿Quieres que vaya contigo?

Francesco asintió con un gesto de la cabeza y luego le susurró algo al oído.

—Pues vamos a despedirnos de Davide, dándole las buenas noches.

—Buenas noches —dijo Francesco.

—Mañana por la mañana iré al huerto. Francesco vendrá

conmigo. Si te apetece unirte a nosotros cuando te despiertes, ve por el sendero. Verás una casa de ladrillos rojos; tú continúa por ahí y nos encontrarás un poco más adelante. Voy a dejarte ropa más adecuada para la faena.

Cuando me quedé solo en la cocina, tuve que admitir que la belleza de Nicolas, que tanto me había impresionado el día en que lo vi llegar a Tora, había desaparecido. Era un detalle menor, teniendo en cuenta lo que le había pasado, pero no lograba quitármelo de la cabeza. Había vuelto a encontrar tanta hermosura en la mirada de su hijo, aunque tenía la sensación de que ahora ese don contenía también un lado oscuro que yo acababa de descubrir.

Me fui al chiquero. Reconocí el olor del estiércol y luego el de los animales; sólo había cuatro y estaban todos en el fondo del establo, echados en la paja. Los cercados habían desaparecido. Los abrevaderos y los baldes de pienso para los animales estaban llenos. Nicolas los estaba cuidando. Cuando se dieron cuenta de mi presencia, los cerdos me miraron y fueron siguiéndome con la vista. Se levantaron y se acercaron unos a otros hasta formar un grupo compacto, dispuesto a defenderse o atacar. Me acerqué a la pequeña verja de madera y extendí la mano hasta tocar a una de las bestias. El cerdo estaba nervioso, levantaba y bajaba el morro para preparar los músculos del lomo frente al impacto, pero finalmente se dejó tocar. Me acordé del *Negro,* de su belleza y de su fuerza.

A la mañana siguiente fui al huerto. Nicolas me había dejado unas prendas dobladas encima de la silla, probablemente las que él solía ponerse, y una vez abrochado el último botón, me di cuenta de que era la ropa que yo usaba cuando vivía allí. Fui siguiendo el sendero, tal como él me había indicado. La hierba a un lado y a otro estaba mojada, pues por la noche había llovido. Tras andar unos cuantos pasos, mis zapatos habían olvidado por completo las carreteras asfaltadas y se habían abandonado a la tierra y al agua. Al poco rato los vi.

Nicolas estaba agachado trabajando la tierra, y Francesco iba correteando por el campo persiguiendo no se sabe qué.

—Estamos aquí —gritó Nicolas, alzando la mano.

Observé su brazo escuálido levantado en el aire. Fui andando hacia donde estaban, y cuando ya estaba cerca, me dijo:

—Ya tienes los zapatos hechos polvo.

—No importa; nunca me han gustado.

—A mí tampoco me gustan, pero ayer no me atreví a decírtelo.

Por segunda vez desde que nos habíamos encontrado, los dos soltamos una carcajada.

—Éste es tu cubo —me dijo, indicándomelo.

—¿Qué tengo que hacer?

—Hay que ver cómo se te ha olvidado todo. Anda, ponte detrás de mí. Vamos a trabajar espalda contra espalda. Tienes que coger los guisantes con la mano, arrancarlos cerca del tallo con este gesto para que no se estropee la planta, y luego echarlos al cubo. Deja los más pequeños para la próxima semana. Cuando volvamos a casa, habrá que darles de comer a los cerdos.

—De eso me acuerdo muy bien.

—Entonces puedes encargarte tú.

—Vale. ¿Y las gallinas? —pregunté con una media sonrisa.

—De eso se ocupa Francesco. A todas les ha puesto nombre. Su preferida se llama *Ulla*. Tiene las plumas rojas y él cada día va a ver si hay polluelos.

—¿De dónde viene eso de *Ulla*?

—Es un niño con una imaginación extraordinaria. No se parece en nada a mí y no sabes cuánto me alegro.

—Aquí está bien —dije.

—Para él, esto es estar de vacaciones. Le gusta hacer pequeños trabajos y lo vive todo como un juego, pero pronto volverá a casa.

Avanzábamos sin prisas. Yo había hecho lo mismo de niño con mi padre; era él quien se ocupaba del huerto. Me gustaba; salíamos por la mañana temprano y caminábamos por el campo, con los ladridos de los perros de fondo. Él hacía un ruido raro con la boca y los perros callaban. Luego, algo se rompió entre nosotros.

Nicolas tocaba los tallos para probar su consistencia, y cuando tenía el consentimiento de la planta, iba a por el fruto.

—En Roma volví a ver a Teresa —dijo—. Ayer dudé si decírtelo o no, pero creo que hoy podemos hablar sin herirnos.

Hablaba en voz baja, controlando todos sus movimientos. Estuve a punto de decirle que había vuelto a verla pocos días antes de ir a Tora e Piccilli, pero callé y fue para siempre.

—Fue ella quien me encontró —siguió diciendo—. Yo paraba en casa de Luisa, una amiga de Nápoles que vive en Roma desde hace muchos años. No sabía adónde ir y Luisa tenía una habitación libre. Me dijo que podría alojarme ahí el tiempo que hiciera falta. No le conté dónde había estado. Ella se dio cuenta de que había algo de lo que yo no quería hablar y no hacía preguntas. Consiguió encontrarme trabajo en una floristería. Me ocupaba de las entregas.

Miró los guisantes que sujetaba con la mano.

—El olor que procedía del invernadero al que se accedía desde una pequeña puerta interior me salvó. Fue entonces cuando empecé a darle vueltas a la idea de volver aquí. No sé cómo se las ingenió Teresa para encontrarme, pero desde entonces se encargó de cuidarme hasta cuando se lo permití. Me trasladé a su casa y allí conocí a su hijo Antonio. Un chaval inteligente y con las ideas claras. Al principio me miraba con reparo y me llamaba señor Nicolas. Cuando, pasados unos meses, Teresa me dijo que estaba embarazada, le pedí que se deshiciera del niño, pero ella no me hizo caso. Y ahora aquí tienes a esta criatura, persiguiendo cuervos e inventándose nombres raros para las gallinas.

Se dio la vuelta para mirarlo.

—No hay nadie a quien quiera más en este mundo, pero después de que naciera empecé a tener pesadillas. De nuevo, no conseguía comer ni dormir. —Nos quedamos los dos callados. Al rato, él añadió—: Antes de volver a ver a Teresa, yo estaba convencido de que habías sido tú quien me había traicionado. Pasé mucho tiempo odiándote.

Hablaba sin mirarme. Seguíamos trabajando espalda contra espalda. Torcí la cabeza para volver a mirar a Francesco, que lanzaba guijarros intentando sobrepasar una tapia de piedra.

—Teresa me contó que me habías escondido en la cueva porque era un lugar más seguro y que no tenía que reprocharte nada. Creía que, después de vivir lo que me había tocado en suerte, estaría preparado para todo, y en cambio volvía a tener celos por culpa de una mujer. Aún había vida en mí.

—Nunca se me habría ocurrido hacerte daño —dije.

—Lo cierto es que, si yo no hubiera llegado a Tora, Teresa y tú habríais tenido una vida diferente.

—Tú has sido la persona más importante de mi vida —dije, y fue un logro pronunciar aquella frase sin avergonzarme.

De sopetón, Nicolas sufrió un ataque de tos. Se llevó las manos al pecho. Vi cómo su tórax se llenaba de aire para luego vaciarse.

—Ve donde Francesco —me dijo entre sofocos.

Yo quise acercarme a él, pero me pidió que me fuera, señalando de nuevo al niño.

—Ya se me pasa.

La tos le sacudía el pecho y lo hacía temblar. En los pocos instantes de tregua respiraba inhalando fuerte el aire con un jadeo. Cuando el ataque fue a menos, Nicolas se tumbó en el suelo entre las dos hileras de guisantes y hundió los dedos en la tierra. En aquel momento comprendí su deseo de morir, de mezclarse con el humus y de convertirse en pura raíz. No era el ser tan especial que yo había construido en mi mente, sino un hombre frágil y marcado por una herida que siempre lo acompañaría. Cuando pudo hablar de nuevo, su voz sonaba otra vez tranquila.

—Me encontraba mal, fatal. Me fui de casa de Teresa y alquilé una habitación por mi cuenta. Ella había encontrado la manera de explicarles a los niños por qué ya no vivíamos juntos, y los tres venían a verme. Le hablé de mi proyecto de aislarme del mundo. Quería cultivar la tierra y criar animales. Quería convertirme en una criatura de los bosques, como lo eras tú. Y entonces volví. Éste me parecía el único lugar adecuado, un sitio que ya me había acogido una vez y sabía que continuaría haciéndolo. Teresa ha venido a pasar unos días aquí con los chicos; quería que Francesco y yo pasáramos más tiempo juntos, pero tiene su trabajo en el hospital y un marido que le da mucha serenidad.

Se tomó un respiro. Lo que contaba estaba poniendo cada cosa en su sitio.

—Los días con Francesco son espléndidos, Davide. Me parece que el universo adquiere un nuevo sentido, pero todo lo bueno se acaba y dentro de unos días Francesco volverá a vivir definitivamente con su madre. A Teresa aún no se lo he dicho.

Lo miré de hito en hito para entender de qué me estaba hablando.

—Me estoy muriendo. Tengo un cáncer terminal. Quiero vivir lo poco que me queda lejos de los hombres. Prefiero la delicadeza de este huerto, el orgullo de los robles, la fiereza de los cuervos. Para mí, tener aquí a Francesco estos últimos días es un gran privilegio, y ahora también te tengo a ti.

—Iremos a ver a un médico. Tenemos que marcharnos de Tora; aquí nadie va a ser de ayuda.

—No, es demasiado tarde. He gozado de mucho más tiempo del que gozaron los muchísimos jóvenes que fueron obligados a ir al campo de concentración. Cada día esperaba que fuera mi turno, y ahora está llegando.

Se quedó mirando las nubes.

—Ayúdame a levantarme, Davide.

Sólo cuando se agarró a mi brazo para ponerse de pie, me di cuenta de lo poco que pesaba su cuerpo.

Dejé de contar los días que pasaba en Tora. Las prendas que me había dado Nicolas volvieron a ser las mías y una vez más nuestras vidas se confundieron una con otra, como había pasado al principio, cuando yo era el único chico del pueblo al que conocía.

Un día me fui con Francesco al arroyo para enseñarle a cazar ranas. Nos metimos los dos en el espejo de agua fría, y fue entonces cuando me di cuenta de que de alguna manera el chiquillo criado en el campo que yo había sido continuaba existiendo: aún sabía andar descalzo pisando las piedras en el fondo del río sin resbalar o caer. Desde que Nicolas me había hablado de su enfermedad, me dedicaba a las pequeñas cosas, preocupado por el día a día: ir al pueblo a comprar, recoger lo que fuera en el huerto, dar de comer a los animales o inventarme un cuento nuevo para Francesco. Aún no había decidido si quedarme o marcharme; en resumidas cuentas, aún no sabía qué hacer con mi vida y con el teatro. La pureza de Nicolas seguía influyendo en mí, y de alguna manera la enfermedad lo volvía más luminoso. Su misterio continuaba pareciéndome insondable, y cualquier intento de explicación acababa cayendo en el tópico. Lo había imitado, pero nunca conseguí alcanzarlo. Cualquier cosa que me contara me removía por dentro. La inminencia de su muerte y la lucidez con que se enfrentaba a ella me superaban.

Nuestros días se acoplaban a ritmos antiguos, ligados a la tierra y a los animales. Francesco era el clavo de abanico alrededor del cual se movían las cosas. Él se hacía cargo de las tareas más livianas y era muy responsable. Nicolas le había dicho que dentro de poco tendría que emprender un viaje, que se marcharía por mucho tiempo, pero que encontraría la manera de estar presente y dejarse sentir. Cuando Francesco le preguntó si algún día volverían a verse, Nicolas le contestó que ciertos viajes eran en una sola dirección y que uno nunca vuelve al mismo lugar porque todo cambia y hay que aceptar la transformación.

A medida que pasaban los días, las fuerzas de Nicolas disminuyeron. Las tareas más pesadas ahora me correspondían a mí y las desempeñaba sin problema. Nicolas había redactado algo parecido a un dietario de la casa. Ahí estaban apuntados los periodos del año en que convenía sembrar las judías, los guisantes y las lentejas, y las fechas en que tocaba recogerlas. Eran las instrucciones que tendríamos que seguir cuando él ya no pudiera hablar con nosotros. Tenía la sensación de que, tras el desorden que siempre había gobernado mi vida, iba apareciendo ahora un orden preestablecido, de que cada cosa respondía a una ley estricta, y que Nicolas había tenido desde el primer momento la capacidad de desvelarla.

También había dibujado un mapa de los terrenos que nos rodeaban. Tuve que admitir que era un excelente cartógrafo. Ahí aparecía el sendero que por un lado llevaba al pueblo y por otro a la montaña. Todo lo que habían abandonado las familias que, como la mía, vivían en el campo, ahora estaba bajo su protección.

Cualquier otra persona en sus circunstancias sólo intentaría descansar para retrasar el desgaste del cuerpo y dar una tregua a la enfermedad; en cambio, Nicolas había decidido que todo tenía que acabar cuanto antes.

La organización del chiquero era distinta de la que yo había dispuesto cuando era un chaval. Al eliminar los cercados, se había optimizado el espacio y los animales podían moverse a sus anchas. Ellos también respondían a unas reglas, y fui aprendiendo cuál era la jerarquía. La que estaba al mando era una hembra. Nicolas había arreglado los abrevaderos y los comederos, y había limpiado, además, el pequeño depósito de pienso detrás del establo. Ésa era una disposición más de su testamento: dejarlo todo en orden, mejor de como lo había encontrado.

Una tarde salí yo solo. Nicolas había sufrido una indisposición por la mañana, y aunque el malestar fue a menos, decidió quedarse en casa con Francesco. Así que cogí el mapa y me marché. Seguí los recorridos que él había marcado.

Tomé unos apuntes. Al utilizar el plano de Nicolas había comprendido que mi relación con el teatro no se había acabado y que podía explorar nuevas vías. Me pareció que tenía fiebre. Llegué hasta un pasto que nunca había visto. Encontré una pequeña choza de madera adosada a una gran roca que la había protegido de la intemperie a lo largo de todos aquellos años. Dentro sólo había un catre y una mesita. Ojalá yo hubiera conseguido desbrozar mis ideas como lo había hecho aquel pastor, acostumbrado a lo esencial.

Pasé la noche en el refugio. La oscuridad era absoluta. Los lobos allá lejos sentían mi olor y se iban contagiando el uno al otro la excitación. Comí el pedazo de pan que llevaba conmigo y dejé que la negrura y el silencio invadieran cada cosa. Todo estaba lejos, todo estaba cerca.

En cuanto amaneció, retomé el camino. Las plantas agradecen la noche, la hierba estaba húmeda. Mientras andaba me topé con el cadáver de un animal destrozado por los lobos.

Seguí el plano en sentido inverso e imaginé a Nicolas solo en aquellos lugares, calculando el trayecto recorrido a pie para trazar una nueva área en el papel que yo llevaba ahora en las manos.

Me fui a la parcela donde sabía que los encontraría. Francesco dejó a Nicolas y vino corriendo hacia mí.

—Davide... —dijo en voz alta, abrazándome. Sentí su cuerpo cálido y ligero. El miedo se había disuelto: estaba muy contento de verme.

Nicolas observaba la escena.

—Ya no me iré de casa por la noche —le dije a Francesco.

Por la mañana temprano me iba a dar vueltas por el campo. Nicolas quería que Francesco fuera conmigo. Nos ausentábamos durante mucho tiempo, a menudo hasta la hora de comer. Yo llevaba una manta para taparle los hombros y solamente se la quitaba cuando el sol estaba bien alto. Entonces él empezaba a corretear entre las hileras de patatas.

—¿Puedo hacerlo yo también?

—¿Qué?

—Lo que estás haciendo tú.

—Esto no es nada divertido, estoy recogiendo patatas. Tú sigue jugando.

—Quiero hacerlo yo también.

Era en esos momentos cuando adivinaba en él el carácter de Teresa, su misma terquedad cuando les pedía a los operarios de la cordelería de su padre que la dejaran participar en el trabajo.

—Pues venga: recógelas tú también y échalas en este balde. ¿Quieres que te enseñe cómo se hace? Tienes que arrancar la planta y luego empezar a cavar justo debajo del tallo.

—Hay demasiadas.

—Vamos a dejar algunas en el establo y poco a poco las iremos llevando a casa.

Francesco cavaba en la tierra con un palito que le había dado, y en cuanto asomaba una patata soltaba una risotada, como si hubiera encontrado una pepita de oro.

—¿Llevamos las mías a casa y dejamos las tuyas aquí?

—Vale. Separa las tuyas de las mías. Sólo cogeremos las tuyas.

Mientras las patatas se iban acumulando, yo aprovechaba para hacerle preguntas. Mostraba un dominio del lenguaje y una capacidad de observación superiores a las de un niño de seis años. Con sólo oírle hablar, habría reconocido en él al hijo de Nicolas.

—Cuenta cuántas patatas tienes —le dije.

—Treinta y nueve.

—En el balde sólo caben veintiséis. ¿Cuántas tenemos que dejar?

—Trece, pero no es así. En el balde caben como mínimo unas sesenta.

Nos dispusimos a volver a casa, pero cuando intentó levantar el balde por el asa, Francesco se dio cuenta de que pesaba demasiado, así que lo llevé yo. Sólo cuando llegamos a la puerta de casa, lo cogió él.

—Mira, papá: éstas las he recogido yo.

Cuando vi que Nicolas no estaba en la cocina como de costumbre a esa hora, me fui a buscarlo al dormitorio y me lo encontré echado en el suelo, inconsciente.

Francesco dejó caer el balde; las patatas rodaron como canicas deformes a nuestros pies.

Le toqué el rostro, el cuello, las manos. Nicolas volvió a abrir los ojos y acto seguido pronunció el nombre de Francesco y el mío.

Todo hubiese sido más sencillo si hubiéramos vuelto a Nápoles donde había médicos para asistirnos, pero la decisión de Nicolas era inamovible.

Por la noche ponía orden en los apuntes que había tomado por la mañana en el campo o me ocupaba del chiquero. Algunas veces leía en voz alta lo que había escrito ante mi modesto público. Estábamos en el dormitorio de Nicolas. Me colocaba espalda con pared y antes de hablar siempre repetía el mismo gesto con las manos, como si quisiera coger carrerilla. Francesco siempre se reía, y por eso cada vez procuraba prolongar un poco más ese instante. Me inventaba historias que hablaban de patatas, de judías, de la colmena cerca de los robles, de la colonia de hormigas que entraba por un agujero en nuestro huerto y alcanzaba el centro de la Tierra, habitado por hormigas prehistóricas que sabían hablar. Les daba detalles de la oración que las abejas habían escrito para su reina.

—¿De verdad que las abejas tienen reina?, ¿lleva corona?

Nicolas se pasaba casi todo el día echado en la cama.

—En cuanto me encuentre mejor, voy a ocuparme yo de todo y os trataré como a unas abejas reinas —decía, pero los dos sabíamos que después de la última crisis habíamos llegado a un punto de no retorno.

Algunas mañanas, mientras estábamos en el campo, Francesco repetía ciertos gags que yo había recitado la noche anterior. Cuando se lo contaba, Nicolas se reía.

—Me alegro de que te haya conocido. Podría no haber pasado nunca —me dijo un día—. Cuando llegué aquí, la gente del pueblo pensaba que eras tú quien había vuelto. Creían que en este pueblo sólo podía haber una persona que se hiciera cargo de los cerdos, y que ése eras tú. Algún viejo incluso me llamó por tu nombre y yo respondí.

Al rato se puso serio:

—Escúchame, Davide: cuando pase lo que tiene que pasar, quiero que me entierres en el campo. En el plano he dibujado un rectángulo. Lo vas a encontrar al final del sendero, justo antes de que arranque la subida. En verano hay mucha sombra, y en invierno los árboles lo protegen de la lluvia y del viento. No pongas ninguna cruz, ninguna piedra, ni siquiera una lápida. No escribas mi nombre. Envuelve mi cuerpo en un pedazo de tela y entiérrame así. Intenta que las raíces de un árbol lleguen a tocarme los brazos, que dentro de diez años yo me haya convertido en un árbol. Como última providencia, procura que nuestros hijos sigan juntos y sepan que los destinos de sus padres alguna vez se cruzaron. Cuéntales tú la historia.

—Nunca voy a tener un hijo —dije.

Nicolas me miró a los ojos.

—Antonio, el hijo de Teresa, es hijo tuyo. Cuando lo vi, no hizo falta que Teresa me explicara nada. Es clavado a ti.

—No entiendo —dije. Estaba trastornado.

—Pues no creo que haga falta que te explique yo a ti cómo pasó —replicó Nicolas, aclarándose la garganta.

Aún hoy sigo dándole vueltas a cómo supe de la existencia de Antonio gracias a Nicolas y al hecho de que, hasta aquel momento, yo nunca hubiera considerado la posibilidad de tener un hijo. Eso tenía que ver con el deseo de libertad, con el egoísmo, pero cabe que también pesara la relación tormentosa con mi padre, interrumpida bruscamente sin dejar un lugar para el perdón: tenía la sensación de haber heredado de Fortunà la incapacidad de convertirme en padre.

En la carta que Teresa me había escrito pocos días después de nuestro encuentro en Nápoles, me decía que quería comentar más cosas. La única cosa posible debía de ser Antonio. Quizás fuera ésa la razón por la cual no me había buscado: no quería sentirse obligada a contarme la verdad.

Nos pasamos muchos días en vilo, esperando a que ocurriera algo. Me preguntaba cómo sería el desenlace y cómo se lo diría a Francesco, suponiendo que hubiera palabras adecuadas para eso.

Un día en que Nicolas durmió todo el rato, le pedí a Francesco que cogiera una pala. Nos fuimos hasta la parte trasera del chiquero y me paré en un punto exacto.

—Aquí —dije, indicando dónde cavar.

Era una tarea complicada para él. Para cavar hace falta mucha fuerza o mucha determinación, y Francesco no tenía ni una ni otra. Aguantamos la pala entre los dos y empezamos a ganar centímetros horadando el suelo. La tierra era compacta y la pala la recogía bloque a bloque, unidos todos ellos por raíces muy delgadas que se parecían al sistema arterial de los humanos.

—Un poco más, que casi lo tenemos —dije.

Tras unos cuantos golpes más oímos que algo metálico chocaba contra la pala. Nos agachamos y seguimos cavando con las manos hasta dar con un objeto que nada tenía que ver con las patatas que Francesco había recogido sólo unos días antes. Era la bailarina en la caja de hojalata.

—¿Cómo has sabido que estaba aquí?

—La escondí hace muchos años para poder dártela ahora —dije—. Es un regalo.

—¿Sabías que nos íbamos a encontrar?

—Sí.

—Entonces es verdad lo que ha dicho mi padre, que vivías aquí antes que nosotros. Cuando me lo dijiste tú, pensaba que estabas bromeando.

—Sí, vivía aquí.

—¿Había entonces cerdos y conejos?

—Había de todo.

—¿También las hormigas?

—También.

—¿Y las gallinas?

—Los padres de los padres de *Ulla*.

Francesco agarró con las dos manos la bailarina sucia de tierra. El frío y la solidez del metal lo excitaban.

—¿Cómo funciona? —me preguntó.

—Ven que te lo enseño.

Entramos en casa para tener más luz. El trapo blanco que envolvía la bailarina llevaba tierra incrustada y las raíces más finas habían traspasado la tela. No recordaba que la caja fuera tan pesada. Buscamos un utensilio que cupiera en el hueco para darle cuerda y, al encajar las dos piezas, oí cómo el muelle daba un par de vueltas.

—Vamos a ver si aún funciona —dije.

Solté la falsa llave que movía el engranaje y la bailarina dio dos vueltas sobre sí misma con un movimiento incierto y tembloroso, insegura y sorprendida de poder usar de nuevo su propio cuerpo después de haber pasado todos aquellos años bajo tierra. Ya sé que es una tontería, pero me pareció que se alegraba de haber vuelto a la vida. Francesco la observó estupefacto.

—¿Puedo quedármela?

—Es para ti.

Al cabo de unos días, Francesco y yo nos fuimos al pueblo. Había mercado. Íbamos de un tenderete a otro y le compré unos caramelos recubiertos de azúcar. Era la primera vez que él y yo juntos nos veíamos con otra gente. La mujer nos los entregó en un cucurucho de papel. El aire olía a café molido.

—Pican —dijo Francesco, tras meterse uno en la boca.

Me di cuenta de que también había otra razón para que Nicolas se empeñara en que yo le tuviese cariño a Francesco: pretendía prepararme para querer a Antonio, y en cambio yo, desde que me lo había dicho, no había hecho otra cosa que arrinconar la presencia de aquel chaval en una parte de mi ser muy honda e inaccesible. Miré a Francesco; pensé que resultaba más fácil querer a un hijo que no es tuyo.

Francesco estaba algo aturdido por el gentío que buscaba ropa en las cestas repletas de prendas y por los vendedores que voceaban, pregonando su mercancía. Mientras dábamos vueltas, se me acercó un hombre corpulento. Llevaba gafas con montura redonda.

—¿Eres Davide?

Lo miré. Lo conocía a él y a su familia. Había visto su pierna ensangrentada en el campo de fútbol del oratorio y al cura organizando una pequeña procesión.

—Soy Renato. Mi padre tenía la farmacia y ahora la llevo yo.

—Me acuerdo —dije.

Nos dimos la mano como si fuéramos dos desconocidos.

Ahora estaba gordo y tenía poco pelo; era la viva imagen de su padre. Su voz había perdido agresividad con los años y ya no se mostraba tan arrogante como cuando era un chaval. Me parecía imposible que hubiera sido él quien organizara la batida para darle una tunda a Nicolas al principio y que yo me hubiera apuntado con la esperanza de convertirme en amigo suyo.

—A lo mejor puedes echarme una mano —dije como al descuido—. Necesito algo para calmar el dolor.

—¿Qué te duele exactamente?

—No sabría decirte con precisión. ¿Tienes algo que ayude a descansar?

—¿Has ido a ver a un médico?

—A veces tanto dolor saca de quicio.

—Puedo darte unos medicamentos, pero necesito la receta.

—No tengo nada. Puedo pagarte, aunque ahora no llevo suficiente dinero aquí conmigo. Pasaría luego a llevarte el resto.

—No te preocupes. Ven conmigo.

Fuimos a la farmacia.

—Espérate aquí, voy a la rebotica —dijo Renato—. Tengo algo que puede ayudarte, pero no hay que abusar.

—Descuida —dije—. Lo usaré sólo en caso de extrema necesidad.

Francesco iba olisqueando el aire. Había algo que le era familiar. El olor a alcohol, del que se usa en los ambulatorios y en los hospitales y que a lo mejor reconocía por haberlo olido en las prendas de su madre cuando regresaba del trabajo.

Poco después, Renato volvió con dos frascos llenos de píldoras.

—Tómate dos si el dolor aprieta —dijo—. Ayudan a descansar, pero sigo pensando que tienes que consultarlo con un médico.

Le estreché la mano.

Cuando volvimos del mercado, encontramos a Nicolas

en la cama. Le había salido sangre de la nariz, pero él no se había dado cuenta. La parte que estaba ya seca era oscura y había acartonado las sábanas. Le dije a Francesco que se quedara en la cocina. Lavé el rostro de Nicolas con agua fresca, mientras él me pedía disculpas por la situación en la que nos encontrábamos. Le di dos pastillas.

En los días que siguieron, su estado pareció mejorar, instaurándose una misteriosa alternancia de momentos buenos y otros que no tanto. Aquella muerte lentísima se hacía desear.

Cuando Nicolas se encontraba mejor, por la noche yo seguía entreteniéndolos con mis modestas funciones. Era lo mejor que podía hacer. Los dos eran a la vez un público severo y bien dispuesto. Perdonaban mis extravagancias, mis flojeras, y me indicaban cuándo iba por buen camino. Nicolas insistía en que Francesco y yo nos fuéramos al huerto cada mañana: buscaba desesperadamente morir estando solo.

Ahora el hondo seno del océano se había abierto de par en par y nos iba a tragar a todos.

Con las pastillas contra el dolor, la situación mejoró: el malestar de la casa entera fue a menos, y además la medicación ayudaba a Nicolas a dormir también de día. Yo me hinchaba a llenar páginas, como si me supiera de memoria el guion, y ya iba imaginando los nuevos espacios que dibujaría en escena. Hablaría de unos días en una casa de campo a la espera de un evento lleno de luz sin nombrarlo nunca, de un niño que alimentaba a una colonia de hormigas y de árboles que por la noche entonaban un canto mientras el viento se deslizaba entre las hojas.

Le escribí una carta a Teresa y se la envié al hospital donde trabajaba.

Querida Teresa:

Espero que esta carta llegue a tus manos. Estoy en Tora, en la casa de mis padres, con Nicolas y Francesco. La salud de Nicolas ha empeorado mucho. Le queda poco tiempo, por no decir días. Dentro de nada el dolor va a poder con él. Francesco es un niño espléndido. Ven lo más rápido que puedas. Me gustaría que te acompañara Antonio. Nicolas me lo ha contado todo. No quiero entrometerme en vuestra vida. Respetaré tu decisión.

Davide

El tiempo fue transcurriendo. Nicolas parecía sereno. Había dejado de comer porque ya no tenía hambre y se pasaba más rato dormido que despierto. También nos pidió que corriéramos las cortinas.

Murió un día a las tres de la tarde mientras estábamos charlando. Pensé que había hecho una pausa antes de seguir razonando, y podría ser que aún esté por ahí buscando una respuesta. Lo último que me dijo tenía que ver con mis zapatos. Le preocupaba que el trabajo en el campo los hubiera estropeado, pero a fin de cuentas eso era lo mejor que le podía pasar a un calzado hecho a mano. Miré por última vez su rostro, que ya no era el suyo, y le cerré los ojos.

Francesco estaba fuera, ocupándose de las gallinas. Yo fui caminando a campo través para aflojar la tensión que seguía acumulándose en las piernas. No creía en nada espiritual y el sentido común me hacía pensar que todo se había terminado en aquel preciso momento, pero eso no le quitaba peso a la trascendencia del momento.

Volví después de pasar una hora dando vueltas al azar, lo mismo que hacía él en Tora cuando éramos jóvenes e iba conociendo de a poco los nuevos lugares. Imaginar el mundo sin él era desolador.

Una vez en casa, me metí en la tina y me bañé. Me quedé

mucho rato inmóvil en el agua. Ya estaba convirtiendo su muerte en una obra de teatro.

Francesco entró en el baño, cogió un taburete de madera y se sentó al lado de la tina. Apoyó la frente en mi hombro. Tenía los ojos inundados de lágrimas.

Teresa llegó a la mañana siguiente acompañada de Antonio, y cuando vio a Nicolas se llevó una mano a la boca. Me pareció oír cómo su jadeo se propagaba por toda la habitación.

Antonio no era el niño un poco mayor que Francesco que yo había imaginado, sino un hombre en miniatura, que llevaba un traje tan sobrio como el de un empleado en un ministerio. En sus labios asomaba un tímido bigote y lucía el pelo más largo en la frente y corto, casi al cepillo, alrededor de las orejas. La camisa estaba abrochada hasta el último botón.

—Hola —dije.

—Encantado, señor Davide —dijo. Sabía mi nombre.

Le tendí la mano y él me la estrechó; por lo visto ese gesto le resultaba familiar.

Teresa y los chicos se instalaron en mi habitación, y yo me las apañé poniendo un catre en la cocina. Ella llevaba un equipaje escaso, una maleta de piel, posiblemente de su marido, de las que usan los diplomáticos para estancias de una noche, y la mayoría de las cosas que traía eran para Francesco. Zapatos nuevos, camisetas por estrenar, una cazadora ligera. Francesco tenía un armario lleno de prendas limpias esperándolo en una gran ciudad. El niño que yo había conocido en el campo desaparecería en cuanto volviera a casa y de esos días iba a conservar el recuerdo del final de su infancia.

Encontrarme de nuevo allí con Teresa nos llevó a retroceder en el tiempo. Mientras Francesco iba enseñándole a Antonio los animales y el campo, ella y yo hablamos de los días que habíamos vivido en Tora e Piccilli cuando éramos unos chiquillos, de los tiempos en que yo iba a la cordelería, de su padre, que no quería que Teresa y yo hiciéramos buenas migas, o de sus muestras de valor cuando se empeñaba en tocar a las bestias.

—Les tenía miedo, y sin embargo no podía echarme atrás. Pretendía no tenerle miedo a nada. El *Negro* sí que era imponente y me asustaba —dijo. Hizo una pequeña pausa, mirando en dirección al cuarto donde aún descansaba el cuerpo de Nicolas y luego a la ventana, desde donde se veía a Antonio y Francesco. Luego añadió—: Quería destacar, ser la mejor del pueblo, de la clase y de las empleadas. No paré de competir hasta que al final me quedé sola. Me convertí en la que estaba más sola: eso fue lo que conseguí.

Abrió las manos, como queriendo mostrar que no había más. Noté el leve temblor, el esmalte de uñas que la proclamaba como mujer y las cutículas mordisqueadas que la revelaban aún como una niña.

—No estás sola; tienes a Antonio y a Francesco —dije.

A lo largo de la mañana cavé un hoyo en forma de rectángulo en el punto indicado por Nicolas. La pala se quedó clavada a un metro aproximado de profundidad, al toparse con una dura capa de piedra.

Dejamos a los chicos en casa y colocamos su cuerpo envuelto en sábanas en la carretilla de los cerdos. Recorrimos el trayecto en silencio, y al llegar lo depositamos en la fosa. Teresa se puso a llorar. Estaba acostumbrada a ver morir a la gente, pero no estaba preparada para asistir a la muerte del amor de su vida.

No recitamos ninguna oración. Lo entregamos a la tierra,

lo mismo que había hecho yo hacía años con la bailarina de hojalata. Notamos el viento que nos rozaba el rostro y el olor húmedo de la tierra.

Durante la cena les conté a los niños una de las historias que solía inventarme. Antonio se reía y al acabar todos aplaudieron.

Por la noche, los oí conversar al otro lado de la pared. El único que realmente hablaba era Francesco; Antonio escuchaba en silencio y de vez en cuando soltaba un sí o un no.

A la mañana siguiente, Teresa y los chicos se dispusieron a volver a Nápoles. Con la ropa nueva y el pelo limpio y peinado, me costaba reconocer a Francesco.

—Qué guapo... —dije.

No era eso lo que pensaba. Me agaché y él vino a darme un abrazo.

—Cuando vuelva a Nápoles, iré a verte —le dije con la boca pegada a su cuello.

—Vuelve pronto, entonces.

Antonio había asistido a nuestra despedida sin intervenir. Su educación le impedía entrometerse en los asuntos de los demás. Me di media vuelta y le tendí la mano.

—Hola —dije.

—Buenos días —contestó.

—¿Has descansado bien? —pregunté.

Era la primera pregunta que le hacía a mi hijo. En realidad, eso de ser padre no resultaba tan absurdo como había imaginado; ahora que me enfrentaba a esa nueva situación parecía algo factible.

—He dormido bien, gracias. El colchón era muy cómodo y las sábanas olían bien.

Eso de que las sábanas olieran bien estaba lejos de ser cierto, pero aprecié sus intentos de no ponerme en un compromiso. Le removí el pelo de la frente. Antonio era la viva imagen de Fortunà. Tenía los mismos ojos, la misma mandíbula.

Teresa estaba a unos dos metros de nosotros. Vio mi mano en la frente de Antonio. Sabía que podía fiarse de mí y también tenía claro que no podía impedírmelo.

—Nos volveremos a ver en Nápoles —dije, estrechando aún la mano de Antonio.

—De acuerdo, señor Davide. Encantados de que se pase usted por casa —contestó él.

—A lo mejor algún domingo podría llevaros a Francesco y a ti a Villa Comunale o al bosque de Capodimonte. ¿Sabéis jugar al fútbol?

—Yo soy un campeón —soltó Francesco.

—Seguro que sí —contesté.

—Ahora tenemos que irnos —dijo Teresa.

Se me acercó y me dio un beso en la mejilla, y tras dejar un instante sus labios en mi piel, me dio un abrazo. Reconocí el perfume de su cuello y el peso ligero de su cuerpo agarrado al mío. El mismo de aquella noche en que habíamos hecho el amor.

—No te esfumes —dijo.

Ya en la estación, los ayudé a subir al tren.

Me dije a mí mismo que un buen día iba a encontrar las palabras para hablar con Antonio. De momento sólo sabía que aquel chaval hecho y derecho, que ya me llevaba tanta ventaja, me gustaba.

Francesco me saludó desde la ventanilla. Con la mano imitaba a un extraño animal que recorría el cristal. Al final lo entendí.

—No te preocupes —le dije—. Ya me haré cargo yo de las hormigas.

El tren se puso en marcha. Me quedé unos instantes mirando la vía vacía. Me sentí realmente solo.

Me quedé cuatro meses más en la casa de Tora, totalmente aislado. No tenía un calendario a mano, y a los pocos días ya no me aclaraba con las fechas. Conseguía alimentarme con lo que cultivaba, y con el dinero que aún me quedaba compré unos cuadernos para seguir escribiendo el monólogo que imaginaba para mi nuevo espectáculo.

Nunca le escribí a Teresa ni recibí nada suyo, pero de vez en cuando su recuerdo se abría camino en mi pecho.

Nunca volví al lugar donde habíamos enterrado a Nicolas. El último día que pasé en Tora, me quedé un rato cerca del árbol que estaba junto a su tumba. Las lluvias habían nivelado el terreno. Cada cosa había vuelto a su sitio. Tarde o temprano, las raíces envolverían lo que quedaba de Nicolas.

Últimos títulos
Colección Andanzas

1055. Tesis sobre una domesticación
Camila Sosa Villada

1056. Perro negro
Miguel Ángel Oeste

1057. La última función
Luis Landero

1058. No volverán tus ojos a mirarme
Marta Barrio

1059. Cuadernos de la guerra y otros textos
Marguerite Duras

1060. La ciudad y sus muros inciertos
Haruki Murakami

1061. Mosturito
Daniel Ruiz

1062. Peces abisales
Rosa Ribas

1063. Los rieles
Aurora Venturini

1064. El niño
Fernando Aramburu

1065. Suzuran
Aki Shimazaki

1066. Arde ya la yedra
Gonzalo Hidalgo Bayal

1067. El enigma de West Heart
Dann McDorman

1068. Cualquier cosa pequeña
Rafael Reig

1069. La tarde que Bobby no bajó a jugar
Mayra Montero

1070. El limo
Rosa Jiménez

1071. Las furias
John Connolly

1072. Una tienda en Chicken Hill
James McBride

1073. Nela 1979
Juan Trejo

1074. Casi perra
Leila Sucari

1075. Conquistadores
Éric Vuillard

1076. La casa limón
XX Premio TQE de Novela 2024
Corina Oproae

1077. Ir a La Habana
Leonardo Padura

1078. El ladrón de cuadernos
Gianni Solla